Benoîte Groult

SALZ AUF UNSERER HAUT

Roman

Aus dem Französischen von
Irène Kuhn

Bild der Frau Love COLLECTION

Hinweis:
Dieser Roman wurde aus historischen
Gründen in seiner
ursprünglichen Rechtschreibung gedruckt.

MIX
Papier aus verantwortungsvollen Quellen
FSC® C006701
FSC
www.fsc.org

Lizenzausgabe der Axel Springer AG, Berlin
1. Auflage September 2013

Konzeption und Gestaltung: Klaus Fuereder, Berlin
Projektkoordination: Stephan Pallmann, Alexandra Wesner

Satz: Satzkasten, Stuttgart
Druck und Verarbeitung: CPI – Ebner & Spiegel, Ulm

ISBN: 978-3-942656-61-0

Einsam ist, wer für niemand die Nummer eins ist.

Helene Deutsch

Vorwort

Wie soll ich ihn überhaupt nennen, damit es seine Frau niemals erfährt? Einen bretonischen Vornamen werde ich ihm auf jeden Fall geben, denn einen solchen hatte er ja. Aber es sollte ein Bardenname sein, der Name eines jener irischen Helden, deren Mut absurd war und die ihre Schlachten meistens verloren haben, nie aber ihre Seele.

Wie wäre es mit einem Wikingernamen? Nein, die waren blond. Lieber einen Keltennamen – die keltischen Männer waren dunkel, stämmig, ihre Augen waren hell, und in ihren Bärten lag ein rötlicher Hintergedanke. Doch, zu diesem Volk mit ungenauer Geographie, mit umstrittener Geschichte, das allenfalls in der Dichtung, kaum in der Wirklichkeit überlebt hat, gehörte er.

Einen rücksichtslosen, rauhfelsigen Namen will ich ihm geben, einen Namen, der zu seiner kantigen Gestalt paßt, zu seinen dunklen, vorne ein wenig tief ansetzenden und im Nacken dicht gekräuselten Haaren; einen Namen, der zu seinen leuchtendblauen Augen paßt – blau wie zwei Meeressplitter unter dem Dickicht der Augenbrauen –, zu seinen Tatarenbackenknochen, zu dem kupferschimmernden Bart, den er sich wachsen ließ, wenn er auf See war.

Vor meinem inneren Spiegel probiere ich ihm mehrere solche Namen an … Nein, der eine würde nur ungenügend die verstockte Miene wiedergeben, die er immer dann aufsetzte, wenn man ihm Widerstand leistete; der andere paßt nicht zu seinem schweren Gang.

»Kevin«? Ja, aber ich müßte sicher sein, daß er englisch und nicht französisch ausgesprochen wird.

»Yves« klingt nach Islandfischer[1].

»Jean-Yves«, davon habe ich während meiner Bretagne-Ferien zu viele getroffen, immer waren es kleine Hagere mit Sommersprossen.

»Loïc«? Vielleicht ... aber mir wäre ein noch seltenerer Name lieber, ein Name, der zu einem Kormoran passen würde.

»Tugdual« also? Oder »Gauvain«[2] nach einem der Zwölf von der Tafelrunde? Oder »Brian Boru« nach Irlands Karl dem Großen? Aber die Franzosen würden diesen Namen abscheulich verunstalten, und die sanfte Liebkosung des englischen »r« würde zu einem uncharmanten Krächzlaut.

Aber er braucht wirklich einen Ritternamen. Gab es einen treueren Ritter als Gauvain, Sohn des Loth, König von Norwegen, und der Anne, Artus' Schwester, Gauvain, der im Zweikampf gegen Mordred fiel, Mordred, dem Verräter an seinem König. Maßvoll, weise, würdig, großmütig, von erschreckender Kraft und von unbeirrbarer Treue seinem Herrn gegenüber, so berichten die Texte der Artussage: Er war kein Dichter, sondern ein Mann der Pflicht, auch wenn ihm dies manchmal schwerfiel, er scheute kein Abenteuer und keine heroische Anstrengung. So wird er geschildert in dem bretonischen Zyklus, und so ist der Mann meines Berichts.

Im wirklichen Leben trug er einen Namen, den ich dümmlich fand. Gleich nachdem er in mein Leben eingetreten war, stattete ich ihn mit allerlei Kosenamen aus. Heute widme ich ihm diesen endgültigen Namen, der schön zu schreiben und schön zu lesen ist, denn mittlerweile kann ich ihn nur noch zu Papier bringen, mehr nicht.

Jedoch nicht ohne eine gewisse Scheu mische ich mich unter die zweifelhafte Schar der Schriftsteller, die versucht haben, auf einem jungfräulichen Blatt Papier jene Freuden dingfest zu machen, die man die fleischlichen nennt, die einem aber zuweilen heftig das Herz angreifen. Und ich entdecke, wie vermutlich viele unter ihnen und wie die noch viel zahlreicheren, die irgendwann aufgegeben haben, daß die Sprache sich wenig hilfreich zeigt, wenn man die Verzückung der Liebe ausdrücken will, jene äußerste Lust, die die Grenzen des Lebens fernrückt und in uns Körper gebiert, von denen wir nichts ahnten. Ich weiß, daß mir Lächerlichkeit auflauert, daß meine erlesenen Gefühle der Banalität nicht entkommen können und daß jedes Wort nur darauf wartet, mich zu verraten, jedes Wort: jämmerlich oder vulgär, fad oder grotesk, wenn nicht gar abstoßend.

Wie soll ich ganz nach meinem Herzen jene Auswüchse oder Einwüchse benennen, in denen das Begehren sich ausdrückt, sich auflöst und wiederersteht? Wie soll man anrühren, indem man »Coitus« sagt? Co-ire, gewiß, zusammen-gehen und, in meiner Sprache, zusammen-passen. Was wird jedoch aus der Lust zweier Körper, die zusammengehen, weil sie zusammenpassen?

Und »Penetration«? Klingt ungemein juristisch. »Ist es zur Penetration gekommen, Fräulein X?«

»Unzucht treiben« gehört in den Dunstkreis von Beichtstuhl und Sünde. Und »Kopulation« klingt nach Mühsal, »Begattung« klingt tierisch, »schlafen mit« ist langweilig und »vögeln« hört sich nach Schnellverfahren an.

Oder lieber »quindipsen« oder »das Schatzkästlein aufschließen«? »Den Specht hacken lassen« oder »die Liebesgrotte abkühlen«? Dies sind leider in Vergessenheit geratene Ausdrücke, heitere Erfindungen einer jungen, unbekümmerten Sprache, die sich noch keine Zügel hatte anlegen lassen.

Heutzutage, in einer Zeit der verbalen Inflation, wo sich die Wörter noch schneller abnutzen als die Kleider, bleiben uns nur noch die schweinischen Wörter oder die Wörter aus der Nuttensprache, die durch ständige Verwendung ihre Farbe verloren haben. Und dann gibt es ja auch noch das brave »ins Bett gehen«, es steht allzeit zur Verfügung und hat kaum noch einen emotionalen oder erotisch-skandalösen Beiklang. Es ist literaturunfähig, gewissermaßen.

Und wenn die Rede auf die Organe kommt, die besagte Lust kanalisieren, dann warten auf den Schriftsteller, und mehr noch wahrscheinlich auf die Schriftstellerin, neue Klippen. »Jean-Phils Rute war zum Bersten steif … Mellors Phallus ragte empor, majestätisch, schreckenerregend … Das Gemächt des stellvertretenden Direktors … Dein geliebter Hodensack … Sein Penis, deine Scham, ihr Liebesschlupfloch … Amanda, deine Vagina … deine Klitoris, liebe Doris …« Wie könnte man da der Komik entrinnen? Wenn es sich um Sex handelt, verliert sogar die Anatomie ihre Unschuld, und die Wörter, diese verdammten Schurken, die ihr Leben unabhängig von uns führen, zwingen uns feststehende Bilder auf und verbieten einen unbefangenen Gebrauch. Sie gehören zum Medizinerlatein oder zum Schundvokabular, zum Pennälerjargon oder zur Gossensprache. Wenn sie überhaupt existieren. Denn das Vokabular der weiblichen Lust erweist sich, sogar bei den größten Autoren, als bestürzend armselig.

Man müßte alles vergessen können, angefangen von der Fachpresse für Schwellkörper über die Photoromane mit Schleimhautgroßaufnahmen bis zu den Doppelaxel der Sexakrobaten, die von blasierten, schlecht bezahlten Redakteuren kommentiert werden. Und gründlicher noch müßte man die modische Hochglanzerotik vergessen, die von einer gewissen philosophischen Schickeria propagiert wird; leider gehört es zum guten Ton, sie zu schätzen, weil der intellektuelle Jargon ihre Schändlichkeit vernebelt.

Und doch: Die Geschichte, die ich erzählen möchte, existiert nicht ohne die Beschreibung der »Sünde Dideldum«. Die Helden meines Romans haben einander verführt, indem sie sich der Sünde Dideldum hingaben. Um Dideldum zu machen, haben sie sich quer über den Erdball verfolgt; einzig und allein deswegen konnten sie nie mehr voneinander lassen, obwohl sie eigentlich alles trennte.

Es wäre schmeichelhaft und, was die Erklärung dieser Liebe angeht, gewiß bequemer, wenn auf eine ideelle oder kulturelle Übereinstimmung, auf eine Kinderfreundschaft, auf eine seltene Begabung bei einem der beiden oder auf ein rührendes

Gebrechen hingewiesen werden könnte ... aber es bleibt nichts anderes übrig, als sich die nackte Wahrheit einzugestehen: Diese beiden waren dazu geschaffen, nichts voneinander zu wissen, ja sich zu verachten, und allein die unartikulierte Sprache der Liebe hat es ihnen ermöglicht zu kommunizieren, allein die Magie des Hineinsteckspiels – auch die Prädestinationsgeschichten, die man in solchen Fällen gerne anführt, ändern da nichts, auch nicht die geheimnisvollen Tropismen oder, das Spiel der Hormone oder sonst irgendwas – allein diese Magie hat sie so tief aneinander binden können, daß alle Schranken fielen.

Übrig bleibt die Aufgabe, den auf dieser Erde meistpraktizierten Akt als etwas Hinreißendes zu schildern. Denn wozu schreibt man, wenn nicht, um den Leser hinzureißen? Aber wie soll man jene Himmelshoffnung, die zwischen den Beinen der Männer und der Frauen aufleuchtet, einfangen? Wie das, was sich überall und immer schon zwischen gleichen oder verschiedenen, kümmerlichen oder großartigen Genitalien abspielt, als ein Wunder ausgeben?

Ich verfüge über keinerlei Wissen, das andere nicht hätten, über keinerlei Worte, die andere nicht schon überstrapaziert haben. Es handelt sich keineswegs um eine Reise in unbekannte Gefilde: Es gibt kein unentdecktes Neuguinea der Liebe. Und letztlich gibt es nichts Banaleres als eine Möse, es sei denn zwei Mösen; und ein Phallus aus extrasamtiger Herrenhaut wird, wenn seine Zeit gekommen ist, genauso leergepumpt sein wie ein Schwanz der profansten Sorte.

Die Vorsicht würde also dazu raten, die Sache gar nicht erst anzufangen, zumal zwischen den gefährlichen Klippen der Pornographie und des Groschenromans die ganz wenigen Meisterwerke aller Literaturen, die sich lachend über all diese Gefahren hinweggesetzt haben, in kühnem Glanz erstrahlen. Aber erst hinterher, im Falle eines Mißerfolgs, erscheint die Vorsicht als eine Tugend. Ist Literatur nicht immer unvorsichtig?

Und schließlich war das Risiko so schön, die ersten Zeilen

der unmöglichen Geschichte trotz allem hinzuschreiben: »Ich war achtzehn, als Gauvain in mein Herz und für immer in mein Leben getreten ist. Jedenfalls hielt ich damals für mein Herz, was zunächst nichts anderes war als die Haut …«

1
Gauvain

Ich war achtzehn, als Gauvain in mein Herz und für immer in mein Leben getreten ist. Aber wir wußten es nicht, er nicht und ich nicht. Ja, doch, mit dem Herzen hat es angefangen, oder mit dem, was ich damals dafür hielt und was zunächst nichts anderes war als die Haut.

Er war sechs oder sieben Jahre älter als ich, und das Prestige des Seemanns und Fischers, der damals schon seinen Lebensunterhalt verdiente, machte mein Ansehen als Studentin, die noch von ihrer Familie abhängig war, wett. Meine Pariser Freunde waren nichts als Grünschnäbel im Vergleich zu ihm, der bereits von seinem Beruf gezeichnet war. Einem Beruf, der aus einem muskulösen Jüngling allzuschnell eine Kraft der Natur macht und vorzeitig einen Greis. Die Kindheit hielt sich noch in seinen Augen, die er abwandte, sobald man ihn ansah; die Jugend konnte man von seinem arroganten Mund ablesen, dessen Winkel sich nach unten zogen, und männliche Kraft verrieten sowohl die breiten Hände, die aussahen, als seien sie vom Salz erstarrt, als auch der schwerfällige Gang: Jeden Schritt sicherte er ab, als glaubte er sich ständig auf Deck eines Schiffes.

Als Kinder hatten wir uns mißtrauisch als die Vertreter zweier unverträglicher Spezies betrachtet, er in seiner Rolle als bretonischer Junge, ich als Pariserin, und dies vermittelte uns die beruhigende Gewißheit, daß sich unsere Wege niemals kreuzen würden. Hinzu kam, daß er der Sohn armer Bauern und ich die Tochter von »Touristen« war – dies schien er für unseren Hauptberuf zu halten, jedenfalls entsprach es in seinen Augen einer Lebensart, die ihm wenig Achtung einflößte. Während der seltenen Mußestunden spielte er leidenschaftlich Fußball mit seinen Brüdern, was mir als der Gipfel der Banalität erschien; oder aber er holte Vögel aus ihren Nestern oder schoß auf sie mit einer Steinschleuder, was ich abscheulich fand. In der übrigen Zeit raufte er mit seinen Kameraden oder bedachte meine Schwester und mich mit Schimpfwörtern, jedesmal wenn er uns über den Weg lief, was ich als männlich, also verabscheuenswert verurteilte.

Er war es, der die Reifen meines ersten Fahrrads aufschlitzte – natürlich war es ein Reiche-Mädchen-Fahrrad und somit ein Affront gegen die klapprige Rollkiste, mit der er und seine Brüder rasselnd die einzige Dorfstraße hinunterfuhren. Sobald seine Beine dann lang genug geworden waren, hatte er sich auf dem armseligen Fahrrad seines Vaters abgestrampelt, einem auf seine unerläßlichen Bestandteile beschränkten Gerippe, das er heimlich entwendete, wenn Vater Lozerech seinen Samstagabendrausch im Straßengraben ausschlief. Wir hingegen, wir steckten mit Hilfe von Wäscheklammern Postkarten auf die Speichen unserer blinkenden Chromräder mit Schutzblech, Gepäckträger und Klingel, um mit dem motorähnlichen Geknatter die Brüder Lozerech zu beeindrucken, die uns souverän mißachteten.

Es gab eine Art stillschweigende Vereinbarung, nach der wir lediglich mit der einzigen Lozerech-Tochter spielten, der jüngsten dieser »Kaninchen-Familie«, wie mein Vater verächtlich sagte; sie war ein reizloses blondes Geschöpf und trug den in unseren Augen unmöglichen Vornamen Yvonne. Ich habe es schon gesagt: Alles trennte uns.

Mit vierzehn oder fünfzehn verschwand Gauvain aus meinem Blickfeld. Im Sommer fuhr er bereits als Schiffsjunge auf der *Vaillant-Couturier*[3], dem Fischkutter seines ältesten Bruders, zur See. Dieser Name gefiel mir, denn ich war lange überzeugt, daß es sich dabei um einen tapferen Couturier handelte, der die unverhoffte Möglichkeit gehabt hatte, Schiffbrüchige aus Seenot zu retten! Seine Mutter sagte von ihm: »Der Junge kann anpacken!« und: »Bei ihm dauert's nicht lange, bis er Jungmann wird!« Aber vorerst war er der Moses, das heißt der Prügelknabe an Bord. Das war die Sitte, und sein großer Bruder, der Kapitän des Fischkutters war, hatte weniger noch als andere das Recht, Mitleid zu zeigen.

Für uns bedeutete das einen Feind weniger im Dorf. Aber selbst auf fünf reduziert, hielten die Gebrüder Lozerech uns, meine Schwester und mich, nach wie vor für Pißnelken in unserer Eigenschaft als Mädchen und für eingebildete Gänse in unserer Eigenschaft als Pariserinnen. Zumal ich George hieß. »George ohne s«, stellte meine Mutter jedesmal klar, die mich auf dem Altar ihrer Jugendleidenschaft für *Indiana* von George Sand geopfert hatte. Meine jüngere Schwester, die seelenruhig Frédérique hieß und die ich »Frédérique mit Tick« nannte, um mich zu rächen, warf mir vor, daß ich mich wegen meines Vornamens schämte. Und es stimmte auch, daß ich viel dafür gegeben hätte, den Spott und vor allem die Fragerei jedesmal bei Schulbeginn zu vermeiden, wenn »die Neuen« sich erst an meine Besonderheit gewöhnen mußten. Kinder sind erbarmungslos gegenüber allem, was aus der Reihe tanzt. Erst als erwachsene Frau habe ich meiner Mutter meinen Namen verziehen.

In der Privatschule Sainte-Marie war es in dieser Hinsicht weniger schlimm als auf dem Land. Man durfte sich auf George Sand beziehen, wenngleich sie nicht gerade im besten Ruf stand. Immerhin hatte sie einiges wiedergutgemacht mit dem idyllischen *Teufelsmoor* oder der *Kleinen Fadette*, zwei Jugendbuchklassikern, und später dann, indem sie zur gütigen Herrin von Nohant wurde. In Raguenès aber war mein Name die unerschöpfliche Quelle von bösartigen Späßen. Man konnte sich nicht daran gewöhnen, oder vielmehr, man weigerte sich, auf ein so ergiebiges Thema zu verzichten. Ich wurde nur noch George Ohne-es genannt.

Hinzu kam, daß meine Eltern nicht in der Zone der Sommerhäuser, sondern mitten in diesem Bauern- und Fischerdorf logierten, wo wir den einzigen Mißklang darstellten. Die »Strandpyjamas« meiner Mutter, die großen Baskenmützen, mit denen sich mein Vater schmückte, und seine Tweedknickerbocker lösten unweigerlich Heiterkeit aus. Die Lausbuben im Dorf wagten es nicht, vor meinen Eltern in Gelächter auszubrechen, aber sobald sie als ganze Bande auftraten, besannen sie sich, die Lozerechs allen voran, auf ihre natürliche Überlegenheit als Pimmelträger, und von weitem scholl uns das Liedchen entgegen, dessen Schwachsinn uns ein hochmütiges Lächeln hätte entlocken sollen, das uns aber maßlos ärgerte:

Die Pariser
sind blöde Affen!
Die Pariser
sind dumme Laffen.

Wenn man Kind ist, sind die dümmsten Späße oft die besten. Wir rächten uns, wenn unsere Folterknechte auf ein oder zwei Exemplare reduziert waren. Gemeinsam stellten sie den Mann als solchen dar. Einzeln waren sie nur noch ein Kind, das einem anderen Kind gegenüberstand, oder schlimmer, ein Bauernjunge, der einem Mädchen aus der Stadt gegenüberstand.

Gauvain war nie zu uns ins Haus gekommen. Es war im übrigen kein Haus in seinen Augen, sondern eine lächerliche Villa, um so lächerlicher, als sie ein Strohdach besaß, wo doch alle Einwohner des Dorfes nur eins im Sinn hatten: über ihrem Kopf ein normales Dach, ein Schieferdach, zu haben. Das Originalstroh vom handgedroschenen Roggen, das mit viel Mühe und für viel Geld beim allerletzten Strohdachdecker der Gegend besorgt worden war, schien ihnen dem gesunden Menschenverstand hohnzusprechen.

Ein so banaler Satz wie »Komm mit zu uns Kakao trinken« oder später »Komm, trinken wir bei uns ein Glas« war undenkbar zwischen uns. Yvonne dagegen, die in meinem Alter war, lud ich häufig zum Spielen zu uns ein. Natürlich konnten wir uns aber auf den Bauernhof begeben, dessen unaufhörliche Betriebsamkeit und Unordnung uns als der Inbegriff der Freiheit vorkamen: Da lagen überall die Kleider der acht Kinder herum, die verdreckten Holzschuhe standen im Flur beim Eingang, Hunde und Katzen bevölkerten den Innenhof, der mit zusammenengebastelten Kaninchenställen und undefinierbarem Ackergerät vollgestellt war (man konnte sich nicht vorstellen, daß es jemals wieder eingesetzt werden könnte, aber einmal im Jahr erfüllte es seine Funktion und erwies sich dann als unentbehrlich). Wir, die Bewohnerinnen einer piekfeinen kleinen Villa, wurden gezwungen, jeden Abend unser Spielzeug aufzuräumen und jeden Tag unsere weißen Stoffsandalen mit Schlämmkreide zu behandeln.

Der Austausch hatte stets in dieser Richtung funktioniert, was ich in meiner täglichen Lektüre, den Büchern der *Bibliothèque Rose*[4], bestätigt fand: Dort sah ich, wie Madame Fleurville oder Madame de Rosbourg die bedürftigen Frauen, die jungen Wöchnerinnen, die verlassenen Mütter oder die armen kranken Witwen besuchten, die ihrerseits keinen Zugang zum herrschaftlichen Salon der Wohltäterinnen hatten.

Manchmal blieb ich zum Essen bei den Lozerechs. Dort löffelte ich bereitwillig eine Specksuppe, die ich zu Hause ungenießbar gefunden hätte; vorher hatte ich mit Yvonne im Kartoffelfeld gearbeitet, eine denkbar unattraktive Beschäftigung, der ich aber zu verdanken hatte, daß ich nicht nur als unfähige Städterin galt. Daß ich eine Kuh melken konnte, erfüllte mich mit weit größerem Stolz als die Tatsache, daß ich auf der unbeschrifteten Frankreichkarte, die in meinem Zimmer hing, alle Departements bestimmen konnte. Der Gedanke gefiel mir, daß ich in einem anderen Leben eine gute Bäuerin hätte abgeben können.

Und zur Dreschzeit kam es dann auch soweit, daß Gauvain und ich uns zum erstenmal wie Menschen und nicht wie Vertreter von verfeindeten Kasten ansahen. An solchen Tagen kamen alle Nachbarn und »gingen zur Hand«, und jede Familie wartete, bis sie ein Maximum an Helfern zur Verfügung hatte, erst dann ging es los. Drei der Lozerech-Söhne, darunter Gauvain, waren gleichzeitig zu Hause, was selten vorkam. Also mußte man die Lage nutzen und den Termin für diese Schwerarbeit dementsprechend ansetzen. Frédérique und ich beteiligten uns jedes Jahr am Dreschen – die Lozerechs waren unsere nächsten Nachbarn –, und stolz teilten wir die Arbeit, die allabendliche Erschöpfung und auch die Erregung, die das wichtigste Ereignis des Jahres begleitet, das Ereignis, das unwiderruflich über die Jahresbilanz des ganzen Hauses entscheidet.

Der letzte Tag war drückend schwül gewesen. Hafer und Gerste waren schon eingebracht, und seit zwei Tagen war der Weizen an der Reihe. Die aufgeheizte Luft vibrierte, flirrender, dichter Staub brannte in den Augen und im Hals, und dazu kam das Rattern der Maschine. Die dunklen Röcke der Frauen waren grau geworden, grau wie die Haare und die Hauben, und den Männern rann der bräunliche Schweiß über Gesicht und Hals. Nur Gauvain arbeitete mit nacktem Oberkörper. Er stand oben auf einem Wagen, zerschnitt mit einem Sichelschlag das Strohband, das die Garbe zusammenhielt, spießte diese auf die Gabel und warf sie mit einer Bewegung, die mir majestätisch schien, auf das Förderband, auf dem sie rüttelnd hinunterglitt. Jugendlich schweißglänzend stand er in der Sonne, inmitten des blonden Weizens, der ihn umwirbelte; und ähnlich wie bei den beiden kräftigen Pferden, die regelmäßig neue Ladungen herbeibrachten, spielten seine Muskeln unaufhörlich unter der Haut.

Noch nie hatte ich einen so männlichen Mann gesehen, außer in amerikanischen Filmen, und ich war stolz, an dieser Zeremonie teilzuhaben und mich ausnahmsweise mit seiner Welt solidarisch zu fühlen. Alles gefiel mir in diesen glühenden Tagen: der herbe Geruch der dampfenden Weizensäcke, Sinnbilder des Überflusses (Gauvains Vater wachte am Fuß der Dreschmaschine darüber, daß beim Auffüllen nicht ein einziges Korn seines Schatzes danebenfiel); gegen drei Uhr nachmittags das üppige »Vesperbrot« aus Speck, Fleischpastete, goldgelber Butter, die großzügig auf das dunkle Brot geschmiert wurde, so daß unser pariserischer Vieruhrtee geradezu kärglich erschien im Vergleich; sogar die wüsten Schimpfworte der Männer, jedesmal, wenn der Treibriemen heraussprang und man ihn wieder auf die Scheiben setzen mußte, während diejenigen, die es sich erlauben konnten, schnell ihre ausgetrocknete Kehle mit einem Schluck Cidre befeuchteten; und zu guter Letzt, wenn alle Säcke in der Scheune bereitstanden für den Müller, das »fest-noz«, für das ein Schwein geschlachtet worden war.

An jenem Abend waren alle in einem Zustand der äußersten, fast rauschhaften Erschöpfung vereint, in der Zufriedenheit über die getane Arbeit, die eingebrachte Ernte, eingetaucht in jenes für die Bretagne Ende Juli so typische Dämmerlicht, das sich nicht entschließen kann, der Nacht zu weichen. Der Tag zieht sich dahin, wehrt sich, und jeder hofft irgendwo, daß er endlich, einmal, die Finsternis besiegen wird.

Ich saß neben Gauvain, ganz dem Gefühl hingegeben, diesen heiligen Augenblick mit ihm zu teilen, ohne Hoffnung, dieses Gefühl ausdrücken zu können. Bei den Bauern spricht man sehr diskret von der Natur. Wir blieben stumm, gehemmt, verlegen darüber, daß wir erwachsener geworden waren. Die Spiele und Kämpfe der Kindheit hatten wir aufgegeben und durch nichts ersetzt. Die Lozerech-Buben und die Gallois-Mädchen waren im Begriff, sich in ihrer jeweiligen sozialen Schicht niederzulassen, nach dem künstlichen Aufschub der Kinderjahre, und sie richteten sich darauf ein, ihre Verbindung auf das belanglose Kopfnicken und Lächeln der Leute zu beschränken, die sich im Dorf begegnen, aber einander nichts mehr zu sagen haben, nicht einmal mehr häßliche Schimpfwörter. Man duzte sich noch, erkundigte sich höflich nach der Arbeit oder nach der Fischerei: »Na, war's ein guter Fang?« – »Und du, was machen deine Prüfungen?«, Fragen, deren Antworten man mit halbem Ohr aufnahm, wie Muscheln am Strand im Winter, die man nicht einmal mehr aufliest.

Und dann dieser Abend, wie schwebend zwischen Tag und Nacht, zwischen Traum und Wirklichkeit … Als wir uns verabschiedeten, schlug Gauvain ganz unvermittelt, trotz der Müdigkeit, die seine Züge sanfter erscheinen ließ, »einen kleinen Abstecher nach Concarneau« vor, was keine sonderliche Begeisterung hervorrief, da jeder sich nur nach seinem Bett sehnte. Trotzdem erklärte sich einer seiner Brüder bereit, mitzumachen, und um nicht das einzige Mädchen zu sein, zwang ich Yvonne, mich zu begleiten. Dazu mußte ich sämtliche Mittel einsetzen, die ich zur Verfügung hatte: »Du kriegst meinen neuen BH, den mit der Spitze … oder mein Eau de Cologne, Canoë von Dana.« Gauvain war einer der wenigen im Dorf, die ein Auto besaßen, einen alten kleinen Renault, in den er nun so viele Menschenleiber einlud, wie hineinpaßten. Meine Schwester war nicht mit von der Partie: Mit fünfzehn Jahren geht man nicht tanzen nach Concarneau.

Mir, die ich bisher nur den Ball der exklusiven Ecole Polytechnique oder den »Point Gamma«, das alljährlich stattfindende Fest der Ingenieurstudenten, kennengelernt hatte, mir erschien das Tanzlokal Ty Chupenn Gwen so exotisch wie ein Treffpunkt der Unterwelt. Yvonne nahm mich freundlich unter ihre Fittiche in diesem Kreis, wo ich die einzige »hergelaufene Pariserin« war inmitten einer Horde von lauten und schon etwas angeheiterten Knaben. Aber zumindest würde ich hier nicht Mauerblümchen sein, wie allzuoft auf Pariser Festen, wo mich meine Schüchternheit jedesmal hinter den Plattenspieler verbannte, wenn ich den auf der Einladung geforderten »Tänzer« nicht mitgebracht hatte.

Kaum hatten wir einen Tisch gefunden, zerrte mich Gauvain schon – ohne zu fragen und bevor es ein anderer tat – auf die Tanzfläche, und dabei nahm er mich so fest in seinen Arm, wie er es vermutlich bei Sturm auf seinem Fischkutter mit einem Stag machte. Ich spürte jeden Finger seiner Hand auf meinen Rippen – richtige Hände, dachte ich, Hände, die das, was sie festhalten, nicht loslassen, und nicht solche blassen, vornehmen Verlängerungen, wie sie jene vornehmen und blassen jungen Leute zierten, mit denen ich in Paris Umgang pflegte.

Er tanzte wie ein Mann aus dem Volk, wie Coupeau, der Mann von Gervaise, oder die anderen Fabrikarbeiter in Zolas *Schnapsbude*: mit der gleichen Schaukelbewegung der Schultern, die viel zu übertrieben war, um nach meinen bürgerlichen Maßstäben nicht vulgär zu erscheinen. Nicht ein einziges Mal trafen sich unsere Blicke, und wir wechselten kein Wort. Er wußte nicht, was er sagen sollte, und auch mir fiel kein Thema ein, das ihn hätte interessieren können. Zwischen »Mögen Sie die *Briefe an einen jungen Dichter?*« und »Ging das Geschäft mit dem Fisch gut diese Woche?«, das ebenfalls zu verwerfen war – was konnte eine Studentin der Geschichte und der alten Sprachen einem Jungen sagen, der den größten Teil seiner Zeit auf einem Fischkutter in der Irischen See verbrachte? Meine natürliche Schüchternheit, gepaart mit dem absonderlichen Gefühl, mich in den Armen des Lozerech-Sohnes zu bewegen, machte mich stumm. Aber das spielte keine Rolle, da er mich ja zwischen allen Tänzen fest im Griff behielt, bis die Musik wieder einsetzte. Er roch noch nach Sonne und Weizen, und ich hatte den Eindruck, daß er mich wie eine seiner Garben behandelte, mit dem finsteren, konzentrierten Gesichtsausdruck, den er bei der Arbeit hatte.

Welche Worte hätten im übrigen die Empfindung auszudrücken vermocht, die uns überflutete und die offensichtlich vollkommen unpassend und absurd war? Das Gefühl, daß sich unsere Körper erkannten und unsere Seelen – denn unsere Hirne waren es nicht – danach strebten, sich zu vereinen, ohne Rücksicht auf all das, was uns auf dieser Welt trennen konnte. Natürlich dachte ich an Platon. Damals kamen meine Ansichten und meine Empfindungen nur in Anlehnung an die Dichter und Philosophen zum Ausdruck. Gauvain ließ sich, ohne eine vergleichbare Bürgschaft, von dem gleichen Zauber überwältigen, das spürte ich. Solche Eindrücke entstehen niemals einseitig.

Einen Walzer und zwei Paso doble lang hielten wir stand. »Poema-Tango« riß uns gemeinsam hinweg. Die Konturen der Wirklichkeit verwischten sich. Wie auf einem anderen Planeten hörte ich die Freunde um uns herum, die mit plumpen Witzeleien ihre wachsende Lust zu verbergen suchten, die vom Alkohol und ein paar angedeuteten Annäherungsversuchen nachgiebig gestimmten Mädchen zu vögeln. Ohne uns abzusprechen, die jäh eintretende Dunkelheit nutzend, waren Gauvain und ich plötzlich draußen. Mit dem unbekümmerten Egoismus der Glücklichen beschlossen wir, daß Yvonne und ihr Bruder leicht Freunde finden würden, um sich ins Dorf zurückbringen zu lassen, verließen feige die heitere Gesellschaft und flüchteten in dem kleinen Renault.

Selbstverständlich fuhr Gauvain in Richtung Küste. In solchen Fällen strebt man instinktiv zum Meer. Wir wußten, daß es uns die Sprache ersetzen würde und daß es uns in seine mütterliche Größe, in sein wohlwollendes Schweigen hüllen würde. Immer wieder, wenn der Weg zu Ende war, haben wir für einige Zeit angehalten: in Cabellou, in La Jument, in Trévignon, in Kersidan und am Strand von Raguenès. Jedesmal machten wir kehrt, denn eine Küstenstraße gab es damals noch nicht, nur Sackgassen, und das entsprach dem Bild unseres Lebens an jenem Abend. Je weniger wir sprachen, desto weniger gelang es uns, das Schweigen zu brechen, das unsere Herzen erfüllte. Gauvain begnügte sich damit, seinen Arm zärtlich um meine Schultern zu legen und mich zitternd an sich zu pressen. Dabei berührte er zuweilen mit seiner Schläfe meine Wange.

In Raguenès war Ebbe. Die Sandzunge, die nur bei großer Tide Küste und Insel verbindet, glänzte im Mondlicht. Links, auf der gegen den ständigen Wind geschützten Ostseite, konnte man den Übergang zwischen Wasser und Strand kaum erkennen: Das Meer war spiegelglatt. Auf der Westseite fältelte eine ganz leichte Brise das große Silberlaken, das mit einer phosphoreszierenden Kräuselbordüre abschloß. Es war alles so rein, uns so ähnlich, daß wir hinunterstiegen, um in diesem stillen Wasser ein wenig zu gehen.

»Was hältst du von einem Mitternachtsbad?«

Der Gedanke war mir plötzlich gekommen. Es war das erstemal, daß wir uns gemeinsam an einem Strand befanden. In jener Zeit gingen die Bretonen kaum je ans Ufer. Baden kam ihnen wie eine Touristenspinnerei vor. Das Meer war keine Vergnügungsstätte; zu oft und seit Jahrhunderten hatten die Seeleute sich hier ihr »Loch im Wasser gegraben«. Ohne uns anzusehen, in respektvollem Abstand, legten wir unsere Kleider ab. Noch nie hatte ich mich vor einem Jungen nackt ausgezogen, aber es tat mir leid, daß Gauvain nicht wenigstens einen Blick nach mir warf. Ich wähnte mich schön im Mondschein und weniger nackt als in einem Zimmer im harten Licht einer Glühbirne. Sowohl um meine Vorderseite zu verbergen, als auch um zu verhindern, daß ich seine Vorderseite sehen mußte, stürzte ich mich als erste ins Meer, und zwar auf der Ostseite, aus Freude daran, diesen allzu glatten Spiegel aufzubrechen. Aber weit schwamm ich nicht hinaus. Sehr schnell ahnte ich, daß Gauvain nicht schwimmen konnte. »Wozu auch? Wenn man nachts von einer Sturzwelle weggerissen wird, muß man nur noch länger leiden im eisigen Wasser«, sagte er. Ich erkannte, daß wir nicht das gleiche Verhältnis zum Meer hatten. Gauvain und ich verkehrten nicht mit ein und derselben Person, aber er kannte die echte.

Lange ließen wir uns von den empfindlich kühlen Wellen treiben und wiegen; wir streiften uns lachend wie zwei glückliche Wale und konnten uns nicht entschließen, aus dem

Wasser zu gehen, weil wir wußten, daß wir an Land, im Trockenen, gleichzeitig mit unseren Kleidern auch unsere Standesidentität und unsere Konventionen wieder anziehen würden.

Es war eine jener unwirklichen Nächte, in denen ein gewisses phosphoreszierendes Plankton an die Oberfläche steigt, und bei jeder Bewegung, bei jedem Spritzer schien das Meer Funken zu sprühen. Allmählich überflutete uns eine Welle von Melancholie, die scheinbar in keinem Verhältnis stand zu dem Augenblick, den wir gerade erlebt hatten, als ob wir eine lange Zeit der Leidenschaft hinter uns hätten und ein so unaufhaltsames Ereignis wie ein Krieg im Begriff sei, uns zu trennen. Das Ereignis war in diesem Fall das Morgengrauen. Nach Osten hin wurde der Himmel schon heller und rückte das Festland allmählich wieder zu seinen wahren Proportionen zurecht.

Gauvain hat mich vor meiner Haustür abgesetzt. In Mamans Zimmer brannte noch Licht. Sie wartete auf mich. Er sagte, und dabei hielt er sich in respektvoller Distanz: » Ja, dann auf Wiedersehen!« Er hatte zu seiner üblichen Stimme zurückgefunden. Mit einem leichten Zögern fügte er etwas leiser hinzu: »Vielleicht auf bald« – und ich antwortete genauso platt, die Arme am Körper: »Danke fürs Nachhausebringen«, dabei konnte er gar nicht anders, da unsere Häuser ja unmittelbar nebeneinander lagen.

Zwei Tage später ging er wieder an Bord seiner *Vaillant-Couturier*, und ich sollte ihn in diesem Sommer nicht mehr wiedersehen, denn wir fuhren Anfang September nach Paris zurück. Denkt man an die Seeleute im Winter, wenn man in seiner behaglichen Wohnung sitzt? Welche Brücke soll man denn auch zwischen dem Deck eines Trawlers und dem Descartes-Hörsaal schlagen, in dem Professor Pauphilet die wundersame Geschichte von Aucassin und Nicolette auseinandernehmen und uns die höfische Liebe entschlüsseln würde.

Er ist auf seinen Hof zugegangen und schnell von der Dunkelheit aufgesogen worden. Ich habe die Haustür geöffnet und meine nassen Haare geschüttelt. Die Notwendigkeit, mich bei Maman zu melden, bevor ich in mein Zimmer gehen konnte, scheuerte mir jegliche Romantik vom Leib: Was ich gerade empfunden hatte, löste sich bereits auf, entfernte sich in Windeseile wie jene Träume, die trotz allen Bemühungen in wenigen Sekunden verblassen, während man erwacht, und einem nichts zwischen den Fingern zurücklassen. Aber bis zum Ende jenes Sommers ging ich, wie mir scheint, mit weniger sicherem Gang, und ein leichter Nebel legte sich über das Blau meines Blickes.

So daß mir eines Abends, als die Stimmung zärtlicher war als sonst – eine Stimmung, wie sie manchmal an Spätsommerabenden in der Bretagne entsteht – ein Gedicht für Gauvain dem Herzen entstieg. Ich war mir nicht sicher, ob ich ihm diese Flaschenpost zuwerfen sollte. Vielleicht machten sie sich gerade jetzt unter Freunden lustig über die Schüchternheit der kleinen Pariserin. »Du weißt doch, die Leute, die im Strohhaus am Ende des Dorfes wohnen …« – »Das Mädchen ist übrigens nicht häßlich …« – »Och! Findest du? …«

Die Angst vor der Lächerlichkeit hinderte mich daran, Gauvain dieses Gedicht zu schicken, das erste Liebesgedicht meines Lebens.

Reinen Herzens haben wir uns beide
Im Anblick des Meeres niedergesetzt.
Du warst schüchtern wie ein großes Kind
Das noch nie Gide gelesen hatte.
Die Nacht war sanft wie die Nacht
Ich aber kalt wie die erste Frau.

Wir verharrten am Rande der Zeit
Am Rand des Begehrens und der Frau in mir.
Du, ein Mann, und ich, ein junges Mädchen:
Steif und ruhig
Wie man es zuweilen mit zwanzig sein kann.

Ich, die ich Gide gelesen habe,
Kehre oft zurück nach Raguenès
Um deinen fliehenden Augen wiederzubegegnen,
Um deinen wilden, bebenden Mund wiederzufinden.
Heute bin ich sanft wie die erste Frau
Doch die Nächte sind kalt wie die Nacht.

Dabei würde ich dich heute abend küssen,
Wunderbare Küsse, mit dem Salzgeschmack auf
unserer Haut
Dich, der du über die Meere Irlands fährst
In den heftigen Umarmungen der Wellen gefangen
Weit weg von meinen zwanzig Jahren
Und dem sanften Strand, an den du mich führtest
Um nach dem Märchentier zu suchen
Das sich nicht gezeigt hat.

Und du?
Kommst du manchmal an diesen Ort
Und trauerst dem Kuß nach, den wir uns
nicht gegeben haben?

Bald mußte das Haus für den Winter geschlossen werden, bald mußte ich den Sommer meiner achtzehn Jahre verlassen. Mein Gedicht habe ich in einem Herbarium zurückgelassen: In einer Schublade landete es mit jenen Ferienüberbleibseln, denen die Zeit bald die Farbe nimmt, einem rosaroten, leeren Seeigel, einer bronzefarbenen Haarspange auf ihrem vergilbten Karton, einem einsamen Söckchen, dessen Pendant wiederzufinden ich nicht aufgegeben, und einer Ähre, die ich im Hof der Lozerechs am Abend des Dreschens aufgelesen hatte.

Auch im folgenden Sommer habe ich das Gedicht nicht weggeworfen. Ich habe immer gehofft, es würde eines Tages seinem Adressaten zukommen und in ihm den unvergeßlichen Geschmack des ersten Begehrens wachrufen.

2
Yvonnes Hochzeit

Erst zwei Jahre später habe ich Gauvain wiedergesehen. Beruflich hatte er sich endgültig für das Meer entschieden. Mittlerweile war er Bootsmann geworden, und in Raguenès verbrachte er alle vierzehn Tage knappe achtundvierzig Stunden. Im Herbst wollte er die Schiffahrtsschule in Concarneau besuchen, um Fischereikapitän zu werden.

Sein Leben lief in der üblichen Bahn: Er hatte sich gerade verlobt, »denn man kann ja nicht ewig bei seinen Eltern bleiben«, wie er zu mir sagte, als suchte er nach einer Entschuldigung. Marie-Josée, seine Zukünftige, arbeitete in der Fabrik, ebenfalls in Concarneau. Sie hatten es nicht eilig. Zuerst wollten sie in Larmor ein Haus bauen, auf einem von der Lozerech-Großmutter geerbten Grundstück, und dafür hatten sie sich, noch bevor sie den ersten Stein zu sehen bekamen, auf zwanzig Jahre verschuldet.

Anstatt uns zu beschimpfen oder uns gegenseitig zu übersehen, gingen wir uns fortan aus dem Weg, zumindest ging Gauvain mir aus dem Weg. Mir mißfiel es eigentlich nicht, wenn dieser Prachtkerl zu Boden blickte, sobald ich ihm im Dorf begegnete. In den Läden der Ortschaft hingegen begann er, sobald ich hereinkam, mit den anderen Kunden bretonisch zu sprechen, um mir ganz deutlich zu machen, daß ich nicht von seiner »Art« war.

Bei Yvonnes Hochzeit dann konnte er nicht umhin, mir zum zweitenmal ins Gesicht zu schauen. Sie wollte unbedingt mich als Trauzeugin haben, und Gauvain hatte versprochen, Trauzeuge des Zukünftigen zu sein, der ebenfalls zur See fuhr, aber – so Yvonnes Grundbedingung – die Marinelaufbahn eingeschlagen hatte. Yvonne heiratete in der Tat nur, um dem Dasein einer Bäuerin zu entrinnen: Sie haßte den Ackerboden, die Tiere, die man versorgen mußte, die im Winter stets aufgerissenen Hände, die auch am Sonntag kotverdreckten Holzschuhe, kurz, sie verabscheute das Leben, das sie auf dem Hof führte. Aber sie wollte keinen Küstenfischer wie ihren Bruder Robert, keinen Mann, der jeden Abend nach Hause kam, der einen um vier Uhr früh weckte, wenn er rausfuhr aufs Meer, und dessen Hände stets nach Fischköder rochen. Auch einen Hochseefischer wie ihre beiden anderen Brüder wollte sie nicht. Nein, was sie brauchte, das war ein Mann, der nie mit Fisch in Berührung kam, der eine schöne Uniform trug und der vor allem monatelang auf See sein würde, Monate, die für die Pension doppelt zählten, denn daran dachte sie auch schon. Ein Mann, der ihr auch die Gelegenheit bot, ein, zwei Jahre in Dschibuti, auf Martinique oder, mit ein wenig Glück, sogar auf Tahiti zu verbringen. Und in der übrigen Zeit hat man ein schönes neues Haus und seine Ruhe. Yvonne, die in ihrer Kindheit keine Zeit gehabt hatte zu spielen und die sich außer zum Essen kaum je hingesetzt hatte – wobei sie und ihre Mutter unentwegt aufstehen mußten, um die sieben Jungen, plus den Vater, plus den geistig leicht Behinderten, der bei ihnen als Knecht arbeitete, zu bedienen –, strebte nach einer einzigen Form des Glücks: Sie wollte »ihre Ruhe haben«! Jedesmal, wenn ihr dieser Ausdruck über die Lippen kam, war er von einem ekstatischen Lächeln begleitet. Seine Ruhe haben, das bedeutete, nicht mehr den eigenen Namen schreien hören: »Verdammt noch mal, Yvonne! Bringst du ihn nun, oder bringst du ihn nicht, den Cidre?! Wir können es uns nicht leisten, herumzuwarten! … Los, Yvonne! Husch, husch, zur Waschküche, dein Bruder braucht sein Zeug morgen … Aufwachen, Yvonne, oder glaubst du, die Kuh melkt sich von selbst …?«

Die Ehe erschien ihr wie eine Einöde der Glückseligkeit.

Der erste junge Mann, der ihre Bedingungen erfüllte, war der Richtige. Und die Tatsache, daß er ein mickriges Kerlchen war, das sich nach der für das Militär erforderlichen Mindestgröße recken mußte – er hatte eine Sondergenehmigung gebraucht wegen des fehlenden Zentimeters, und der Zentimeter fehlte vor allem am Hirn, sagten böse Zungen –, war für sie kein entscheidendes Hindernis: Das würde ihr seine langen Abwesenheiten um so leichter machen.

Als das Schwierigste erwies sich, diese Hochzeit zu organisieren und ein passendes Datum zu finden. Man mußte abwarten, bis alle drei Fischer-Brüder gleichzeitig zu Hause waren, was selten vorkam, seitdem sie nicht mehr auf demselben Schiff fuhren; außerdem mußte der eine, der in Nantes Lehrer war, Ferien haben, und auch auf meine Ferien und den damit verbundenen Aufenthalt in Raguenès mußte Rücksicht genommen werden. Zumal die Lozerechs ihrer einzigen Tochter eine wirklich schöne Hochzeit bieten wollten, mit drei Brautjungfern im mandelgrünen Organzakleid und mit Gästen, die aus dem ganzen Süden der Bretagne mit dem Bus herbeigekarrt würden.

Und eine wirklich schöne Hochzeit sollte es auch für uns, für Gauvain und mich, werden, denn es schien vom Schicksal vorgesehen, daß Familienfeste und Feierlichkeiten in erster Linie zu unserem Verderben stattfanden!

Um neun Uhr früh bereits saß ich an seiner Seite beim ersten Glas Muscadet, und den ganzen Tag und einen Teil der Nacht und auch den nächsten Tag noch sollte unser gemeinsames Abenteuer dauern.

Gauvain war nicht wiederzuerkennen in seinem Sonntagsstaat, mit seinen pomadegebändigten Haaren: Er hatte Ähnlichkeit mit einem Tanzbär und trug ein Gesicht zur Schau, das nichts Gutes verhieß. Ich hatte ein hellbeiges Kostüm aus Tussahseide an, das alles andere als provinziell wirkte, Schuhe mit Riemchen um die Fesseln, was meine (von der Natur sowieso freundlich bedachten) Beine vorteilhaft zur Wirkung brachte, und dazu kam jene ruhige, überlegene Ausstrahlung, die das Privileg von Menschen ist, die sich niemals wünschen mußten, anderswo zur Welt gekommen zu sein als in der weichen Wiege, die das Schicksal ihnen zugeteilt hat.

An jenem Morgen stellte ich alles dar, was er haßte, aber bei mir bewirkte das nichts anderes als den plötzlichen Wunsch, seinen Panzer aufzubrechen, auf daß der verletzbare Kern, den ich in ihm ahnte, mir ausgeliefert sei. Die Inselepisode lag tief in meinem Gedächtnis verborgen, hinter einer Tür, die ich, kaum war eine Landschaft des Lichts ahnbar geworden, allzuschnell wieder zugeschlagen hatte. Diese Ergriffenheit, die ich noch immer spürte – hatte ich sie nur geträumt? Hatte auch Gauvain sie empfunden? Ich wollte nicht den Rest meines Lebens damit verbringen, mir an sehnsuchtserfüllten Abenden diese Frage zu stellen. Ich würde Gauvain zum Bekenntnis zwingen, heute oder nie.

In der Kirche konnte ich nichts unternehmen, auch während der ewig langen Inszenierung des Hochzeitsphotos nicht, auf dem Platz vor der winzigen Kapelle von Saint-Philibert, dem Geburtsort des Marinebürschchens. Ein unangenehmer Südwestwind ließ die Bänder der Trachtenhauben flattern und bauschte die großen Halskrausen auf, die die Brautmütter und eine allerletzte Schwadron von Unbeugsamen trugen. Dann peitschte uns ein heftiger Regenschauer, und meine gekonnt natürlichen Löckchen klebten traurig an meinen Wangen.

Endlich beschloß der Photograph, sein schwarzes Tuch und sein kompliziertes Stativ zusammenzupacken, und damit gab er das Zeichen zum stürmischen Aufbruch: In der Dorfkneipe sollte es mit Aperitif und Tanz weitergehen. Aber auch dort mischten sich die Männer nicht unter die Frauen, sondern bildeten Trauben um die Theke, die jüngeren um die Spielautomaten.

Es wurde zwei Uhr nachmittags, bis ich endlich im Festsaal neben einem schon ziemlich alkoholisierten Gauvain saß. Der Unschuldsknabe schickte sich an, sich durch die unumgängliche Reihenfolge – Muscadet, Bordeaux, Champagner und Schnaps – hindurchzukämpfen; er wußte nicht, daß ich meine Strategie auch auf die wahrheitsfördernden Begleitgetränke des rituellen Hochzeitsmahls aufgebaut hatte. Noch immer hat sich Trunkenheit mit Schwäche verbündet.

Wir waren noch nicht einmal bei der unvermeidlichen Ochsenzunge in Madeirasauce angelangt, die den Übergang vom Weißwein zum Rotwein signalisiert, da stellte ich bei mir eine erhöhte Anfälligkeit für Gauvains allzu nahen Körper fest. »Weiß auf Rot, alles im Lot, Rot auf Weiß, alles aus dem Gleis«, pflegte mein Vater zu sagen. Gauvain jedoch schien mich nicht zu beachten, was ich wiederum auf die Anwesenheit seiner Verlobten zurückführte, die brav zu seiner Rechten saß; sie steckte in einem rosaroten Kleidchen, das ihr, der farblos Blonden, den Teint ruinierte, und eine strohtrockene Dauerwelle von der Sorte, die man hier in dieser Gegend besonders schätzte, schmückte ihr Haupt. Der Vorbau erinnerte an die Königin von England: ein zu einer Art Kissenrolle zusammengepferchter Monobusen. Mußte sich Gauvain fortan mit dieser wabbeligen Rundung begnügen? Allmählich war ich angetrunken genug, um ihn deswegen zu bemitleiden und mir zu wünschen, er möge seine Hand oder gar beide auf meinen Busen legen, und zwar am besten gleich heute. Aber wie sollte ich das erreichen? Die Taktiken, die mir vorschwebten, waren derart plump … daß es von ihm noch grobschlächtiger wäre, darauf nicht einzugehen. Nachträglich würde mir schon was einfallen, um ihm die edle Schönheit meiner Seele zu offenbaren. Doch wie alle unanständigen Gesten, die ich je in meinem Leben vorhatte, kam auch die, die Gauvain aus seiner irritierenden Gleichgültigkeit gerissen hätte, nicht zur Ausführung. Vermutlich war meine Hand besser erzogen als mein Kopf!

Die Stunden vergingen, und Yvonnes Hochzeitsessen wurde zu einem jener nicht enden wollenden Festbankette, wo über Krümeln, Saucenflecken und umgestürzten Gläsern allmählich die Langeweile schwebt. Die Bäuerinnen öffneten ihre Gürtel und schlüpften unter dem Tisch aus den massiven Pumps, die sie auf dem Markt gekauft hatten und in denen sie sich seit dem Morgen schon abquälten. Die Männer standen Schlange an der Toilettentür und kamen beschwingt zurück, indem sie sich den Hosenschlitz zuknöpften. Die überdrehten Kinder spielten mit Indianergeheul Fangen und warfen dabei Stühle um, und der frischgebackene Ehemann lachte lauthals mit seinen Freunden, um deutlich zu machen, daß er die Situation im Griff hatte. Indessen lernte Yvonne, die Nase ein wenig gerötet und das Gesicht feucht glänzend unter dem Röschenkranz, die Einsamkeit der jungen Ehefrauen kennen.

Nun wartete ich auf den Tanz: Er würde mich einen entscheidenden Schritt weiterbringen, daran zweifelte ich nicht. Aber wir hatten immer noch nicht das Essen ausgestanden; als die mehrstöckige Hochzeitstorte und der Champagner serviert wurden, kam es aufs neue in Schwung, und damit schlug die Stunde der Sänger. Eine Handvoll dickköpfiger Greise, deren Stimmen mehr vom Alkohol als von den Jahren zitterten, wollten uns keine einzige Strophe jener endlosen bretonischen Moritaten ersparen, in denen sich die Einsamkeit, die verratenen Schwüre und die Schiffbrüchigen ohne Begräbnis für die jungen Bräute zum verlockenden Zukunftsbild vereinen.

Man war gerade bei der siebten Strophe von *Recouvran-an-ce* angelangt – einer Sängerin, die sich für Rina Ketty hielt, gelang es nicht, das Lied vollkommen zu Tode zu singen –, als Gauvain aufstand und, noch bevor der Applaus verebbte, das *Bro Goz Va Zadou* anstimmte. Seine schöne Baßstimme gab mir den Rest, viel durfte jetzt nicht mehr kommen. Mit rührender Selbstgefälligkeit ließ er sie bei den harten und zugleich herzzerreißenden Silben der bretonischen Sprache vibrieren. Es war eine Bardenstimme, sie erinnerte mich an Félix Leclerc, und sie paßte zu seiner Brust und zu den kraftvollen Muskeln, die sich auf fast unanständige Weise unter seinem engen Anzug abzeichneten – der Schneider von Trégunc schnürte mit großer Beharrlichkeit solche Naturgewalt in taillierte Ballettanzüge, die den Hintern einzwängten und die von den athletischen Schenkeln nahezu gesprengt wurden.

Marie-Josée gab selbst das Zeichen zu der allgemeinen Küsserei, die nach jedem Lied fällig war, gemäß dem rituellen Couplet:

Daß die Jungen die Mädels küssen,
Das will der Pfarrer nicht,
Daß die Mädels die Jungen küssen,
Verbietet er nicht …

Nun, auch ich würde ihn küssen, den Lozerech-Sproß, und nicht eben sanft, und ich würde es als letzte tun, um nicht in der blökenden Herde unterzugehen, die schon Schlange stand. Er, der glücklich über seinen Erfolg war, lachte, und sein sonores Lachen entblößte jenen schräg abgebrochenen Schneidezahn, der so erfreulich wirkte wie beim Piraten die schwarze Augenbinde: Er machte ihn zum Haudegen, und ich, ich würde mich nur zu ihm hinüberneigen müssen, denn er saß ja neben mir, um meine Lippen ganz schnell, wie aus Versehen, auf diesen Schneidezahn zu drücken.

Er warf mir einen scharfen Blick zu, und ich sah, daß er die Insel nicht vergessen hatte.

Noch mußte man den Sangria-Aperitif im Café du Port hinter sich bringen und warten, bis das berühmte Tanzorchester Daniel Fabrice aus Melgven eintraf. Aber meine Stunde würde jetzt sehr bald schlagen, dessen war ich mir vollkommen gewiß.

Der Tanzsaal war ungemütlich kahl und brutal beleuchtet; in einem Spiegel sah ich, daß ich seit dem Vormittag nicht unbedingt schöner geworden war. Zumal jetzt neue, unverbrauchte Gäste eintrafen, darunter auch ein paar Sommerfrischler, die ich kannte, und die das Ganze als eine Art Zoobesuch betrachteten. Wie selbstverständlich wurde ich von ihrem Kreis aufgesogen. Ich warf Gauvain verzweifelte Blicke zu, aber es gelang mir nicht mehr, seine Aufmerksamkeit auf mich zu lenken; ich existierte überhaupt nicht für ihn.

Ich setzte einige alterprobte Mittel ein, magnetisierte ihn mit durchdringenden Blicken in seinen Nacken, machte mich so leuchtend wie ein Glühwürmchen, jedesmal wenn ich in seinem Blickfeld war, lehnte ostentativ die schmalzigsten Tangos mit meinen Freunden ab und schlich wie eine arme Seele durch den Ballsaal … Keiner meiner Tricks funktionierte, und bei allen meinen Lieblingstänzen nahm Gauvain Marie-Josée in die Arme.

Nun denn! Es blieb mir nichts anderes übrig, als in die Gruppe, zu der ich schließlich gehörte, zurückzukehren und diesen schönen Rüpel zu vergessen. Ich hatte nichts mehr zu erhoffen hier, dieser Ball war das Letzte, meine Chancen waren versaut, und das war auch besser so. Was hätte ich mit Gauvain danach gemacht? Ich hätte ihm ja doch nur übel mitgespielt. Dieser edle Gedanke war Balsam für meinen gekränkten Stolz.

»Bleiben Sie nicht mehr bis zur Zwiebelsuppe?« fragte Yvonnes Vater erstaunt, als ich mich verabschiedete.

Bloß nicht! Ich wollte Gauvain und seine Leibwächterin nicht mehr sehen. Ich fühlte mich plötzlich sehr müde, tausend Meilen von dieser Lozerech-Sippe entfernt. Yvonne habe ich schnell noch umarmt, bevor ich mich mit meiner Truppe aus dem Staub machte. »Du hättest doch nur eine schöne Erinnerung zerstört«, sagte Frédérique sehr vernünftig.

Ihre Äußerung hat meinen Ärger nur verstärkt. Was sollte ich denn anfangen mit schönen Erinnerungen im Einmachglas? Ich hasse die schönen Erinnerungen. Ich liebe nur die schönen Zukunftsaussichten.

Ich war bereits im Garten des Hotels angelangt, kletterte über die betrunkenen Wracks am Wegrand, die sich teilweise noch bewegten und Bruchstücke von Liedern brabbelten oder einen Arm gen Himmel reckten, um eine endgültige Weisheit zu verkünden, als ich plötzlich eine Hand auf meiner Schulter spürte, die mich zusammenschrecken ließ.

»Ich muß dich sehen!« flüsterte Gauvain eindringlich. »Warte auf mich heute nacht am Dock, ich komme, sobald ich kann. Vor ein Uhr ganz bestimmt.«

Es war keine Frage gewesen. Er wartete auch gar nicht erst auf die Antwort. Ein paar Freunde riefen nach ihm, und Frédérique wurde ungeduldig im Auto. Aber ich habe mir Zeit genommen. Ich habe seinen Satz in mir hinuntergleiten lassen, ich habe tief durchgeatmet, und eine Welle von Glück hat mich überflutet, hat mich erfüllt mit Jubel und flammender Entschlossenheit.

Nach den Tabakdämpfen des Ballsaals brachte der Westwind schubweise den intensiven Geruch des Tangs, einen Geruch nach Sex. Ich bin nach Hause gegangen, des Alibis wegen. Und auch um vorsorglich meinen Dufflecoat mitzunehmen, denn ich konnte mir vorstellen, daß er ein guter Schutz wäre gegen die Unebenheiten des Bodens, sobald Gauvain seine achtzig Kilo über mir ausbreiten würde. Und das Gedicht, das ich zwei Jahre zuvor für ihn geschrieben hatte und das in einer Schublade ruhte, steckte ich in die Tasche, man kann ja nie wissen. Bevor ich ging, zeigte ich es meiner Schwester, die die Nase rümpfte.

»Sehr jungmädchenhaft«, sagte sie.

Ich fand es schön! Wird man nicht immer wieder zum jungen Mädchen, wenn man losläuft, den Armen eines Mannes entgegen?

An jenem Abend konnte man den Mond nicht sehen. Die Insel von Raguenès lag wie eine tiefschwarze Masse auf dem fast schwarzen Meer, und alles schien reglos, als läge es in der Erwartung eines Ereignisses. Eigentlich mußte ich diesen Eindruck korrigieren: *Ich* erwartete ein Ereignis. Für die Natur war es eine Sommernacht wie jede andere auch.

Von der ersten Minute des Wartens an war ich in den genußreichen Prozeß der Lust eingetreten. Ich erlebte das Beste, was das Leben zu bieten hat, und war mir dessen bewußt. An jenem Abend wäre ich verrückt genug gewesen, um auf zehn Jahre meines Lebens zu verzichten – sagen wir fünf –, nur damit nichts den Verlauf des Stückes behindern möge, das wir nun spielen würden und bei dem noch keiner von uns seine Rolle kannte. Was haben ein paar Jahre im Alter schon zu bedeuten, wenn man zwanzig ist? Ich bereitete mich darauf vor, eine Nacht ohne Morgen zu erleben, eine den Konventionen, der Vorsicht und sogar der Hoffnung gestohlene Nacht, und ich empfand dabei wilde Freude.

Endlich kam Gauvain. Sein Auto hat er ganz am Rand des Feldes abgestellt, ich habe ihn die Tür zuschlagen hören und seine Gestalt erahnt, wie er durch die Dunkelheit spähte. Vermutlich hatte er mich schon im Licht der Scheinwerfer gesehen, denn nun rannte er den felsigen Abhang herunter. Ich hatte mich an ein auf den Sand gezogenes Boot gelehnt, um mich gegen den Wind zu schützen; die Arme um die Knie geschlungen, saß ich da, in einer Haltung, die mir zugleich sportlich und romantisch erschien ... Mit zwanzig legt man sehr viel Wert auf seine Haltung. Gauvain hat mich an beiden Händen gepackt, um mich schneller hochzuziehen, und noch bevor ich ein Wort sagen konnte, hat er mich heftig an sich gepreßt, sein Bein sofort zwischen meine geschoben und mit dem Mund mir die Lippen geöffnet, meine Zunge hat sich an seinem kaputten Zahn verfangen, meine Hand ist zum erstenmal unter seine Jacke geglitten, in seine duftende Wärme, meine Finger sind eingedrungen in jenen rührenden Hohlraum, den der Gürtel bei manchen Männern zwischen den Lendenmuskeln freigibt. Lautlos begann es zu regnen, und wir bemerkten es nicht sofort, so entrückt waren die Gefilde, in denen wir schwebten. Einen Augenblick glaubte ich, daß Gauvain weinte, und rückte ein wenig von ihm ab, um seine Augen zu erkennen ... Schon ringelten sich die nassen Haarsträhnen auf seiner Stirn, Gischttropfen glänzten zwischen seinen gebogenen Wimpern. Vielleicht waren es doch Tränen. Unsere Lippen haben sich wieder vereint, sich voneinander gelöst und sich lachend wiedergefunden, ganz glitschig vom Wasser des Himmels, das köstlich schmeckte, und die Schwärze der Luft, die Melancholie des feuchten Strands und die Gänsehaut des Meeres unter den Regentropfen umringten uns von allen Seiten, lösten uns heraus aus der Betriebsamkeit des Tages und tauchten uns in die fast unerträgliche Einfachheit der Liebe.

Der Regen bahnte sich allmählich einen Weg in unsere Kragen, und der Südwestwind wurde stärker, aber wir konnten uns schon nicht mehr trennen. Mit einer Bewegung des Kinns wies Gauvain zur Insel und zu der Ruine hinüber, von der noch ein Stück Dach übrig war, das am letzten Balken hing. Ich lächelte: Da hatten wir in unserer Kindheit oft gespielt!

»Wir können noch rübergehen. Erst gegen zwei Uhr früh kommt die Flut.«

Wir sind auf dem Sandkamm entlanggelaufen, der bei Ebbe die Insel mit der Küste verbindet, auf dem Tang habe ich mir die Knöchel verstaucht, und Gauvain, dessen Husky-Augen auch im Dunkeln sehen, hat mir geholfen, auf das grasbedeckte Plateau zu steigen, wo unser Häuschen stand … oder das, was noch von ihm übrig war. Außer Atem haben wir uns wortlos bei den Händen genommen, ganz durchdrungen vom Ernst der Freude, so heftig zu begehren, was wir nun gemeinsam tun würden, hier in diesem unsicheren Unterschlupf, ohne Sorge um die Vergangenheit und um die Zukunft. Wenn das Leben ganz und gar im Augenblick Platz findet, wenn es einem gelingt, alles andere zu vergessen, dann erreicht man vielleicht die intensivste Form der Freude.

Wir haben uns in die einzige trockene Ecke der verfallenen Behausung verkrochen, und ich war froh, daß ich meinen Dufflecoat mitgenommen hatte. Ich wußte nichts anderes zu sagen als immer wieder: »Bist du da? Sag mir, daß du es wirklich bist … Es ist so dunkel, daß ich Zweifel habe.«

»Ich wußte doch, daß wir uns eines Tages wiederfinden würden, ich wußte es«, antwortete er und streichelte mein Gesicht, um es besser zu sehen, dann tastete er sich langsam unter der Bluse über meine Schultern, über den Nacken hinab zur Taille, formte mich behutsam aus dem wunderbaren Material der Erwartung.

Ich hatte nicht gerade oft in meinem Leben mit einem Mann geschlafen. Mit zwanzig Jahren hatte ich bisher erst Gilles, meinen Initiator, erlebt, der mich in nichts eingeweiht hatte, denn beide wußten wir so gut wie nichts vom Gebrauch der Geschlechtsorgane. Und dann noch Roger, dessen Intelligenz mich vor Bewunderung stumm und des Urteils unfähig machte, selbst dann, wenn er mich zwischen zwei Physikreferaten auf der marokkanischen Decke in seiner Studentenbude – fließend Wasser auf der Treppe – in fünf Stößen absolvierte, wobei die vorangehenden Kitzel-Streichel-Knutschaktionen, die als Starthilfe gedacht waren, auch nicht langatmiger ausfielen. Ich muß unwillkürlich jedesmal daran denken, wenn ich einen Geiger sehe, der mit der Mittelfingerspitze eine Saite seines Instrumentes zum Vibrieren bringt und sie wieder losläßt, wenn die gewünschte Wirkung erzielt oder vermeintlich erzielt wurde. Während der Penetration machte er sich freundlicherweise die Mühe, ein paar »Ich liebe dich« zu gurgeln, und ich antwortete mit »Ich liebe dich«, um mir Mut zu machen und um diese Viertelstunde, der ich jedesmal hoffnungsfroh entgegenfieberte und aus der ich erkennbar ohne die bei ihm eintretende Erleichterung wieder hervorging, mit ein wenig Seele anzureichern. Da er mir aber keinerlei Fragen stellte und »es« in regelmäßigen Abständen mit mir wiederholte, war ich anscheinend »in Ordnung«, und das war sie wohl, »die körperliche Liebe«, wie ich sie damals nannte. Ich mochte das Vorher lieber, er das Nachher. Vielleicht lag darin der berühmte Unterschied der Geschlechter.

Ich erinnere mich nicht, ob Gauvain damals schon ein so guter Streichler war, wie er es später wurde. In seinen Kreisen wurde damals nicht viel gestreichelt. Und damals ließ ich mich auch nicht leicht streicheln. Ich fand Roger ganz normal. Man kann doch Männer nicht langweilen mit Äußerungen wie »Nein, ein bißchen höher«, oder »Aua, das ist zu heftig …«, oder gar »Noch ein bißchen mehr, bitte«. Denn wenn man ihnen mit solchen Forderungen auf den Wecker geht, wirkt man unersättlich, und dann gehen sie anderswohin, zu allzeit zufriedenen Mädchen, die ihren Zauberstab anbeten und ihr heiliges Salböl mit den wonneerfüllten Gesichtern von Erstkommunikantinnen trinken. Zumindest wurde dies in meinen Kreisen behauptet, und wie sollte ich das nachprüfen? Ehrlichkeit war damals nicht üblich dem männlichen Geschlecht gegenüber. Sie sprachen ja nicht die gleiche Sprache wie wir. Man gehörte zu seinem Geschlecht, wie man zu seiner Heimatgegend gehörte.

In jener Nacht fielen zum erstenmal diese Schranken, als ob sich unsere Körper schon immer gekannt hätten, und wir tasteten uns voran im Takt der gleichen Lust, bis all unsere Unterschiede sich verwischten, als ob wir aufeinander gewartet hätten, um uns zu lieben und uns ineinander aufzulösen, ohne Ende, denn die Lust an der Lust erschöpft sich nicht durch die Befriedigung der Lust, und in der Tiefe der gerade verklingenden spürten wir schon die ersten Schwingungen der zukünftigen Lust. Wir erlebten eine jener Nächte ohne Dauer, wie sie einem nur ganz selten im Leben widerfahren.

Die steigende Flut war es, die uns wieder auf den Boden der Realität zurückbrachte: Gauvain hat plötzlich das Geräusch der näher kommenden Wellen gehört. Dieser Mann wußte immer, wie es mit dem Meer stand.

»Wenn wir nicht auf der Stelle abhauen, müssen wir zurückschwimmen«, verkündete er und tastete hektisch nach unseren am Boden verstreuten Kleidern. Mein Büstenhalter hatte sich in Luft aufgelöst, und ich gab es auf, ihn zu suchen. Schließlich stand ja nicht mein Name drauf. Gauvain gelang es nicht, die feuchten Knöpfe in die im Regen geschrumpften Knopflöcher hineinzuzerren, und ich hörte ihn im Dunkeln fluchen. Schließlich hatten wir uns notdürftig wieder in unsere Sachen eingenestelt – ich mit meiner idiotischen Handtasche am Arm, als käme ich gerade aus einem Café, mein großer bretonischer Fischertölpel mit der Hose um den Hals gebunden, vom Regen durfte sie naß werden, nicht vom Meer –, und wir liefen los zum Sandsteg, wo bereits eine starke Strömung auflief. Wir hatten Mühe, unsere Lachausbrüche zu beherrschen, und wir stolperten in den Pfützen. Wir hielten uns fest an der Hand, um nicht fortgerissen zu werden, und es gelang uns im letzten Augenblick, den Priel zu durchqueren, das Wasser ging uns bis zu den Hüften. Aber gab es eine schönere Art, sich nach der Liebe zu waschen?

Als wir zu dem alten Renault gelangten, kam er uns unglaublich komfortabel und trocken vor, und wir stiegen mit viel Mühe wieder in unsere triefenden Kleider. Im Dorf parkte Gauvain sein Auto im Hof und begleitete mich zu Fuß bis an die Haustür. Die Straße roch nach warmem Stall, und man hörte das Vieh sich im Stroh bewegen. Auch wir sehnten uns nach der Wärme eines Stalls, aber wir mußten nach Hause, jeder für sich zurück in sein Leben. Es war plötzlich kalt, und wir haben uns ein letztes Mal in die Wärme unserer Lippen gerettet.

»Ich hab' etwas für dich«, flüsterte ich und kramte aus meiner feuchten Handtasche das Gedicht. »Ich weiß, daß du mich lächerlich finden wirst ... aber ich habe es damals nach dem Abend geschrieben ... du weißt schon, vor zwei Jahren ...«

»Also du auch?« fragte Gauvain mit seiner Nachtstimme. »Ich hatte gedacht ...«

»Du hast mir doch nie wieder ein Zeichen gegeben!«

»Mir schien, es wäre für uns beide besser. Aber heute abend war es dann doch stärker als ich, und ich bereue es auch irgendwie. Im Grunde bin ich ein Schuft.«

»Warum? Weil du verlobt bist?«

Er hob die Schultern. »Ich habe mich verlobt, um mich gegen dich zu wehren ... gegen die falschen Vorstellungen, die ich mir hätte machen können. Zwischen uns beiden war die Sache von vornherein faul und zum Scheitern verurteilt, darüber habe ich mir nie Illusionen gemacht. Und heute abend hätte ich dich nicht dahin schleppen sollen, das war Quatsch. Verzeih mir.«

Seinen dicht gelockten Kopf ließ er auf meine Schulter fallen. Er atmete heftig. Ich hätte ihm gerne erklärt, daß der einzige, unverzeihliche Quatsch gewesen wäre, einem jener Augenblicke zu widerstehen, die uns das Leben so knausrig beschert, das spürte ich damals schon. Aber er hätte es nicht verstanden. Sein Denksystem funktionierte anders. Und außerdem regnete es immer stärker, mein Dufflecoat roch nach nassem Hund, der Schlamm sickerte durch unsere Schuhe, und wir erschauerten vor Kälte und Schwermut. Gauvain auch vor Wut. Er hatte sich zur Gefühlsduselei hinreißen lassen, das paßte nicht in sein Lebenskonzept. Ich spürte, wie er innerlich steif wurde, nun hatte er es eilig, seine Gewißheiten, seine wohlgeordnete Welt wiederzufinden.

»Ich verzeih' dir«, habe ich zu ihm gesagt, »wenn du mir schwörst, daß wir uns wiedersehen, bevor du im Winter mit deiner Schule anfängst. Einmal, ein richtiges Mal, in einem richtigen Bett … ohne Angst vor der Flut. Ich möchte dich besser kennenlernen, bevor ich dich vergesse.«

Gauvain hat mich stärker an sich gepreßt. Mich vergessen, das konnte er schon nicht mehr.

»Geh, Karedig«, flüsterte er, »in der Sprache von Paris könnte ich es dir nicht sagen. Und ich wage es auch nur, weil es so dunkel ist … Ich kann dir nichts versprechen … Ich weiß es nicht. Aber du mußt wissen …«

Es gelang ihm nicht, den Satz zu Ende zu führen. Ich wußte es ja, daß er Fischer und Seemann und verlobt war, daß er voller Moralempfinden und Komplexe steckte und fest entschlossen war, »ein anständiger Mensch« zu bleiben, wie er das nannte. Ich aber wollte unvergeßlich für ihn bleiben, auch wenn ich ihm damit seine Ehe vermieste, ich hatte die naive

Grausamkeit der jungen Mädchen, die nicht einen Augenblick daran zweifeln, daß die raffinierte Freude, im geliebten Mann eine unheilbare Sehnsucht zurückzulassen, besser ist als der fade Trost, ihn in den Armen einer anderen in Frieden zu wissen.

»Kenavo … A Wechall«, fügte er noch leiser hinzu. Dann löste er sich von mir. »Und was Paris angeht, ich werd' sehen, was ich tun kann«, sagte er mit jenem bretonischen Akzent, der die Wörter verkürzt und dessen Herbheit ich mochte. Und er hob die rechte Hand, als wollte er sagen: ich schwör' es –, so lange, bis ich die niedrige Haustür hinter mir verschlossen hatte.

3
Paris

Die grossen Augenblicke des Lebens, Geburten, Krankheit, Tod, haben die Gabe, einen zur äußersten Banalität zurückzuführen und einem jene stehenden Redensarten in den Mund zu legen, die aus der Volksweisheit entstanden sind und besser als jede intellektuelle Sprache die Emotion in Worte fassen.

Seit Gauvain sein Versprechen gehalten hat und für ein paar Tage nach Paris gekommen ist, kann ich nicht mehr schlucken und nicht mehr schlafen. Mir hat es buchstäblich Kehle und Magen zugeschnürt, mir ist schwer ums Herz, und meine Knie sind weich – als ob die Geschlechtsfunktion alle anderen mit Beschlag belegt hätte. Und außerdem habe ich Feuer zwischen den Beinen, ein Ausdruck, der mir angemessen erscheint, auch wenn ich ihn gerade selbst geprägt habe. Ich werde drei Tage lang mit diesem schrecklichen Nachglimmen in mir herumgehen und Gauvains Brandmarke tragen müssen, wie die O ihren Ring.

»Weißt du, daß ich Feuer an einer gewissen Stelle habe?« sage ich zu Gauvain, denn »zwischen den Beinen« kann ich nicht einfach so, nicht so schnell, sagen. Im Grunde kennen wir uns ja nicht sehr gut.

»Du hast Feuer an einer Stelle, an die ich unentwegt denke«, antwortet er honigsüß, und dabei zögert er zwischen der Freude über die Huldigung an seine Männlichkeit und dem Staunen über meine Offenheit, die er bei einer Person meines Bildungsniveaus nicht erwartet hat.

Es macht mir Spaß, ihn zu schockieren, es ist ja so leicht!

Er lebt mit endgültigen Ideen, in einer Welt, wo die Dinge und die Leute ein für allemal in voneinander abgeschottete Kategorien eingeordnet sind.

Während ich eine lindernde Creme auf die betroffene Zone auftrage, wundere ich mich, daß die Autoren von Erotika diesen kleinen Unfall der ... Wollust stets unerwähnt lassen. Die Scheiden ihrer Heldinnen werden als unverwüstliche Rohrleitungen dargestellt, die das Eindringen von Fremdkörpern endlos ertragen können. Meine hingegen ist vollkommen wund. Ich inspiziere die Stelle mit meinem vergrößernden Kosmetikspiegel und erkenne meine brave, anständige, sonst so diskrete, so vornehme Vulva nicht wieder. Sie hat sich in eine ungeheuerliche, unverschämte, überquellende Aprikose verwandelt, bei der das Fleisch die Haut beiseite schiebt und allen Raum einnimmt, kurz, in eine absolut indezente Frucht, die zu allem Unheil auch noch brennt, ganz abgesehen davon, daß sie unfähig ist, auch nur ein Suppennüdelchen aufzunehmen.

Und dennoch werde ich in absehbar kurzer Zeit hinnehmen, was erzähle ich, verlangen, daß Gauvain das Brandeisen wieder auf mich ansetzt, daß er mir diese Ungeheuerlichkeit wieder einführt, die gegen alle Regeln der Physik, wenn sie erst einmal die schmerzende Stelle überwunden hat, ihren angemessenen, wenn auch etwas knapp geschneiderten Platz einnimmt.

Befänden wir uns im normalen Leben, würde ich um einen vorübergehenden Waffenstillstand bitten, aber wir haben so wenig Zeit! Und gegen alle Voraussicht, wo ich doch dachte, ich würde volltanken und zufrieden meines Weges ziehen, fühle ich mich immer mehr in einem Zustand des Entzugs. Seine dauernde Nähe, sein Getreidegeruch, die Verblüffung, ihn unentwegt zu begehren, monopolisieren all meine Sinne. Also liege ich wach in der Nacht, versuche mich, während er schläft, an ihm vollzusaugen, und tagsüber ernähre ich mich von seiner Schönheit, von den Liebkosungen seiner Hände, die so steif und ungehobelt sind, wenn ich sie auf einer Tischplatte sehe, und die sich in Goldschmiedehände verwandeln, sobald sie mich berühren. Anstandshalber und um uns ein wenig zu wehren gegen das Tier in uns, besichtigen wir in den Zwischenpausen den Eiffelturm, den Arc de Triomphe, den Louvre ... Nach den Wandelpfaden der Lust nun also die Touristenwege. Da Gauvain die Hauptstadt noch nie gesehen hat, machen wir auch eine Vergnügungsfahrt auf der Seine. Aber alle unsere Ausflüge finden ein vorzeitiges Ende: Engumschlungen, mit vor Liebe schmerzendem Körper, tun wir zunächst so, als schlenderten wir herum wie ehrbare Fußgänger, bis ein ungewolltes Streifen seines ach so harten Schenkels, ein gezielter Seitenblick auf meinen Busen, ein Blick, in dem ich anderes lese als Interesse für die Louvre-Fassade, uns den Rückweg zum Hotel antreten lassen; es wird ein hastiger Rückweg, und darüber schämen wir uns ein wenig.

Unten an der Hotelbar legen wir eine kurze Pause ein. Allein der Alkohol vermag es, die zugeschnürte Kehle zu lösen, und jedes Glas schenkt uns ein wenig mehr Intimität und läßt uns die Trennung vergessen, die uns schon umzingelt.

»Was tust du denn hier, Lozerech? Kannst du mir das erklären?«

»Ich bin noch mehr erstaunt als Sie, gnädiges Fräulein, aber wenn Sie mir bitte nach oben folgen wollen, vielleicht verstehen wir es dann«, antwortet Gauvain und versucht über eine Frage zu scherzen, die ihn ganz offenbar quält. Aber während er redet, drückt er sein Bein an meins, und das genügt schon, um uns aus dem Herrschaftsbereich der Vernunft zu vertreiben. Besiegt, sogar der Ironie unfähig, stoßen wir gemeinsam einen jener Seufzer aus, die die Unbotmäßigkeit des Körpers verraten.

Sie waren schrecklich und genußreich, jene Tage. Genußreich, weil ich die schlimme Fähigkeit besitze, in der unmittelbaren Gegenwart zu leben. Schrecklich, weil ich spürte, daß Gauvain bereit war, mir sein Leben zu schenken, und daß er es nicht zweimal tun würde.

Erst am letzten Abend fanden wir den Mut zu reden, in einem jener gemütlich-kuscheligen Restaurants, in denen man der Grausamkeit des Lebens zu entkommen glaubt. Im Zimmer ging es nicht: Unsere Hände schnitten uns allzuschnell das Wort ab. Zumal wir vor der Wahrheit Angst hatten. Schließlich waren wir nur aufgrund eines Irrtums hier. Wir waren aus unserem Leben ausgebrochen, und das würden wir büßen müssen.

Während ich, so gut es ging, die Seezungenfilets unter der Haut und den Gräten zu verbergen suchte – es gelang mir nicht, sie herunterzuschlucken –, erklärte mir Gauvain seine Sicht der Zukunft, als ob er mit seinem Reeder über einen Vertrag verhandelte; dabei verschlang er seine Portion mit jenem konzentrierten Ernst, den er bei jeder Handlung an den Tag legte. Er bot mir, zunächst in ziemlich wirrer Reihenfolge, an, seine Verlobung zu lösen, einen anderen Beruf zu lernen, sämtliche notwendigen Kurse zu belegen, sich über moderne Kunst und Musik zu bilden, zu lesen, als erstes natürlich die Klassiker, seinen Akzent abzulegen und schließlich, wenn all das vollbracht sein würde, mich zu heiraten.

Er saß da, auf der anderen Seite des kleinen Tisches, seine Knie hielten unter der Tischdecke die meinen umklammert; sein Blick war hell und klar – brachte er nicht ein loyales Opfer? –, trübte sich aber, als er in meinen Augen las, daß sogar die Hingabe seines Lebens nicht genügen würde.

Gerne hätte ich ihm nicht sofort geantwortet, hätte ihm sagen wollen, daß wir es uns überlegen sollten, hätte vermieden, mit drei Worten eine so glühende Liebe umzubringen. Gleichzeitig aber brachte mich seine Naivität aus der Fassung. Welcher Mann würde mir je ein so großzügiges, ein so wahnsinniges Angebot machen? Aber leider gab es für Gauvain nur ja oder nein. Lieber würde er sich das Herz herausschneiden und es weit von sich werfen, als auf einen Kompromiß einzugehen und sich mit mir zu treffen, ohne mich zu besitzen.

Ich blieb stumm, denn als Gegenleistung konnte ich ihm

nur unseriöse Dinge bieten, auf denen man kein Leben aufbauen kann: mein wahnwitziges Begehren und meine Zärtlichkeit. Ich wollte weder mein Studium abbrechen noch die Frau eines Seemanns werden, noch in Larmor-Plage mit seinen Freunden und Yvonne als Schwägerin leben, noch meine Sonntage auf dem Sportplatz von Lorient verbringen und erleben, wie er in den gegnerischen Strafraum einbrach. Und um ihm den Rest zu geben, wollte ich auch sein Opfer nicht; ich wollte, daß er bei seinem Beruf blieb, daß er seinen Akzent, seine Kraft und seine Inkompetenzen bewahrte. Wußte ich denn, ob ich ihn als Angestellten verkleidet oder meinetwegen als Schiffszimmermann überhaupt noch lieben würde? Würde mir nicht der Glanz des Meeres in seinen Augen fehlen? Und würde er sich denn selbst noch mögen? Aber mit diesen Argumenten kam ich bei ihm nicht durch. Sein Gesicht wurde verschlossen, und plötzlich wirkte er borniert, obwohl er Mühe hatte, ein Zittern in den Mundwinkeln zu beherrschen. Mein Gott, wie liebte ich doch diesen Widerspruch zwischen seiner Verwundbarkeit und dem heftigen Temperament, das zu seiner wahren Natur gehörte und das immer im Hintergrund lauerte. Meine Liebe zu ihm bereicherte sich noch an seinem Schmerz, und ich hätte es verdient, daß er mich dafür schlug.

Als wir das Restaurant verließen, versuchte ich, ihm meinen Arm um die Taille zu legen, aber er befreite sich brutal.

»Wenn es so ist, kann ich ja gleich heute abend abreisen«, sagte er mit Grabesstimme. »Dafür brauchen wir nicht noch eine Nacht im Hotel zu verschwenden.«

Eine Nacht zu verlieren, das erschien mir als ein unerträgliches Unrecht am Leben, ein Hohn auf das Geschenk, das uns zuteil geworden war. Aber überzeugen würde ich ihn nicht. Lozerech würde nach Hause fahren, voller Zorn auf diese Mädchen aus der Stadt, die einem erst das Leben kaputt- und dann sich aus dem Staub machen, leichten Herzens dazu. Er war schon dabei, sich eine Version zurechtzulegen, die zumindest mit seiner Weltanschauung harmonieren würde.

»Du wirst es vielleicht bereuen, alles abgelehnt zu haben, was ich bereit war, dir zu geben. Vielleicht bist du zu kompliziert, um glücklich zu werden.«

Er wagte es nicht, mich anzusehen. Er sah mir nie in die Augen, wenn er Kritik an mir übte. Wie all jene, die gar keine Vorstellung von einer privilegien- und bildungsgesättigten Kindheit haben, glaubte er, daß alles nachholbar sei. Daß er mit der Arbeitsenergie, die aufzubringen er fähig war, es in einem, maximal in fünf Jahren geschafft haben würde. Wozu sollten Mut und verbissener Fleiß gut sein, wenn sie an einem solchen Hindernis scheiterten? Er hätte mir nicht geglaubt, wenn ich ihm gesagt hätte, daß Bücher und persönliche Strebsamkeit nicht alles sind. Solch grausame Ungerechtigkeit akzeptierte er nicht.

Ich habe weniger gute Gründe gewählt, die ihm aber akzeptabler schienen, kleinlicher auch, was ihn in gewisser Weise beruhigte. Aber derjenige, der die Sprache der Vernunft spricht, ist derjenige, der am wenigsten liebt. Diese Wahrheit kannte Gauvain bereits.

Einen Zug nach Quimperlé gab es an jenem Abend nicht mehr. In mir stieg ein Freudenschwall hoch. Er mußte sich also noch einmal neben mich legen, dieser Rohling, dessen Feindseligkeit ich auf greifbare Weise wachsen spürte. Im Hotel verlangte er ein anderes Zimmer, aber es gab keines. Ich verbarg meine Befriedigung.

Kaum waren wir oben, packte er seinen Koffer, indem er seine Habseligkeiten durcheinander hineinwarf, wie im Kino; dann zog er sich aus – daß er mir den Anblick seiner Geschlechtsorgane entzog, war als Repressalie gedacht. Im Bett überwältigte mich wieder sein penetranter Duft nach warmem Korn, aber er drehte mir den Rücken zu, jenen weißen Rücken der Seeleute, die niemals Zeit noch Lust haben, sich der Sonne auszusetzen. Sein braungebrannter Nacken wirkte wie aufgesetzt, ich dachte an die Kartenspiele, wo man den Kopf und den Rumpf der Figuren austauschen kann. Einen Augenblick irrten meine Lippen über diese Grenzlinie und über die Haarkringel seines kindlichen Nackens, aber er rührte sich nicht. Die Macht seiner Verweigerung war wie ein eisiger Hauch, der mich so sehr lähmte, daß ich schlaflos auf dem Rücken liegenblieb, so nahe an seinem Körper, wie es ging, ohne ihn zu berühren.

Mitten in der Nacht spürte ich, daß seine Abwehr sich lockerte, ich konnte nicht umhin, meinen Bauch an seinen Rücken zu schmiegen und meine Wange auf seine Schulter zu legen. In der Stille des Halbschlafs hatte ich den Eindruck, daß unsere tieferen Wesen sich umklammerten, den Abschied verweigerten und sich bitterböse lustig machten über meine Skrupel. Unser bewußtes Ich war nicht mehr gefragt, längst signalisierten sich unsere Körper neues Einverständnis. Sie riefen nacheinander. Gauvain wollte nichts davon hören, aber das lag nicht mehr in seiner Macht. Plötzlich hat er sich umgedreht und sich auf mich geworfen, und ohne Mitwirken seiner Hände ist er in einem Stoß in mich eingedrungen. Es ist ihm sofort gekommen, und dabei hat er geglaubt, mich zu demütigen, aber seine Lippen blieben fest auf meinen, und wir sind eingeschlafen, ineinander verstrickt, uns gegenseitig atmend, bis der unerfreuliche Morgen graute.

Im fahlen Bahnhofshallenlicht von Montparnasse konnten wir uns nicht küssen. Er hat einfach seine Schläfe an meine Wange gelegt, wie er es bei der ersten Begegnung getan hatte, und ist in seinen Waggon eingestiegen. Dann hat er sich gleich abgewandt, um sein hilfloses Knabengesicht vor mir zu verbergen, und das Herz voller Tränen, den Kopf voller komplizierter Gedanken, habe ich den Bahnhof verlassen: Herz und Kopf arbeiteten unabhängig, als gehörten sie nicht derselben Person.

Kein Passant würdigte mich eines Blickes, ich schritt voran, jenes wahnwitzigen Begehrens beraubt, das ich gestern noch hervorrief, zurückgeworfen in die Gleichgültigkeit der

Welt. Erschauernd fühlte ich das Alleingelassensein, und ich verfluchte unsere Unfähigkeit, nach unserem Herzen zu leben, meine vor allem, aber auch die Gauvains, selbst wenn er sie erst später an sich entdecken würde. Aber ich wußte, daß ich hoffnungslos gefangen war in meinen geliebten, noch kindheitswarmen Vorurteilen. Und aufgrund jener Strenge, die mir damals die Persönlichkeit ersetzte, konnte ich ihm vieles nicht verzeihen: seine Unbildung, seine Art, unentwegt zu fluchen, seine Neigung für Blousons mit Glanzeffekt und für auf Socken getragene Riemchensandalen, sein sarkastisches Lachen angesichts abstrakter Malerei, die er tags zuvor im Museum mit wenigen Sätzen von makaber gesundem Menschenverstand abserviert hatte. Genausowenig seine ausgeprägte Vorliebe für Rina Ketty, Tino Rossi und Maurice Chevalier, haargenau die Sänger, die ich haßte und die ich meinerseits mit ein paar messerscharfen Sätzen vernichtet hatte! Ich verzieh ihm nicht seine Art, das Brot aus der Hand und sein Fleisch im voraus auf dem Teller zu schneiden, und auch nicht die Dürftigkeit seines Wortschatzes, die Zweifel an seinem Denken aufkommen ließ. Es hätte wahrhaftig viel getan werden müssen, zu viel. Und im übrigen ist fraglich, ob er überhaupt damit einverstanden gewesen wäre, er, der der Bildung diffuses Mißtrauen und im Grunde wenig Achtung entgegenbrachte, denn nur allzugern rückte er sie in die Nähe des Snobismus. Schließlich werden die armen Leute mit gebildeten Worten eingelullt, und genau auf diese Weise betrügen uns die »Bonzen«, so seine Ansicht, »hinten und vorne und allesamt«, wie er ebenfalls sagte. Den Gedanken, daß die Politiker alle korrupte Schwätzer seien, würde man ihm nicht austreiben können, alle bis auf die Kommunisten vielleicht, die er systematisch wählte, nicht so sehr aus Überzeugung als aus Berufstradition. An Bord leben die Hochseefischer in einem Gemeinschaftssystem und werden anteilig bezahlt, je nach Fangergebnis. Gauvain war sehr stolz darauf, kein gewöhnlicher Lohnempfänger zu sein.

In seinen Kreisen galten Fachkenntnisse, Ehrlichkeit und Mut am meisten, Gesundsein war eine Tugend und Müdesein ein Makel, der unmittelbar mit Faulheit in Verbindung gebracht wurde. Die Arbeit wurde an ihrer Nützlichkeit gemessen, niemals an der dafür aufgewendeten Mühe oder Zeit.

Bei uns Parisern, die wir mit der künstlerischen Avantgarde liebäugelten (mein Vater verlegte eine Zeitschrift für moderne Kunst), galt die Ehrlichkeit als eine etwas lächerliche Eigenschaft, außer bei Dienstmädchen. Man hatte den Gestrandeten und den Müßiggängern gegenüber alle Nachsicht, vorausgesetzt, sie besaßen Esprit und wußten sich zu kleiden; auch den Gesellschaftsalkoholikern gegenüber hegte man eine gewisse Zärtlichkeit, während die Dorfsäufer verachtet wurden. Sich mit einem Hochseefischer zu schmücken hätte einen Abend lang zur Unterhaltung beigetragen: Meine Eltern liebten Seemannslieder und mit Ankern aus Messing verzierte Ledergürtel, die an Bord geflochten wurden, sie liebten die großen bretonischen Mützen, die nur noch von Sommerfrischlern getragen wurden, und die kunstvoll verwaschenen roten oder marineblauen Leinenanzüge, die denen der Fischer in nichts nachstanden, ganz im Gegenteil. Sie liebten es, sich beim Verlassen eines Ladens mit »kenavo« zu verabschieden, und waren entzückt, daß der Bäcker den typisch bretonischen Bauernnamen Corentin trug. Mein Vater pflegte sogar – zehn Minuten im Jahr – echte Holzschuhe und die dazu passenden schwarzen Socken mit blauen Punkten anzuziehen. »Es gibt nichts Praktischeres«, verkündete er, »wenn man einen Garten hat!« Fast hätte er sich noch eine Handvoll Stroh beschafft zum Reinstecken: »Das ist ja so gesund!« Aber echte Hochseefischer aus Fleisch und Blut anderswo als in der Fischversteigerungshalle oder an Bord ihres Thunfischkutters oder ihres Trawlers, auf denen sie so hehr, so schmuck aussahen mit ihren gelben Gummimänteln und ihren schenkelhohen Stiefeln (»Diese Typen, ich muß sagen, die bewundere ich!«) – igittigitt! Ein echter Seemann auf dem Teppichboden einer Pariser

Wohnung, mit einem Blouson aus Chinéstoff und schwarzen Fingernägeln – igittigitt!

1950 waren die sozialen Schranken noch sehr hoch. Ich traute es mir nicht zu, Gauvain an mein Milieu anzupassen, ihn ins Tintenfaß der Kultur einzutauchen. Und ich wollte mich auch nicht in sein Milieu verpflanzen, ich wäre eingegangen. Die Grausamkeit meiner Familie und das Schicksal, das ihm beschieden gewesen wäre, wenn er mich geheiratet hätte, konnte er nicht richtig einschätzen, aber genausowenig konnte er sich die intellektuelle Einsamkeit vorstellen, die ich unweigerlich an seiner Seite erlebt hätte.

»Man macht nicht so viel Gesums wegen dem Leben, das man lebt«, hatte er am letzten Abend mit kaum verhohlener Feindseligkeit gesagt. »Man nimmt's, wie's kommt.«

Das war es eben: Ich, ich brauchte das »Gesums«.

Er hatte versprochen anzurufen, bevor er wieder an Bord ging, und diese Aussicht milderte die Brutalität der Trennung, auch wenn ansonsten keine Hoffnung war. Aber telephonieren konnte er nicht, das hätte ich wissen müssen. Der Apparat, der erst unlängst im zugigen Eingangsflur des Hofes installiert worden war, kam ihm vor wie ein Unheilsverkünder, er war höchstens dazu gut, eine Verabredung abzusagen oder einen Todesfall zu melden. Er sprach laut und betonte jede Silbe, als ob er mit einer Schwerhörigen zu tun gehabt hätte. Meinen Namen hat er nicht ausgesprochen: Es war schon eine Leistung gewesen, daß er Paris verlangt hatte. »Was hat denn der mit Paris zu tun?« hatte sich das Mädchen von der Vermittlung sicher gefragt.

»Ich nehme an, du hast deine Meinung nicht geändert?« hat er sich gleich erkundigt.

»Es ist keine Meinung, Gauvain, es ist … ich kann einfach nicht anders. Ich wünsche mir so sehr, daß du mich verstehst …«

»Du weißt doch, daß ich überhaupt nichts kapiere.«

Schweigen.

»Du bist also ab morgen auf See?« fing ich wieder an.

»Was soll sich daran geändert haben?«

Gauvain hatte recht, über diesen scheußlichen Apparat war keine Kommunikation möglich. Ich fühlte mich unfähig, so etwas wie »ich liebe dich« hineinzusprechen. Nur damit er nicht einhängte, habe ich irgend etwas gesagt.

»Schreibst du mir? Sagst du mir, wohin ich dir schreiben kann?«

»Das wird nicht leicht sein … Ich werde bei Marie-Josées Eltern wohnen, in der Zeit, wo ich mein Diplom vorbereite. Sobald ich in Concarneau bin, schicke ich dir eine Karte.«

»In Ordnung. Mit schönen Grüßen doch hoffentlich.«

Verletztes Schweigen. Leck mich am Arsch – das konnte er nicht sagen in den Apparat.

»Also, ich muß jetzt los«, sagte er, und ohne die Antwort abzuwarten, hängte er den schwarzen Hörer an die Holzwand.

4

Die zehn folgenden Jahre

In den zehn folgenden Jahren war mein Leben viel zu ausgefüllt, als daß ich Muße gehabt hätte, an meine erste Liebe zu denken. Später erst kommt das nostalgische Bedauern, wenn die zweite Liebe, mit der man sein Leben aufs Spiel gesetzt hat, allmählich Schlagseite bekommt. Das Nichterlebte umgibt sich dann mit einem gefährlichen Zauber.

Inzwischen ist meine Jugend unmerklich in das Erwachsenenalter hinübergeglitten. Noch habe ich die Schwelle der Dreißig nicht überschritten, und erst dann wird die lange Reihe der Türen zu passieren sein, die alle Anlaß zu beängstigenden Fragen sind: Ist mein Leben jetzt endgültig festgelegt? Was wird mir noch Wesentliches widerfahren?

Wenn man das Kap der Sechzig umschifft hat, lächelt man über die Einfalt seiner jungen Jahre. Das sollte man nicht tun. Ein unschätzbares Gut, die Sorglosigkeit, habe ich verloren, als für mich das vierte Jahrzehnt anbrach. Bis dahin hatte ich gelebt, ohne mich um die Tatsache zu scheren, daß ich sterblich war, und genausowenig kümmerte mich die noch unerhörtere Tatsache, daß ich verwundbar sein könnte, daß mein Körper mir sein eigenes Gesetz diktieren könnte. Auch hatte bis dahin alles, was ich erlebte, den Reiz des ersten Mals gehabt, alles, der Kummer eingeschlossen.

Während dieses sorglosen Jahrzehnts hatte ich denn auch mein Studium der Altphilologie und der Geschichte mit der Agrégation abgeschlossen, was mir einen Lehrauftrag an der Sorbonne einbrachte; danach hatte ich Jean-Christophe geheiratet, der damals als Technischer Leiter für Gaumont die

Wochenschau produzierte, und einem sehr blonden kleinen Jungen mit Sommersprossen das Leben geschenkt: Loïk Erwann Augereau.

Gauvain hatte 1952, im gleichen Jahr wie ich, geheiratet, und eh sie sich's versahen, waren Marie-Josée und er mit vier Kindern gesegnet. Nach unserer Trennung hatte er sein Lebensschiff sofort wieder auf Kurs gebracht, er gehörte nicht zu denen, »die sich den Luxus einer Depression leisten« – ein Ausdruck, der beinahe alles über ihn sagte. Er hatte gerade »seinen Meister gemacht«, wie seine Mutter es formulierte, und fuhr auf einem Trawler, der vor Südirland fischte. »Er findet's hart«, fügte sie hinzu. Es klang sachlich, aber der sekundenlang getrübte Blick verriet einen Kummer, von dem sie nie sprach: Ihr jüngster Sohn, der vierzehnjährige Robert, war zwei Jahre zuvor von einem Brecher über Bord gefegt worden, und seine Leiche hatte man nie gefunden. Seitdem zeigte sie weniger Verachtung für ihre anderen Söhne, wenn sie das Leben hin und wieder »hart« fanden.

Der Mißbilligung seiner Sippe trotzend, kam Gauvain jedes Jahr zur Thunfischzeit in die Biskaya zurück, denn diesen Fischfang, der viel mit Jagd zu tun hatte, zog er allen anderen vor. Es war für ihn die schönste Zeit des Jahres. »Fischerei für Touristen!« sagte seine Mutter achselzuckend. Zumal der weiße Thunfisch in den fünfziger Jahren an den französischen Küsten zur Seltenheit wurde.

»Dein Bruder verdient vor Mauretanien gutes Geld mit Langusten«, sagte sie in hinterlistigem Ton jedesmal, wenn ihr Sohn mit Marie-Josée und den Kindern auf dem Hof vorbeikam.

»Jaja, angeblich ist der Meeresboden dort nur so gepflastert mit Langusten«, bestätigte die Schwiegertochter mit gieriger Miene. »Schließlich haben wir jetzt die vier Kinder! Und die Abzahlungen fürs Haus …«

Mit ihren dreiunddreißig Jahren hatte sich Marie-Josée ostentativ im Lager der Hausfrauen verschanzt und sprach von ihren Kindern wie ein Säugetier. Sie gehörte zu jenen Frauen, die »ohne Rast und Ruh« von früh bis spät auf den Beinen sind, die ihr Haus schrubben und wienern, ihren Gemüsegarten pflegen, ständig in der Waschküche zu finden sind, und die ihre vom rollenförmigen Busen ausgebeulte Kittelschürze nur sonntags für den Kirchgang ausziehen. Ihre letzte Schwangerschaft hatte sie um zwei Schneidezähne ärmer und um zehn Jahre älter gemacht. Vorzeitig hatte sie sich unter die geschlechtslosen Muttertiere eingereiht. Fortan hatte sie mehr Ähnlichkeit mit ihrer Schwiegermutter als mit dem vergänglich-zarten jungen Mädchen, das Gauvain ein paar Jahre zuvor geheiratet hatte.

Ihn traf ich manchmal auf dem Dorfplatz, wo er sonntags Boule spielen kam, wenn er an Land war. Die Schwangerschaften seiner Frau hatten seiner Schönheit keinen Abbruch getan, und er war nach wie vor der größte Herzensbrecher von Raguenès, ja sogar von Névez, Trégunc und Trévignon, möglicherweise von Concarneau! Seinen scheinbaren Seelenfrieden hätte ich gerne gestört, zu gerne hätte ich gewußt, ob er manchmal von mir träumte, aber er war nie allein, und dadurch blieben ihm Anspielungen auf damals, auf die wilde Entgleisung aus unseren Schicksalsbahnen, erspart.

An meinem zwanzigsten Geburtstag war ich überzeugt gewesen, daß das kommende Jahrzehnt das bedeutendste und das ausgefüllteste meines Lebens sein würde. Als ich es abschloß, entdeckte ich mit freudiger Verwunderung, daß ich durchaus noch einmal von Null anfangen konnte, und mit Verblüffung, daß ich von meinen »zehn schönsten Jahren« fünf damit zugebracht hatte, unglücklich zu sein. Das war viel zuviel, und ich warf mir lange Zeit vor, in Einsamkeit und Verlassenheit stagniert zu haben. Aber die Erfahrung des Unglücks muß man ja irgendwann machen, und vermutlich kann man sie mit fünfundzwanzig am besten in Angriff nehmen, ohne irreparablen Schaden davonzutragen. Leider bin ich ein Mensch, dem es an Stolz und Ehrgeiz mangelt und der zugleich mit einer beachtlichen Leidensfähigkeit ausgestattet ist: Also habe ich Jahre gebraucht, bis ich mein Ehedasein unerträglich fand und, was schlimmer ist, schädlich. Immerhin hatte ich am Schluß das Gefühl, daß ich mein Leidenskapital erschöpft hatte.

Wäre ich mit Gauvain glücklicher geworden? Natürlich habe ich mir diese Frage manchmal gestellt. Aber Vorsicht, allzu bequem ist die Versuchung, heimlich jene Sehnsüchte zu hegen, die die Schwäche so vieler verheirateter Frauen sind, Frauen, die, wären sie frei, dennoch die gleiche Wahl träfen. Und im übrigen, wenn man schon scheitert, dann ist es besser, einem Liebeskummer, einer Scheidung ins Gesicht zu sehen und sich nicht in Vergleiche zu flüchten. Sonst macht man alles noch komplizierter, als es sowieso schon ist.

Am Tag, an dem ich mir darüber klar wurde, daß ich fünf Jahre lang keinen anderen Mann angeschaut hatte als ausgerechnet den, der mir ständig Schmerz zufügte – eine Geisteshaltung, deren Banalität die Opfer, hauptsächlich die weiblichen, keineswegs zu entmutigen scheint –, war die Befreiung überwältigend und die Rekonvaleszenz genußvoll. Meine durchweinten Nächte, meine mit Zweifeln und Selbstzerstörung ausgefüllten Tage kamen mir um so verwerflicher vor, als sie mir einen zu sehr geliebten Mann nicht zurückgebracht hatten, dessen chronischen Weltschmerz und dessen wachsende Reizbarkeit ich erfolglos zu verstehen versucht hatte. Am Tag, als mein Unglück die präzise Gestalt einer Regisseurin annahm, die ihn seit Jahren auf seinen beruflichen Reisen begleitete, ging mir endlich ein Licht auf, und meine Erleichterung war so jäh, daß jene demutsvolle, leichtgläubige Ehefrau, die ich gewesen war, mir binnen weniger Tage eine Fremde wurde. Und mir dann sehr bald als ein dummes Huhn erschien. Eine Zeitlang nahm ich es mir übel und dachte mir im nachhinein Taktiken aus, die es mir erlaubt hätten, entweder Jean-Christophe zurückzuerobern oder mich schneller von ihm zu befreien. Diese blinde und lahme Frau erkannte ich nicht wieder! Aber vermutlich muß man geraume Zeit in der Haut eines Menschen verbringen, der einem nicht ähnelt, ehe man zu dem wird, der man ist. Oder vielleicht hat man auch all diese vielfältigen Figuren in sich und muß sich von einer befreien, ehe man zur nächsten werden kann.

Jedenfalls hatte ich mich soeben der demütigen und schmerzerfüllten George wie einer toten Haut entledigt. Ich hatte die Rolle bis zum Schluß durchgehalten, ich hatte alle herkömmlichen Auftritte absolviert, alle einschlägigen Repliken ausgesprochen bis hin zur Schlußszene, die so klassisch und gewöhnlich war, daß ich glaubte, sie schon hundertmal im Kino gesehen zu haben. Plötzlich entdeckte ich an mir eine ganz neue Fähigkeit zum Glück und eine unerwartete Bereitschaft zum Lachen und zum Leichtsinn. Das Härteste im Unglück ist nicht so sehr das Unglücklichsein als die Tatsache, daß man sich des Lebensminimums an Sorglosigkeit beraubt fühlt, der Zuflucht zum Lachen, besser noch zum rettenden Lachkrampf, der einen inneren Kurzschluß bewirkt und einen schnaufend zurückläßt, bis ein tiefer Seufzer die Spannungen endgültig löst. Das Unglück ist entsetzlich ernst.

Meine erste Handlung als freie Frau bestand darin, mir ein Fahrrad zu kaufen. Eine symbolische Handlung. Ohne es zu bemerken, hatte ich seit meiner Heirat auf so vieles verzichtet: auf eine Anstellung an einem Gymnasium in Abidjan, weil Jean-Christophe nur in Paris leben konnte; auf den Gemeinschaftskauf eines kleinen Kutters in Concarneau, weil Jean-Christophe seekrank wurde; auf Gruppenreisen nach Athen, nach Moskau, nach Mexiko, weil Jean-Christophe weder Gruppen (und schon gar nicht Lehrergruppen) ertragen konnte noch verplante Ferien, erst recht nicht, wenn sie von *Tourisme et Travail* organisiert waren, was damals mehr Ähnlichkeit mit der Pfadfinderbewegung als mit dem Club Méditerranée hatte; und schließlich auf Fahrradtouren durch Frankreich, weil mein Mann Radfahren verabscheute. Motorradfahren, Segelfliegen und Bridgespielen hingegen liebte er, drei Tätigkeiten, die mir gleichermaßen Schrecken einjagten.

Meine zweite Handlung bestand darin, den Bridgetisch zusammenzuklappen und in den Keller zu stellen. Meine Sonntage gehörten wieder mir! Befreit war ich von jenen Nachmittagen, an denen ich lediglich angesprochen wurde, wenn man mir klarmachen wollte, wie katastrophal mein Reizen war, und an denen unsere brillantesten Freunde sich mit bestürzender Beharrlichkeit in eine absolut elementare Sprache zurückzogen. Das Bridgespiel schließt Lachen aus. Dabei gelang es mir nicht, es ernst zu nehmen, wodurch ich mir den heiligen Zorn meines Mannes zuzog und unsere Sonntagabende vergiftete, an denen er die Spiele des Nachmittags kommentierte in der Hoffnung, mich zu belehren, und Mutmaßungen darüber anstellte, was aus dem Spiel geworden wäre, wenn ich zum Beispiel meine Cœurfarben richtig angesagt hätte.

Schließlich habe ich es dann angesagt, das Herz, und wir haben uns, ohne allzu viele Scherben zu machen, scheiden lassen, nach dem Prinzip der beiderseitigen Schuld, »wobei das Kind aufgrund seines jungen Alters der Mutter zugesprochen wird« – eine Rechtsformel, die den Stolz der Väter schont, denn die hätten es damals in ihrer Mehrheit als eine Katastrophe empfunden, ihre Freiheit mit einem Kind am Hals wiederzuerlangen.

Daß ich mich scheiden ließ, habe ich Gauvain nicht einmal mitgeteilt: Es würde sich schon bis zu ihm herumsprechen. Wir schickten uns lediglich Glückwunschkarten für den Familiengebrauch, und es gelang mir nur hin und wieder, eine zweideutige Formulierung hineinzumogeln, die außer mir vermutlich niemand verstand, mit der Absicht, jene schwache Glut der Erinnerung zu erhalten, die noch immer unter der Asche schwelte. Wie dem auch sei, die Liebe erschien mir damals nicht mehr als eine Priorität.

Was Jean-Christophe betraf, so heiratete er sehr bald wieder, und zwar nicht die Dame, die meine vielen Tränen auf dem Gewissen hatte. Es kommt ja vor, daß der Schiffbruch eines Ehepaares auch denjenigen – oder diejenige – mit ins Verderben reißt, der ihn verschuldet hat. Daß ich mich darüber freute, gereichte mir sicher nicht zur Ehre ... aber die Ehre hing mir aus gutem Grund zum Hals heraus. Ich träumte vom unabhängigen Leben und von neuen Horizonten.

Als mir ein Lehrauftrag für Vergleichende Literaturgeschichte in Wellesley angeboten wurde, nahm ich ihn mit Begeisterung an und zog mit meinem achtjährigen Sohn nach Massachusetts, auf einen jener Campus, von denen ich als junges Mädchen so sehr geträumt hatte, als ich die düsteren Hörsäle der Sorbonne frequentierte und brav jeden Abend den Bus der Linie »S« bestieg, um in den Schoß meiner Familie heimzukehren.

Im sehr amerikanischen, sehr friedlichen Massachusetts der frühen sechziger Jahre lebten die Studenten und Professoren in einer behüteten Oase, und es war eine Art Regression, der ich mich hier mit Wonne hingab. Mein materielles Leben war gesichert, es bot sogar aufregende Perspektiven, und Loïc stellte das Stückchen Frankreich in meiner Nähe dar, ohne das ich mich im Exil gefühlt hätte. Die spontane Liebenswürdigkeit, die fröhliche, ja sogar indiskrete Vertraulichkeit, die die Amerikaner kennzeichnen, egal welcher Platz in der Hierarchie ihnen zukommt, erwärmten mir so sehr das Herz, daß ich sehr bald Gefahr lief, meine eheliche Erfahrung zu vergessen und mich in neuem Selbstvertrauen zu wiegen. Ich ging so weit, eine zweite Ehe in Erwägung zu ziehen! Aber ein Jahr des Zusammenlebens mit Sydney, einem Kollegen, der Neuere Literaturgeschichte unterrichtete, genügte, um mich die kuschelige Falle erkennen zu lassen. Denn fortan wußte ich, daß ich zu anpassungswillig – oder zu feige? – war, um einem geliebten Mann standzuhalten und mein eigenes Territorium zu besetzen. Meine Neigung, mich dem Lebensstil des anderen zu fügen, kannte ich nur allzugut. Sie war ein Reflex, ein alter, nicht überwundener Erziehungsschaden, und sie kostete mich im übrigen keinerlei Mühe, was mein Mißtrauen einlullte – bis zu dem Tag, als ich entdeckte, daß mein Lebensanteil schmäler geworden war, daß sich meine Freiheiten verringert hatten und daß ich im Begriff war, die Machtverhältnisse meiner vorhergehenden Ehe wiederherzustellen!

Ihrerseits waren sich die Männer, selbst die amerikanischen, noch viel zu sehr ihrer Privilegien bewußt – auch hier handelte es sich um einen alten, nicht überwundenen Erziehungsreflex –, als daß sie sich nicht mit Vergnügen, sofern man sie dazu ermutigte, in die schmeichelhafte Rolle des Führers der Seilschaft und in die gemütliche Rolle des Paschas hätten zurückfallen lassen.

Nach einem Jahr an Sydneys Seite war meine Redezeit um die Hälfte geschrumpft und meine Autorität total im Eimer. Bei Diskussionen im Kollegenkreis überließ ich ihm die Initiative des Themas, er unterbrach mich immer häufiger, um mir seinen Standpunkt unterzujubeln, und immer seltener hatte ich das letzte Wort. Wenn wir beide gleichzeitig redeten, hielt ich als erste inne, und je brillanter er sich zeigte, um so stumpfer wurde ich, ohne zu verstehen, warum! Im täglichen Leben begann ich, ihn um Erlaubnis zu bitten, wenn ich weggehen wollte, und sei es zu einem berufsbedingten Abendessen. Ich legte meinen Stift nieder und klappte mein Buch zu, sobald ich sein Auto in die Garage einfahren hörte, und immer häufiger geschah es, daß ich seine Socken wusch oder seine Unterhose irgendwo in einer Ecke auflas, wo er doch nie meine Strümpfe ausgewaschen oder meinen Mantel in den Kleiderschrank gehängt hatte.

Mein Rückfall kündigte sich zunächst durch winzige Symptome an, die jemandem, der nicht schon eine erste Attacke der Krankheit erlebt hat, sicher nicht aufgefallen wären. »George und ich, wir haben gerade gesagt, daß ...« *Wir* haben gesagt, aber *wir*, das war Sydney. »Wir haben eine wunderbare Woche in Maine verbracht, nicht wahr, Darling?« Darling nickte zustimmend, aber diese Reise erzählte nicht ich, nicht ich würzte sie mit Humor, um unsere Freunde zu erheitern, sondern Sydney. Er ließ mich liebevoll an unserem Leben teilhaben, aber es geschah aus natürlicher Liebenswürdigkeit, aus Großzügigkeit und nicht mehr aus jener Angst heraus oder zumindest aus jenem Respekt, wovon ein paar Tropfen notwendig sind in jeglichem Ehecocktail. Ich stand nur noch in seinem Schatten. Wären wir verheiratet gewesen, wären wir zu *My wife thinks ... My wife always says ... My wife is a wonderful cook ...* abgeglitten, und besagtes *wife* hätte noch ein zusätzliches Stück George eingebüßt bei diesem Geschäft! Fehlte mir doch schon ein »s«! Sogar hier spielte mir mein Vorname immer noch Streiche, obwohl George Sand in jenen Jahren bei den amerikanischen Intellektuellen sehr in Mode war. In mehreren Universitäten stand ihr Briefwechsel mit den großen Männern ihrer Zeit auf dem Lehrplan. Eine unserer Freundinnen übersetzte den Roman *Consuelo*, den zu lesen in Frankreich sich nie jemand die Mühe gemacht hatte. In *Women Studies* wurden Artikel über sie veröffentlicht, und ihre Freizügigkeit in der Liebe rief ebensoviel Bewunderung hervor wie ihre literarische Karriere. In Wellesley entdeckte ich, daß sie ihr erstes Buch mit fünfzehn Jahren geschrieben hatte, daß ihr Roman *Indiana* ein rauschender Erfolg gewesen war, daß sie Chopin neun Jahre lang ein Heim geboten hatte, wo er den schönsten Teil seines Werkes hatte komponieren können, und vor allem auch, daß sie klein war und mit Schuhgröße fünfunddreißig auskam! Das warf meine ganzen Vorstellungen von der Männerverzehrerin um, als die sie uns in Frankreich mit den Zügen eines schwarzgelockten Gendarms dargestellt worden war, von der Autorin, die nach skandalumwittertem Leben noch ein paar »ländliche Romane« geschrieben hatte, so die herablassende Bezeichnung in der kleinen Literaturgeschichte des Abbép Calvet.

Und dennoch, sogar hier blieb etwas vom Ruf der zügellosen Frau übrig. »Ach was? Deine Freundin heißt George ohne s?« sagten unsere Kollegen zu Sydney, mit anzüglicher

Miene, als ob ich mir diesen Namen selbst ausgesucht hätte, mit dem Ziel, die Liebhaber zu sammeln, und zwar vorwiegend die hochsensiblen, genialen, die jünger waren als ich, sowie die häusliche Arbeit zu vernachlässigen, was sehr gut in das Bild paßte, das sie sich von den Französinnen machten.

Da ich mich idiotischerweise von ihren Anspielungen beeindrucken ließ, setzte ich meine ganze Ehre daran zu beweisen, daß ich eine Intellektuelle sein konnte, ohne auf die Liebe und auf meine heilige Aufgabe als Mutter und Hausfrau zu verzichten. Zufällig war ich gesund genug, um all diese Rollen mit Frohsinn zu spielen. Lok machte den Eindruck, ein glückliches Kind zu sein, und was Sydney betraf, so verlagerte er sehr subtil seinen Standort in meinem Leben. Als er sich der Mauer bewußt wurde, die ich zu meinem Schutz um mich herum errichtete, und ich ihn zu einer Entscheidung zwang, zeigte er, daß er mich genügend liebte, um meinen Wunsch zu akzeptieren, in seiner Nähe, aber in einer getrennten Wohnung zu leben, und nicht leidenschaftlich genug, Gott sei Dank, um mir böse zu sein und unsere Beziehung zu vergiften.

Er war ein Dilettant des Herzens, ein Epikureer, ein Künstler, einer von den Männern, denen es so gut gelingt, sich die bedingungslose Liebe der Frauen zu sichern, weil sie so tun, als legten sie keinen Wert darauf. Dazu verhalf ihm auch das Aussehen eines Leslie Howard, mit seinen gewellten Haaren, bei denen sich schon frühzeitig Grau zu Blond mischte, seinen sehr hellbraunen Augen hinter der Nickelbrille und seiner rührenden Gestalt eines alternden Studenten – alt für einen Studenten, aber noch jung für einen Mann von fünfundvierzig Jahren. Zum Glück war dieser lässige Verführer zu einem Zeitpunkt in mein Leben getreten, da ich mit ein paar Vorsichtsmaßnahmen der Lage gewachsen blieb, sein Charme warf mich nicht um, und ich fing auch nicht an, wie ein Dackel mit dem Schwanz zu wedeln. Was er ebenfalls akzeptiert hätte, ohne es zu zeigen und ohne es allzusehr auszunutzen, mit seiner gewohnten Eleganz.

Ich fuhr jeden Sommer nach Frankreich zurück, manchmal auch mit Sydney, damit Loïc seinen Vater sehen konnte und vor allem, damit er den Kontakt mit dem Heimatboden nicht völlig verlor. Jedes zweite Weihnachten verbrachte ich mit Frédérique, ihrem Mann und ihren Kindern in einem Ferienclub in den Tropen. In jenem Winter war der Senegal unser Treffpunkt. Ich war dreiunddreißig – das schöne Alter –, meine Augen leuchteten blau unter den schwarzen Brauen. Meine Gestalt war die eines jungen Mädchens, und in der Art, mich zu kleiden und mich zu geben, hatte ich etwas Selbstsicheres, Lockeres, ja Unverschämtes, was ich mir in Amerika angeeignet hatte. Frédérique und ich hatten den Tag in Dakar verbracht, »um Einkäufe zu machen« – eine Formulierung, bei der die Männer meist die Flucht ergreifen. Hier hatte es zur Folge, daß wir die Kinder meinem Schwager Antoine überlassen konnten.

Beide kauerten wir vor den ausgebreiteten Waren eines Händlers auf dem Hauptmarkt von Dakar und ließen uns einmal mehr von jenen grellbunten Boubous hinreißen, die unter diesem Sonnenhimmel prächtig aussahen, die wir aber irgendwann in einer Schublade verschwinden lassen würden, nachdem sie als Tischdecken, als Gardinen und als Bettüberwurf und sogar als Hauskleid hergehalten hätten – so lange, bis in unseren abendländischen Zwergküchen eine genügende Anzahl von edlen Porzellantassen von den verdammten Schleppärmeln zu Boden gefegt wäre. Ich war dennoch im Begriff, einen weiteren zu erwerben, einen rot-gelben – Farben, die ich hasse –, einem jener absonderlichen Triebe gehorchend, die einen in fremden Ländern manchmal packen, als ich meinen Namen rufen hörte. Ich kauerte auf meinen Fersen und sah zunächst die Knie dessen, der mich da anredete. Aber noch ehe ich mich aufrichtete, hatte ich ihn erkannt. Er hatte seine Raguenès-Augen und seine Boxerschultern, sein Mund war wie damals in unserem Hotelzimmer in der Nähe des Bahnhofs Montparnasse, und er stand da, fest auf dem Boden, die Füße leicht auseinander … Einzelheiten, die zu vergessen mir gelungen war und die ich bei unseren kurzen Begegnungen in der Bretagne nie wiedergefunden hatte. Weit entfernt von zu Hause war alles plötzlich, als ob wir bei uns beiden zu Hause wären.

»George«, wiederholte er gerührt, und dabei schenkte er mir einen Blick, den er lange vor mir verborgen hatte … ja, seit wann eigentlich?

Er hat meine Hände ergriffen, um mich hochzuziehen, und dann befanden wir uns in einer großen Luftblase, stumm und bewegt. Keiner von uns beiden hörte auf Frédérique, die weit weg von uns diverse Laute von sich gab und die uns schließlich in ein nahe gelegenes Straßencafé schleppte. Auf dem Boden der Realität sind wir erst wieder gelandet, als wir die Eiswürfel in unseren drei Pastisgläsern klirren hörten, und dann haben wir angefangen, die Neuigkeiten von zu Hause auszutauschen. Danach gingen wir zu den wesentlicheren Informationen über, zur gerafften Darstellung unseres jeweiligen Lebenswegs, aber unsere Leben waren so grundverschieden, daß sie unmitteilbar wurden. Sehr bald blieb uns nichts weiter zu tun, als nickend unsere Gläser zu betrachten, und dabei suchten wir verzweifelt nach einer Möglichkeit, das Schweigen zu brechen. Da traf Frédérique eine Entscheidung, die unser Schicksal veränderte.

»Ich werde euch alleine lassen, ich muß noch etwas besorgen. Ich habe meiner Tochter versprochen, ihr einen Elfenbeinarmreif mitzubringen, wie man sie hierzulande noch finden kann. Ich habe gerade einen Tip bekommen. Wir treffen uns an der Bushaltestelle, George, oder? Sagen wir, in einer halben Stunde.«

»Ich muß auch los«, machte Gauvain einen Versuch.

Die Logik verlangte, daß ich mit einem jener mausgrauen Sätze antwortete, die nichts bedeuten: Also tschüs, bis demnächst – dem Satz, der schließlich zu unserer Situation paßte. Lozerech hätte mir die Hand geschüttelt und wäre niemals Gauvain geworden. Es ging um ein entscheidendes Wort, das ihm nie eingefallen wäre; und selbst wenn es ihm eingefallen wäre, hätte er es nie ausgesprochen.

»Ach, hör mal! Nach all den Jahren kann man doch nicht einfach wieder so auseinandergehen … Warum sollten wir nicht zum Beispiel zusammen essen gehen heute abend? Wir beide, meine ich.«

»Ja, aber … meine Frau ist auch hier«, sagte Gauvain.

»Marie-Josée ist in Dakar?« Grausam schwand die Aussicht auf ein sentimentales Diner mit diesem Anti-Sydney, dem ich vermutlich nichts zu sagen gewußt hätte, außer daß sein Körper mir nach wie vor über alle Maßen gefiel. Was übrigens immer ein ganz guter Einstieg ist …

Er erklärte mir, daß sein Schiff aufgrund eines Motorschadens im Trockendock liege, daß man auf das Ersatzteil warte und daß er die Lage genutzt habe, um seine Frau herfliegen zu lassen, die er ja nur drei Monate im Jahr sehe. Ich blieb stumm, und Gauvain fiel nichts ein, er machte keinen Vorschlag. Logisch. Ein pragmatischer Mann bewahrt nicht dreizehn Jahre lang eine so lästige Erinnerung.

Ich ließ nicht locker: »Wir könnten ja alle drei essen gehen?«

Er erschrak. Seine buschigen, in der afrikanischen Sonne rot gewordenen Augenbrauen zogen sich zusammen, als ob die Worte, die er nun aussprechen würde, ihm große Anstrengung abverlangten.

»Ich hab' keine Lust, dich als Fremde zu sehen.«

»Du siehst mich also lieber gar nicht?« drängte ich ihn.

»So kann man es auch sagen«, meinte er trocken.

Schweigen. Die Sonne sank rasch am Horizont, und es kam der kurze Augenblick, wo seit urewigen Zeiten der Mensch einen Schauer in seinem Rücken fühlt, weil er ahnt, daß diese Alltäglichkeit ein Wunder ist.

Gauvain fuhr fort: »Es war nicht leicht, mich wieder zu fangen letztes Mal, weißt du. Ich mag nicht, wenn mich das Leben überrumpelt. Ich bin nicht dazu begabt, den Akrobaten zu spielen.«

Ich wußte, daß er ehrlich war, und die Zärtlichkeit, die ich für diesen verwundbaren und verkappt leidenschaftlichen Mann empfand, der sich für einen Granitblock hielt, machte mich geneigt, auf weitere quälende Vorstöße zu verzichten. Außerdem gewinnen die schönen Erinnerungen meistens nichts dabei, wenn man sie strapaziert. Ich stellte mir vor, wie wir in einem Hotelzimmer liegen und versuchen würden, den Zauber unserer Jugend zurückzuholen, ich würde einige der Kunstgriffe, die ich bei Syndey gelernt hatte, ausprobieren, um diesen widerspenstigen Mann heftiger aufzuwühlen, der vermutlich resigniert hatte, der sein Geschlechtsleben auf ein paar Wochen im Jahr mit einer phantasielosen Ehefrau beschränkte und sich ansonsten mit den Huren von Abidjan oder von Pointe-Noire zufriedengab. Seine Leidenschaft behielt er lediglich noch seinem Beruf vor. Er hatte nicht einmal gefragt, was ich in Wellesley unterrichtete, er sprach nur von seinen eigenen Plänen. Die ersten Schleppnetze aus Perlon waren gerade aufgetaucht auf den großen kalifornischen Trawlern mit ihren Tausende von PS starken Motoren; die alten Thunfischkutter aus der Bretagne und der Vendée, die der Tradition verhaftet blieben, würden demnächst vollkommen überholt sein.

»Kannst du dir das vorstellen? Ringwaden von über einem Kilometer Länge? Und zweiundzwanzig Hektar Schleppfläche? Es wird nicht lange dauern, bis auch bei uns alles leergefischt ist. Wir arbeiten ja immer noch mit lebenden Ködern, also bringen wir auch weniger Fisch herein. Diese Art von Fischfang ist am Ende.«

»Was willst du denn tun?«

»Na ja, ich muß mich halt anpassen an die anderen, wenn ich nicht verhungern will.«

Von »den anderen«, den Basken, den Spaniern, den »Amis« sprach er mit heftigem Groll. Er wäre am liebsten allein gewesen auf See. Alles, was auf dem Atlantik kreuzte und woanders als in Concarneau gebaut worden war, war ein feindliches

Schiff. Jeder Kapitän hat auch eine Piratenseele. Lozerech mehr als jeder andere. Alle diejenigen, die einen Fisch oder eine Krabbe mit Schleppnetz, Treibnetz oder Harpune fingen, waren bestenfalls Ganoven, schlimmstenfalls Räuber, auf jeden Fall Vandalen und Störenfriede, außer sie stammten aus Névez, Trégunc oder Trévignon. Ich hörte ihm zu, wie er von seinem Leben sprach mit jener bescheidenen Tapferkeit und der Humorlosigkeit, die ihn kennzeichneten und die vielleicht von einem allzu langen Umgang mit dem Meer herrührten. Seit jeher hatte er die Mundwinkel eines starrköpfigen Jungen, jetzt verstärkten die vereinzelten weißen Fäden an seinen Schläfen diesen Eindruck eher noch. In der kleinen, geschlossenen Gesellschaft der Schiffsbesatzungen, wo man unter Männern, unter Kumpeln, immer denselben, lebt und die gleichen Arbeiten verrichtet, die gleichen Schicksalsschläge erleidet, über die gleichen Späße lacht, wo man die Gewinne und die Verluste teilt, entwickeln sich die Individuen nicht sehr. Das Exil, die ferne Familie, das ewige Warten auf die Rückkehr tragen dazu bei, sie in einem kollektiven Kinderstatus zu halten, im Zustand des Ausgeschlossenseins aus der Welt der Lebenden, aus der Welt derer, die jeden Tag eine Zeitung lesen, die Stimmzettel abgeben, die Kneipen besuchen und am Sonntag spazierengehen. Gauvain hatte sich während all dieser Jahre weniger verändert als ich.

Die kurze Dämmerung der Tropen hatte sich gerade herabgesenkt wie ein Vorhang. Nur in Gauvains Augen lag noch das Leuchten des Himmels. Auch in der Bretagne bewahrt das Meer im Sommer, wenn die Nacht schon hereingebrochen ist und die Leuchttürme an der Küste aufblinken, noch einen Schimmer des Tageslichts. Mein Vater nannte es »das Restlicht«.

Vielleicht war es ein wenig Restliebe, was mir unvermutet die Frage eingab: »Sag mal ... Lozerech: Wirst du dein Leben lang nur noch vom Fischen reden? Nichts anderes mehr kennenlernen? Hast du gar keinen Raum in dir für den kleinen Wahnsinn? Nun ja, ich weiß ja, daß du dieses Wort nicht magst. Also sagen wir … für das Abenteuer? Für etwas anderes halt!«

Er war sichtlich getroffen und begann ernsthaft nachzudenken.

»Das bedeutet nicht unbedingt, dein Leben umzuschmeißen, es bedeutet nur, dir hin und wieder die Zeit zu nehmen, dir eine Freude zu machen … dir etwas zu leisten, irgendwas, was nicht vorprogrammiert ist.«

»Ach, weißt du, in meinem Beruf leistet man sich nicht viel. Das ist vielleicht ein Fehler, aber so ist es eben.«

Gauvain blickte in die Ferne, und seine beiden Hände lagen wie nutzlose Gegenstände auf dem Marmortischchen, so reglos, daß sie an zwei überdimensionale Taschenkrebse erinnerten. »So ist es eben«, wiederholte er in einem Ton, aus dem ich eine Spur Bedauern oder gar Sehnsucht herauszuhören glaubte.

Wie dem auch sei, ich ging schon immer an die Decke, wenn jemand sagte: So ist es eben!

»Was heißt das: ›So ist es eben‹? Du nimmst es so hin! Das ist Resignation, nichts anderes. An das Schicksal glaube ich nicht, das bastelt man sich im nachhinein selbst zusammen.«

Gauvains Gesicht wurde verschlossen. Er konnte es nicht ertragen, wenn jemand das negierte, was er als ein Naturgesetz betrachtete.

»Bevor wir wieder auseinandergehen …«, fuhr ich lächelnd fort, »bevor wir uns streiten … ich wollte dich schon immer etwas fragen. Jetzt, wo die Jahre vergangen sind, kannst du es mir sagen, Lozerech: Was hältst du von unserer Begegnung? War es ein Mißerfolg? Eine Dummheit? Oder ist es eine Erinnerung, die dir lieb und teuer ist?«

»Es ist all das zugleich«, gestand Gauvain. »Es gab eine Zeit, da wär's mir lieber gewesen, ich wär' dir nie begegnet. Aber das ist vorbei. Seither habe ich oft nach dir gefragt, weißt du, wenn ich nach Raguenès zurückkam. Aber ich konnte dir kein Zeichen geben. Ich hab' mich nicht getraut, und außerdem … was hätt' ich dir auch sagen sollen?«

Wir tranken unseren zweiten Pastis aus. Gauvain trank nie Whisky oder Gin, und ich hatte das Kulturgefälle zwischen uns nicht betonen wollen, indem ich ein Schickeriagetränk wählte.

»Nun, stell dir vor, auch ich habe nie vergessen. Es ist, als ob ich seit der Begegnung mit dir etwas im Leben verloren hätte … aber etwas, was ich sonst nie gefunden hätte. Nur erahnt. Komisch, nicht wahr?«

»Heute bist du sanft wie die erste Frau, doch die Nächte sind kalt wie die Nacht«, rezitierte Gauvain. »Siehst du, ich erinnere mich an dein Gedicht. Ich habe es auswendig gelernt.«

Ich habe meine Hand auf seinen Arm gelegt, der niemals nackt zu sein schien wegen der dichten, rotbraunen Haare. Ob seine Haut wohl noch immer nach Weizen roch?

»Ich würde … ich weiß nicht was dafür geben, wenn ich dich in die Arme nehmen könnte, jetzt, hier«, sagte er mit heiserer Stimme, und obwohl bis zu diesem Augenblick alles betont ruhig verlaufen war, traf mich dieser Satz zwischen den Beinen, ehe er in mir hochstieg bis hin zum Herzen. Wir waren soeben in die Turbulenzenzone geraten. Ich schaute ihm nicht mehr in die Augen, sondern auf den Mund, ein Vorzeichen der Kapitulation. Aber Gauvain hielt den Wogen stand. Noch glaubte er, heil davonzukommen.

»Also, jetzt muß ich gehen, es wird Zeit«, sagte er und schaute dabei auf seine Uhr, die er verkehrt herum trug, das Zifferblatt unter dem Gelenk, um sie besser zu schützen.

»Das hast du mir schon dreimal gesagt«, brach es aus mir heraus. »Jedesmal, wenn du mich verläßt, ›mußt du gehen‹. Was heißt das denn? Wohin willst du gehen? In die Entsagung? Zurück in die Routine?«

»Scheiße! Was kann man denn, verdammt noch mal, anderes tun?« schrie Gauvain.

»Was weiß ich? Aus dem üblichen Trott ausbrechen! Wir

sind doch kein Vieh, das zum Schlachthof geführt wird! Du bist mittlerweile die ganze Zeit im Ausland, wir könnten uns doch irgendwo treffen, oder?«

Er sah mich an, gelinde verblüfft über den Verlauf, den unser Gespräch nahm.

»Du hast dich verändert, Va Karedig.«

»Vielleicht liegt es an Amerika. Dort belastet man sich nicht mit Wohlanständigkeit, weißt du, man schießt schnurstracks aufs Ziel los. Vor allem die Frauen. Tut es dir leid?«

»Ich weiß nicht, ob es mir leid tut, aber ich weiß, worauf ich Lust habe, sei's drum«, sagte Gauvain sehr gelassen.

Er stand auf, zahlte unsere Rechnung, zog mich ein wenig abseits der grellen Neonröhren und preßte mich an sich – es sei denn, ich habe mich an ihn gepreßt, ich weiß es nicht mehr. Trotz der Jahre, die inzwischen vergangen waren, habe ich seine tiefe Art zu küssen wiedererkannt, und auch die abgebrochene Ecke seines Schneidezahns und seine sanfte Zunge, die er kaum in mir bewegte, auf daß unsere Gifte sich besser miteinander vermischten.

Als wir uns trennten, sahen wir uns dankbar an: Bewahrte jeder von uns tatsächlich noch über den andern jene unendliche und zerbrechliche Macht? Bot uns das Leben tatsächlich noch dieses Geschenk?

»Komm, diesmal müssen wir wirklich los«, sagte ich, um den Bann zu brechen. »Mein Bus fährt in zehn Minuten.«

Frédérique wartete auf mich. Marie-Josée erwartete ihren Mann im Fischereihafen, unsere Lebenskreise schlossen sich wieder um uns. Durch ein Versehen aber hatten sie ein Stück Hoffnung eindringen lassen. Wir haben gelacht wie zwei Kinder, die soeben den Erwachsenen einen Streich gespielt haben und sich dazu gratulieren. Dann habe ich ihm nachgeschaut, wie er sich mit seinem wiegenden Gang, der mir schon früher so gefiel, entfernte. Manche Männer bewegen beim Gehen nur die Beine, und der Oberkörper bleibt steif. Gauvain bewegte seine Hüften mit seinen Schenkeln und seine Schultern mit seinen Hüften. Alles trug zur Bewegung bei, wie auf jenen Kinobildern, wo man einen Jaguar in Zeitlupe laufen sieht.

Wir hatten uns nicht verabredet in Dakar für die folgenden Tage. Wiedersehen wollte ich ihn erst, wenn er frei von seinen familiären Bindungen sein würde, irgendwo auf der Welt. Aber nichts ist schwieriger, als einem Hochseefischer acht Tage seines Lebens zu entwenden. Zuerst kommt der Fisch, den es zu jagen, zu fangen, tiefzugefrieren, zu verkaufen gilt. Dann das Schiff. Und dann der Reeder. Was übrigbleibt, gehört der Familie. Diese Einteilung ließ für Unvorhergesehenes wenig Raum.

Mehr als ein Jahr haben wir gebraucht, um unsere Expedition zustande zu bringen, zumal es Gauvain niemals eingefallen wäre, daß man sich ein Flugticket nach New York oder nach Kenia leisten könnte, um einen Menschen zu besuchen, der weder tot noch krank ist. Sein Schuldgefühl kostete ihn schon genug, was das Moralische anging. Das Geld der Familie war heilig. Seine Sehnsüchte waren es nicht.

Es hätte Saint-Pierre-et-Miquelon sein können ... Das Glück wollte, daß die Reederei Gauvain auf die Seychellen schickte, da sie plante, dort ein paar Thunfischtrawler aus Concarneau zu stationieren. Dieses berufliche Alibi erlaubte es ihm, sich selbst die Realität zu verschleiern, nämlich die Tatsache zu verdrängen, daß er seiner lieben Familie ganze acht Tage vorenthielt, um den Versuch zu machen, die unverständliche Sache – von Liebe wagte er nicht zu sprechen – noch einmal zu erleben, die ihn schon zweimal vollkommen aufgewühlt hatte. Und was noch unvorstellbarer war, eine Frau legte zehntausend Kilometer zurück, ohne einen anderen Grund, als mit ihm zu schlafen. Ja, ihm, Lozerech, widerfuhr dies. Wenn man ihm das jemals prophezeit hätte! ... Und seit er auf den Seychellen angekommen war, seit zehn Tagen, schwankte er zwischen Scham und Entzücken, fragte er sich, ob diese ganze Geschichte nicht die Ausschweifung zweier gestörter Geister war und ob nicht der Teufel mit seinen Machenschaften dahintersteckte.

5

Die fernen Inseln der Seychellen

Es war einmal auf einem Archipel des Indischen Ozeans, dort tat sich – war es Zufall oder war es zwingendste Notwendigkeit? – ein gar absonderliches Paar zusammen: Er war Seemann, sie war Historikerin, beide waren sie von einem so körperlichen Begehren erfüllt, daß sie es nicht Liebe zu nennen wagten; beide konnten sie an diese Anziehungskraft nicht wirklich glauben, und beide waren jeden Morgen darauf gefaßt, als wieder vernünftige Menschen aufzuwachen; beide fragten sie sich, was mit ihnen geschah, stellten sich Fragen, wie sie sich alle stellen, die irgendwann auf jenes quälende Geheimnis stoßen, dessen Tiefen allein die Dichter erforscht haben – ohne endgültige Antworten ans Tageslicht zu bringen.

Ich bin unfähig, diese Begegnung in der Ichform zu schildern. Nur wenn ich hinter einem weniger persönlichen Pronomen Zuflucht suche, kann ich Georges Bericht wiedergeben in dem Versuch, jene amouröse Begierde näher zu bestimmen, die trotz aller irritierenden Unabwendbarkeit möglicherweise nichts anderes ist als die grandioseste Lüge des Körpers.

Auf dem kleinen Flugplatz der Seychellen – damals in den sechziger Jahren noch Besitztum der britischen Krone – erwartete also ein Fischer eine Hochschullehrerin; sein Herz war von Zweifeln, von Sorge und Gewissensbissen gepeinigt. Aber es war zu spät: Unzweifelhaft kam sie seinetwegen, die Professorin, die der kleinen zweimotorigen Maschine aus Nairobi entstieg, und er mußte nun dieser Fremden, die dort drüben in Amerika weiß Gott was unterrichtete, die Arme öffnen.

Er trug eine helle Leinenhose, sein Gesicht war braun

gebrannt, und die übliche marineblaue Mütze hatte er nicht auf, so daß Gauvain sich auf den ersten Blick wenig von den britischen Verwaltungsbeamten in khakifarbenen Shorts und weißen Socken unterschied oder von den Generaldirektoren, die gekommen waren, um ihrer Leidenschaft für den Großfischfang zu frönen und so für kurze Zeit die Last ihres Vermögens zu vergessen. Fast als einziger hatte er keine Sonnenbrille auf, und George erkannte ihn sofort inmitten der dichtgedrängt Wartenden; er wirkte massiver, wenn nicht größer als die andern, sein Blick war sorgenerfüllt, eine seiner Augenbrauen hochgezogen. Er trug eines jener kurzärmeligen Hemden, die so wenigen Männern stehen, es ließ die Muskeln der Arme sehen, Arme, die dazu geschaffen waren, einen Schiffbrüchigen am Nacken zu packen und aus den tobenden Fluten zu ziehen. Dieses Hemd hatte er sorgfältig unter den scheußlichsten der exotischen Sorte ausgewählt: Palmen und Körbe balancierende Negerinnen auf widerlich orangefarbenem Grund. Das fing ja gut an! Sie winkte ihm zu, aber er rührte sich nicht, blieb etwas abseits stehen: Es war nicht seine Art, jemandem entgegenzustürzen.

Auch bei ihr hatte nicht die Liebeshast den Vorrang, während sie, von der langen Reise erschöpft, ein angestrengtes Lächeln auf den Lippen, sich einen Weg zu ihm bahnte. Genau in diesem Augenblick fragte sie sich, was sie eigentlich dazu gebracht hatte, unter erheblichen Schwierigkeiten ein so fernes und teures Stelldichein zu organisieren, mit einem Fremden, den sie in zwölf Jahren gerade einmal geküßt hatte. Man mußte wohl von Fehlbesetzung sprechen, sollte sie heute abend tatsächlich im Bett des Bauernsohnes aus Raguenès liegen … Schnell suchte sie nach ein paar Anhaltspunkten, um sich Mut zu machen: als erstes die breiten Schultern. Sie kannte keinen anderen Mann von ähnlich eindrucksvollem Körperbau. Und dann diese massiven Handgelenke, mit denen der Seemann ihr ein Sicherheitsgefühl vermittelte und mit denen der Liebhaber sie erregte, die Dichte der gekräuselten Kupferfäden, die bis auf seine Hände vorwuchsen, und die kantigen Finger, die aus der rustikalen Handfläche wie aus einer unfertigen Skulptur hervorragten, bei der der Künstler nur die Enden ausgearbeitet hatte.

Eigentlich genügte es ja, sich vorzustellen, daß sie einen »Aufenthalt auf einer Trauminsel« gewonnen hatte, »mit dem erotischsten Mann des Jahres«, ausgewählt aus einer Sammlung edelster Draufgänger!

Was sonst tun, wenn man von so weit angereist kommt, als sich in die Arme des Mannes zu stürzen, der einen erwartet? In Frankreich und sogar in Europa hätte sie sich gehütet, derlei Impulsen nachzugeben … aber hier war sie weit weg von allem und empfand jene besondere Freiheit, zu der ein exotisches Ambiente und feuchte Hitze ihren Teil beitragen. Gauvain entspannte sich ein wenig. Er fühlte sich nicht wohl in der Rolle des Luxustouristen, die er noch nie gespielt hatte, und auch für die Rolle des Ehemannes, der mal über die Stränge haut, hatte er sein Leben lang Verachtung empfunden. Der Anflug von Begehren, der ihn überkam, sobald er George in den Armen hielt, half: Halbwegs wußte er wieder, wer er war und warum er hier stand.

Solange sie unter Menschen waren, wechselten sie nur ein paar belanglose Worte, warfen sich verstohlene Blicke zu, und ihre Verlegenheit wich allmählich jenem seltsamen Jubel, den sie nur zusammen empfanden: George Ohne-es und Lozerech hier auf den Seychellen, das konnte nur ein gewaltiger Scherz sein, über den sie als erste lachten. Als sie die Zollformalitäten hinter sich gebracht hatten, stiegen sie in den von Gauvain gemieteten offenen Jeep und fuhren ins Hotel. Dort hatte er zwei Zimmer reserviert.

»Glaubst du etwa, ich habe zehntausend Kilometer zurückgelegt, um allein zu schlafen?« fragte sie zärtlich.

»Ich habe gedacht«, meinte er scheinheilig, »du hättest mich hin und wieder ganz gerne vom Hals, um so richtig zu entspannen …«

»Also gut, behalten wir das Zimmer für vierundzwanzig Stunden, und dann sehen wir ja, wie's läuft!«

»Es ist sowieso zu spät, um es abzubestellen«, erklärte Gauvain pragmatisch. »Heute abend suchen wir uns das schönere aus, das ich natürlich für dich vorgesehen habe.«

Sie entdecken ein riesiges Zimmer mit großem Kolonialbett samt Moskitonetz, die breite Fensterfront gibt den Blick frei auf einen langgezogenen, von Kokospalmen gesäumten Strand. Eine Brise weht, sie hören das metallische Knistern der Palmwedel. Da George den Indischen Ozean noch nie gesehen hat, wundert sie sich über den Himmel, der am Horizont bleiern wirkt, während er die Insel mit glühendem Blau überwölbt, und über das Wasser, das die Farbübergänge spiegelt. Wie anders ist der verschleierte Himmel des Senegal mit dem allzeit leeren und dunstigen Horizont!

Beide lehnen sie sich an die Balustrade der Terrasse und tun so, als wären sie von der Landschaft beeindruckt, aber verstohlen nähern sich ihre Körper, und sobald sich die Arme berühren, durchläuft jene Welle, die bedingungslose Kapitulationen ankündigt, ihre Adern. Der trennende Berg von Abwesenheit beginnt zu schmelzen, aber Gauvain wagt es noch nicht, diese Frau neben ihm an seine Brust zu reißen und sie wegzutragen, mit der einzigen Absicht, sie aufzuspießen. Und diese Frau wagt es nicht, ihre Lippen im Ausschnitt des grauenvollen Palmenhemdes auf das weiche Vlies seiner Brust zu setzen oder ihre Hände über die schmalen Hüften gleiten zu lassen, die sie noch immer so anrühren an diesem kraftvollen Körper. Sie stehen nebeneinander und hören der steigenden Flut zu, in der sie zu ertrinken wünschen. Schon schweben sie, und ihre Beine tragen sie nicht mehr.

Gauvain dreht sich als erster um, geht zurück in die Kühle des Zimmers. Er schlägt den Bettüberwurf und das obere Laken zurück: Das Bett liegt vor ihnen, eine unbefleckte Insel, eine weiße Landkarte, auf der sie Länder und Kontinente eintragen werden. Gegenseitig ziehen sie sich aus, fast rücksichtslos und ohne die Lippen voneinander zu lösen, sie lassen die Hände an den Rippen und den Schenkeln entlanggleiten, dabei tun sie so, als würden sie sich für die Einbuchtung des Kreuzes, die Rundung der Pobacken interessieren, geben sich immer ungehemmter den erotischen Streifzügen hin, die sie unaufhaltsam aufeinander zuführen, das erkennen sie an den Zuckungen, die sich ihrer bemächtigen, an den Zuckungen des Geschlechts, das sie gleich erreichen werden, um es nicht wieder zu verlassen.

Dann werfen sie sich aufs Bett, erforschen sich genauer, erkennen sich, ergreifen voneinander Besitz, mit Gesten, die noch auf köstliche Weise indezent sind, wie bei einem jungen Liebespaar. Mit einem inneren Lächeln findet George die dicht angewachsenen Zwillingskugeln von Gauvain wieder, sie würde sie unter tausend wiedererkennen ... oder sagen wir unter sieben oder acht anderen. Sie knuddelt sie sanft, eher aus Höflichkeit, bevor sie sich auf das konzentriert, was sie wirklich interessiert. Nach dem etwas zweifelhaften Berührungsreiz der Hoden scheint der Penis ehrlicher, normaler beschaffen. Während sie ihn betastet, wundert sie sich einmal mehr über seine Konsistenz: Er ist nicht hart wie Holz, nicht einmal wie Kork, in seiner Härte und Zartheit zugleich ist er nur vergleichbar mit einem anderen Penis im gleichen Stadium der Vorfreude.

Sie erforscht ihn lediglich mit dem Daumen und dem Zeigefinger, klimpert ein bißchen an ihm herunter und wieder herauf, lächelt jedesmal, wenn er leicht zurückschwingt. Er ist glatt wie der Stamm einer Kokospalme und merkwürdig gebogen, wie dieser Baum es manchmal auch ist, und hellbeige, keineswegs bläulichrot. Es gefällt ihr, daß der Begriff »Schwellkörper« nicht auf ihn paßt. Der runde Kopf erinnert sie, jetzt, wo er sich von seinem Häubchen befreit hat, an jenen ähnlich gewölbten Spazierstockknauf in Stahlhelmform, den ihr 1944 ein genesender Soldat im Lazarett von Concarneau geschnitzt hatte. Sie drückt diesen Knauf in ihrer

Handfläche und vergnügt sich einen Augenblick mit dem Gedanken, daß sein ungestümes Vordringen gehemmt werden oder gar unmöglich sein könnte, wo sie doch manchmal Probleme hat, auch nur einen Tampon in das enge Röhrchen einzuführen! Er ist eine Nummer zu groß für sie, das ist ganz klar.

»Hätten Sie nicht das gleiche Modell eine Nummer kleiner?« flüstert sie ihm ins Ohr. »Dieses paßt nie und nimmer ...«

Anstatt zu antworten, legt er noch einen Zoll zu, der Schuft. Gleichzeitig genießt sie seine Angst, seine wachsende Hast, denn Gauvain ist hin- und hergerissen zwischen dem Wunsch, sie seinerseits zu liebkosen, und der vulkanischen Begierde, sofort und auf der Stelle in ihr zu explodieren.

Liebevoll, heldenhaft beginnt er nun mit der Annäherung; mit seinen Fingern, allen fünfen, beschreibt er Kreise um diese weibliche Scham, die plötzlich, sowohl für ihn wie für sie, zum Mittelpunkt der Welt wird, zu einem Ozean, in dem man versinkt und stirbt. Sie hält mit jeglicher Bewegung inne, um nichts zu verlieren von dem Mahlstrom, der sich in ihr eingräbt, je weiter er zum Rand des Trichters vordringt. Doch kaum hat er die glitschigen Lippen erreicht, da verliert er jegliche Kontrolle und stürzt in den lauen Abgrund. Und ohne Nuancen und ohne Schnörkel, ohne seinen Rhythmus bestimmen zu können, prescht er seiner Wollust entgegen, dem Rohling folgend, der soeben in ihm erstanden ist und der verlangt, den Tanz anzuführen. Sehr bald versinken sie in jenen Zonen, wo das Begehren sich mit Lust vereint, die erneut Begehren erweckt, ohne daß man sie noch voneinander unterscheiden oder wählen könnte zwischen Anfangen und Aufhören.

»Verzeih mir, ich bin zu hastig. Verzeih mir«, wiederholt er, und sie antwortet, daß sie es manchmal mag, wenn er brutal ist, und er glaubt ihr nicht, und auch deshalb liebt sie ihn, diesen Mann: Er wiegt sich nicht in der primitiven Gewißheit, daß die Frauen schroff behandelt werden wollen.

»Ich konnte es nicht mehr erwarten, da drin zu sein«, flüstert er. »Auch wenn ich dir dann weh tue. Verzeih mir.«

»Du tust mir nicht weh, ganz im Gegenteil«, antwortet George und umschlingt ihn fester.

Endlich ruht er in ihr, wie der Vielgeliebte im Hohenlied, auf scheinheilige Weise reglos und hinreißend schwer. Auch dieses Gewicht auf ihr liebt sie, genau wie sie diesen Scheinfrieden liebt. Bald schon sucht er ihre Lippen, und wieder können sie nicht sprechen, aber die Botschaften werden dennoch übermittelt, alle Schaltstellen funktionieren. Wie bei einem Fahrradschlauch, der wieder aufgepumpt wird, spürt sie, daß sein Glied schubweise wieder seine Form annimmt, worauf gleich wieder die Bewegungen einsetzen, zunächst langsam, bis dann der freche Besucher die Stätte okkupiert, den ganzen vorhandenen Raum und noch viel mehr ausgefüllt hat, sich den Wandungen anpassend, sie dehnend, am Grund anstoßend und ihn zurückdrängend.

»Mach dir's bequem, fühl dich wie zu Hause«, flüstert sie.

Er knurrt im Takt, ohne zu antworten, und sie sagt ihm wiederholt, daß sie ihn liebt, weil er sie zutiefst anrührt, wenn er sich – was selten geschieht – nicht mehr beherrscht, und daß sie sich um ihren Orgasmus später kümmern wird, sie hat keine Lust, ihn zu verschleudern, sie genießt es, wenn sie ihn ums Haar verpaßt, ihn weiter erhofft, sich ihn warmhält. Mit Gauvain braucht sie keine Angst zu haben, er wird ihn schon aus seinem Versteck hervorlocken, später. Auch diese Latenz liebt sie, dieses Warten, das sich außerhalb der regulären Bettstunden fortsetzt, bei Tisch, beim Spaziergang, am Strand, in der Sonne. Was sie liebt, ist die Liebe, die nicht enden will, das Begehren, das zögert, sich aufzulösen, das zwischen ihr und ihm dieses leichte Beben der Luft aufrechterhält, dieses Pulsieren des Lebens, das alle Augenblicke, die sie gemeinsam verbringen, unendlich kostbar macht.

Ein Orgasmus ist letztlich etwas Einsames. Man zieht sich zurück in den komplizierten Mechanismus des zu erklimmenden Höhepunktes, und wenn man ihn erreicht, löst sich die Spannung lediglich in einem selbst. George hat heute abend keine Lust, allein zu sein, nicht einmal eine Sekunde lang. Sie genießt die Wollust, die nicht mühsam auf ihre Auflösung hinarbeitet, die sich fließend entwickelt und um so länger anhält, die die Liebenden von der gleichen Welle tragen läßt und sie in der strahlenden Sicherheit wiegt, daß es nichts gibt, was solchen Augenblicken in irgendeiner Weise nahekommt, und daß man endlich das gesamte Potential seiner Sinne nutzt, um in dieses Hinterland einzudringen, das unsere verlorene Heimat ist.

Zum erstenmal haben Gauvain und George die Zukunft vor sich: zehn Tage. Sie fühlen sich reich, sie haben Muße. Ihre Koffer sind noch nicht einmal ausgepackt. Wankend stehen sie auf. Zum erstenmal werden sie ihre Sachen gemeinsam in einen Schrank räumen. Wenn sich ihre Wege im Zimmer kreuzen, sehen sie sich mit zärtlicher Dankbarkeit an, für das, was sie sich nehmen, wie auch für das, was sie sich geben.

Für sich hat Gauvain fast nichts mitgebracht in seinem Koffer, ein Dreiwandnetz nimmt den ganzen Platz ein! Er behauptet, er habe einem bretonischen Kumpel, der hier in der Gegend lebt, versprochen, eines mitzubringen. Solche Freunde hat er in allen Häfen der Welt. Conan wird ihm sein Boot borgen. Sie werden mit ihm zum Fischen hinausfahren, es ist schon alles ausgemacht.

»Du hast doch hoffentlich noch ein anderes Hemd als dieses mitgebracht?« fragt George und hält das giftigrote Objekt zwischen zwei Fingern.

»Warum? Magst du es nicht? Ich hab' es in Dakar gekauft!«

»Für Dakar ist es ganz in Ordnung, dort sehe ich es ja nicht! Hier werde ich es konfiszieren, erlaubst du? Ich fange an zu schielen, wenn ich es sehe.«

»Wie du willst, Karedig. Ich mag es, wenn du dich um mich kümmerst. Mir hat nie jemand gesagt, was ich kaufen soll, und ich kenn' mich nicht aus. Außerdem ist es mir völlig egal, ich kauf', was mir grad in die Finger kommt.«

Er steht vor ihr, ein kraftvoller, glatthäutiger Prachtkerl. Seine glücklichen Augen sind blauer denn je unter den dunklen Augenbrauen, er ist an der Grenze zwischen Jugend und Reife angelangt, hat gerade die Vierziger angefangen.

»Mir ist es nicht egal. Ich mag, wenn du angezogen genauso schön bist wie nackt. Und da es dir nichts ausmacht, werde ich auch deine geflochtenen Sandalen unter Verschluß nehmen. Deine Turnschuhe sind goldrichtig für hier und deine anderen Sandalen auch.«

»Und die Hose, klaust du mir die auch?«

»Die kannst du anziehen ... hin und wieder.«

Er nimmt sie in die Arme, drückt sie gegen sein unanständiges Glied. Er ist gerührt, daß George sich wie eine Mutter verhält, jene Mutter, die er nie gehabt hat.

Am zweiten Tag gehen sie in Victoria, der Miniaturhauptstadt, spazieren, die noch ganz vom französischen Einfluß lebt. Erfolglos versuchen seit 1814 die bösen Engländer, die uns alles genommen haben, ihn auszulöschen. Noch ist die von der englischen Krone versprochene Unabhängigkeit nicht da, aber die Seychellois werden sich beeilen, ihre ersten Briefmarken der Freiheit in kreolischer Sprache zu beschriften. Und diese Sprache weist ganz eindeutig darauf hin, daß das Frankreich von Ludwig XIV. eine unauslöschliche und letztlich glückliche Spur hinterlassen hat auf diesen Inseln, deren Namen klingen, als entstammten sie geradewegs einer Oper von Rameau. Man badet in der »Rosenholzbucht« oder setzt zur Insel »Glückseligkeit« über; auf jeden Fall zeugen die Namen auf der Karte – die Buchten Poules-Bleues, A-la-Mouche, Boisde-Rose, Boudin, die Inseln Aride, Félicité, Curieuse sowie Cousin, Cousine oder Praslin – vor allem von der dichterischen Phantasie der französischen Seefahrer und Piraten. Nur der Königin Victoria ist der Handstreich gelungen, und sie hat sich mitten auf der Hauptinsel Mahé eingenistet. La Bourdonnais wird es ihr vermutlich nie verzeihen.

Ein heftiger, warmer Regen verfolgt sie den ganzen Tag, und erst als sie in den Jeep steigen, um die benachbarten Strände aufzusuchen, entdecken sie, daß in zwanzig Kilometer Entfernung eine brennende Sonne nie aufgehört hat zu scheinen.

Mahé mit seinen Bergen ist bekannt dafür, daß es den Regen anzieht, und so beschließen sie, so bald wie möglich vom Angebot des Freundes Conan Gebrauch zu machen und die nur zwei Bootsstunden von Victoria entfernte Insel Praslin hinter ihren Korallenriffen kennenzulernen.

Sie sind nie zusammen auf einem Boot gewesen, und Gauvain ist glücklich, George in seinem Element willkommen zu heißen. Sie entdeckt ihn in seiner schönsten Rolle, er ist schnell, effizient, in den Bewegungen sparsam wie jeder gute Seemann. Man spürt, daß er mit der salzigen Flut schon lange Umgang pflegt und daß er sich all ihren Tücken gewachsen gezeigt hat … bis jetzt jedenfalls, denn eines Tages wird sie ihn vielleicht doch mitnehmen, »den Schlaf zu finden im grünen Tang«.

Sie werden von drei tropischen Regengüssen gepeitscht, und sie teilen lachend deren Wärme und Heftigkeit. George kann sich nicht erinnern, in den letzten Jahren so sehr gelacht zu haben. Lachen vor Glück, lachen zu können. Lachen wegen der wiedergefundenen Kindheit. Vielleicht kann man so vehement nur mit einem Mann lachen, mit dem man soeben mit der gleichen Vehemenz geschlafen hat? Hat Gauvain mit seiner Frau jemals so gelacht? Bei ihm dürften eher Lachsalven unter Männern üblich sein, an hohen Feiertagen in der Kneipe. Unter Frauen lacht man leise und heimlich und beherrscht sich schnell wieder: »Das ist ja alles recht und schön, aber die Pflicht ruft!« Nach ein paar Ehejahren, Jahren schweren Lebens, in denen sich die Kluft zwischen den Geschlechtern noch vertieft – jeder bei seiner mit Worten nicht mitteilbaren Aufgabe, der eine auf See, der andere zu Hause, in der

Fabrik oder auf dem Feld –, verliert man mehr und mehr die Fähigkeit zum kindlichen Gelächter.

Als sie sich der Insel Praslin von Osten her nähern, setzen sie nach langem Hinundherüberlegen das Dreiwandnetz vor der Volbert-Bucht, an der Grenze – wie sie glauben – zwischen einer Sandbank und einer Untiefe, einem Gebiet, das vielversprechend erscheint. Conan, der aus Auray gebürtige Landsmann, fischt dort öfter, aber mit dem Schleppnetz.

Danach gehen sie im Dorf der Fischer an Land, wo Conan ihnen einen schlichten, mit Latanienblättern gedeckten Bungalow zur Verfügung stellt, auf der kleinen Fledermausinsel, einige Taulängen vor der Küste gelegen, von der sie ein diamantklares Wasser trennt. Da kann man nur in der Morgendämmerung einer glühenden Liebe wohnen, wenn man noch weiß, was man mit der Siestazeit, den Regenstunden, den langen, in Grün getauchten Abenden anfängt, an denen die schrillen Stimmen der Vögel, der Frösche und diverser Horrorinsekten ihre ohrenbetäubende Kakophonie anstimmen.

Um das Netz einzuholen, am nächsten Morgen, leihen sie sich schon in der Dämmerung einen Einbaum von einem jungen Schwarzen, der ihre Aktion mit kaum verhohlener Ironie verfolgt: Er ist erstaunt, daß weiße Urlauber zum Vergnügen die Arbeit zu machen versuchen, die er das ganze Jahr über verrichten muß. Sein Lächeln wird geradezu höhnisch, als er entdeckt, wo »die Touristen« das Dreiwandnetz gesetzt haben. Vier Haie, ein blaugepunkteter Rochen, Seebarben, ein schöner Papageienfisch, aber pfundweise abgestorbene Korallen, die mit scharfen Spitzen und Zähnen gespickt sind und die zunächst vom Meeresgrund weggerissen werden müssen – oder aber ein neues Netz geht drauf, und das ist für einen Fischer undenkbar. Danach muß dieses Netz stundenlang, Masche für Masche, vom grauweißen, brüchigen und scharfkantigen Korallengestrüpp befreit werden.

Während sie sich alle drei in der Piroge am Netz zu schaffen machen, mit gebeugten Köpfen, blutigen Fingern, den Rücken der glühenden Sonne ausgesetzt, löst sich ein etwa zehn Zentimeter langes, bräunliches Insekt von einer der Sitzbänke und landet auf Georges Knöchel. Sie schreit auf.

»Ein Hundertfüßer!« ruft der junge Schwarze; er ist instinktiv nach vorne gesprungen und läßt Zeichen von Panik erkennen. Mit einem Bootshaken verfolgt er das Ding, das auf dem Boden davonläuft, und dabei beobachtet er George von der Seite, als fürchte er, sie könnte jeden Augenblick ihre Seele aushauchen. Ihr Knöchel schwillt von Sekunde zu Sekunde an, aber sie setzt ihre Ehre daran, sich vor Gauvain nicht wehleidig zu zeigen.

»Natürlich spüre ich den Biß, aber es geht schon«, antwortet sie stoisch prahlend auf die ängstlichen Fragen des Jungen, der daraus schließt, daß der Hundertfüßer nicht besonders schlimm war.

»Wenn er Sie wirklich gebissen hätte«, sagt er besänftigend, »würden Sie jetzt jaulen.«

Ab welchem Punkt der Schmerzskala erwartet man bei einer weißen Frau, daß sie »jault«? George macht sich wieder an die Arbeit. Aber es dauert nicht lange, bis sie einmal mehr feststellt, daß es nichts bringt, die Tapfere zu spielen. Die beiden Männer haben den Zwischenfall vergessen und kümmern sich nur um das Netz. Zu Onkel Toms Zeiten hätte sich der Eingeborene unverzüglich auf das Bein gestürzt, um das Gift auszusaugen, aber lang, lang ist's her.

Hyppolyte – so heißt der junge Schwarze – bietet mehrmals sein Messer an, um den Korallenbruch aus dem Maschenknäuel zu befreien, aber Gauvain zieht diese Möglichkeit überhaupt nicht in Betracht. Man beschädigt doch nicht ein Arbeitswerkzeug, schon gar nicht das eines anderen. Hyppolyte macht sich angewidert davon. Diese Weißen sind wirklich lächerlich! Für sie ist das Fischen wohl ein Spiel, was? Dann braucht man sich auch kein Bein für sie auszureißen. Bis zum Abend arbeiten Gauvain und George wie besessen weiter, sie reißen sich die Finger und die Hände auf, aber Conan wird sein Netz in tadellosem – oder fast tadellosem – Zustand zurückkriegen.

Dem Fuß hingegen ist die Sache nicht gut bekommen: Er ist geschwollen, unförmig, die Haut glänzt und ist heiß, und der Schmerz tobt. Gauvain ist ärgerlich, weil er sich nicht früher darum gekümmert hat. Es wird ihnen nicht bewußt, daß sie es dem Hundertfüßer zu verdanken haben, wenn sie jetzt die blinde Welt der Verliebten verlassen und in eine Art ehelichen Zustand eintreten.

Er stellt für George einen Liegestuhl im Schatten zurecht, das Bein wird hochgelegt; alle Eiswürfel des kleinen Gaskühlschranks gehen für eiskalte Umschläge drauf; er läßt sich nach Praslin übersetzen, mietet ein Fahrrad, strampelt ins Dorf, um dort eine Binde und Desinfektionslösung zu erwerben, nachts steht er auf, um ihr etwas zu trinken zu bringen, und in seinem Blick ist soviel Sorge und Angst um sie zu erkennen, daß sie es so schön wie noch nie findet, Schmerzen zu haben. Im Reiseführer haben sie gelesen, daß der Biß des Skolopenders einer der gefährlichsten sei. Aber es kommt gar nicht in Frage, daß dieses Ungeziefer ihnen eine so kostbare Woche vermasselt: Mit aller Energie versucht George, den Schmerz zu minimieren, sich aus ihrem Fuß herauszubegeben, ihn vom restlichen Körper zu isolieren, um dem Gift ein unüberwindbares Hindernis aufzubauen.

Im Meer wiegt das kugelrund gewordene plumpe Anhängsel an ihrem Bein noch am wenigsten, und sie brauchen sich nur ein paar Schritte zu bewegen, dann können sie sich im lindernden Wasser niederlassen. Das Inselchen verlassen sie den ganzen folgenden Tag nicht. Gauvain massiert ihr das Bein, das langsam abschwillt, und dabei vermeidet er sorgfältig die dunkelste Stelle. »Laß mich nur … ich kann das«, beruhigt er sie. An Bord ist es immer der Kapitän oder sein Stellvertreter, der zum Krankenpfleger und manchmal sogar zum Chirurgen wird, wenn es zu einem Unfall, einem Knochenbruch kommt oder wenn ein Abszeß auftritt.

Etwas ratlos, weil das ständige Programm der Bettliebe entfällt, tun sie, was ihnen gerade in den Sinn kommt, das heißt, sie unterhalten sich, entdecken, was sie, abgesehen von ihren verschiedenen Geschlechtern, noch sind. Haben sie jemals über etwas anderes als Liebe gesprochen? Ganz schüchtern nähern sie sich dieser neuen Form der Beziehung. George wünscht sich, für Gauvain kein fremdes Land mehr zu sein. Sie wünscht sich, daß er weiß, was sie mag im Leben und womit sie diese unendliche Zeit verbringt, in der sie weit weg von ihm lebt. Sie wünscht sich, daß er weiß, warum auch sie ihren Beruf liebt, und daß er lernt, die Welt genauer zu betrachten. Gibt es dazu eine bessere Gelegenheit als ihren Aufenthalt auf diesem Archipel, wo man die Geschichte wie aus einem offenen Buch ablesen kann, die Geschichte der sich überlagernden Eroberungen Frankreichs und Englands und auch die Geschichte der Piraten? Gauvain hat noch nie in einen Reiseführer hineingeschaut. Für ihn ist das Meer eine Arbeitsstätte, eine Mine, die er abbaut, ein Broterwerb. Er hat noch nie an die berühmten Seefahrer gedacht, die es kreuz und quer durchpflügt haben. Die Inseln sind dazu da, daß man um sie herum arbeitet, das ist alles. Thunfische warten darauf, gefischt zu werden, er ist auf der Welt, um zu fischen, und seine Kinder werden von diesen Fischen leben. Er hat keine Zeit gehabt, sich für die Vergangenheit zu interessieren. Neugierde ist ein Luxus, und er glaubt, von diesem Luxus ausgeschlossen zu sein. Er stellt sich gar nicht erst vor, daß er daran Gefallen finden könnte. Hier aber ist er in erzwungenem Müßiggang gefangen, und der Zufall will, daß George Historikerin ist. Also dann meinetwegen Geschichte.

Sie wählt den indirekten Einstieg, um ihm keine Angst einzujagen. Kleine Jungen mögen Banditen und Abenteurer.

»Hast du nie die Memoiren der großen Seefahrer gelesen?«

»Ach, weißt du, außer Krimis und Comics gibt es an Bord

nicht viel zu lesen. Ach ja, doch! Ich erinnere mich jetzt, ich hab' was über Kolumbus gelesen. Das war ein Buch, das ich als Preis in der Schule in Quimperlé gewonnen habe.«

»Ich werde dir ein Buch über die Geschichte der Seychellen schenken, zur Erinnerung an unseren Aufenthalt. Du wirst sehen, das ist ein echter Krimi, wo sich die Engländer und die Franzosen abwechselnd jagen; dabei haben sie unentwegt die gleichen Inseln getauft, enttauft, neu getauft, beide Seiten haben versucht, ihre Kirche anzusiedeln, haben sich bereichert, sich gegenseitig umgebracht, und schlußendlich waren es immer die Piraten beider Lager, die den Gewinn davongetragen haben. Angeblich sind diese ganzen Inseln voller vergrabener Schätze. Sie waren ideale Schlupfwinkel, zumal sie damals unbewohnt waren.«

»Pirat!« sagt Gauvain verträumt. »Das muß auf jeden Fall aufregender gewesen sein, als eine Touristenvilla aufzubrechen!«

»Du bist lustig. Du wärst unfähig gewesen, dich als Pirat zu verdingen. Viel zu moralisch, der Lozerech-Sohn! Du mußt dich ja schon überwinden, als Liebhaber tätig zu werden ...«

Gauvain verpaßt ihr einen zärtlichen Stoß, weitab von ihrem Knöchel. Er mag es, wenn sie über ihn redet, das ist er nicht gewohnt.

»Nein, ich sehe dich eher als Kapitän im Dienste seiner Königin, der treu und brav nach jeder Expedition alles Geld und alle Diamanten, die er Einheimischen abgeluchst oder den Feinden abgenommen hat (was dann auch kein Diebstahl gewesen wäre), alles, bis hin zum letzten Teelöffelchen, abgeliefert hätte. Und als Belohnung, kann ich mir gut vorstellen, wärst du für den Rest deiner Tage in einem Verlies gelandet, weil du dir aufgrund deiner Ehrlichkeit irgendwelche hohen Herren bei Hof zu Feinden gemacht hättest ... Oder aber du wärst von deiner meuternden Mannschaft ins Meer geworfen worden, weil du ihnen einen zusätzlichen Anteil an der Beute verweigert hättest.«

»Als so doof siehst du mich also?«

»Tja ... Ehrlichkeit war damals noch unrentabler als heute. Weißt du, was manchmal rentabel war? Ein guter Liebhaber zu sein!«

»Siehst du, vielleicht hätte ich als Korsar doch eine Chance gehabt. Nach dem, was du erzählst, zumindest, ich hab' ja keine rechte Vorstellung ...« fügt er mit geheuchelt bescheidener Miene hinzu.

Sie lachen. Auf diesem Gebiet fühlen sie sich wunderbar gleich. George streichelt ihn ein wenig, nur um sich zu vergewissern, daß alles noch da ist, und daß sein Glied schön steif ist, sogar dann, wenn sie über Geschichte schwafelt.

»Das ist kein Witz, hör mal: Die Franzosen haben Tahiti erobert, weil Bougainvilles Matrosen bessere Liebhaber waren als die von Cook! Die Königin Pomaré, die von dem ach so britischen Pastor Pritchard schlecht gevögelt wurde, hat ihre Insel lieber den Franzosen geschenkt, nachdem sie ein paar Nächte mit irgendeinem Lozerech, so genau weiß ich das nicht mehr, von einer französischen Expedition verbracht hatte. Ich werde dir auch *Bougainvilles Reisen um die Welt* schenken, ich bin sicher, daß du begeistert sein wirst.«

»Und warum gibst du mir nicht auch dein Buch? Es beeindruckt mich sehr, daß du ein Buch geschrieben hast. Für mich sind Schriftsteller andere Menschen, nicht wie wir. Unantastbar, weißt du ...«

»Nein, das weiß ich überhaupt nicht! Ich finde gerade, daß du an Schriftstellerinnen ganz gut herumtastest. Ich weiß nicht, ob ich mit meinem Buch genauso gut reüssiere. Es ist ein wenig akademisch, weißt du. Und dann die Frauen ... plus die Revolutionen ... Zwei Themen, die dich nicht sonderlich begeistern. Nun ja, sagen wir, du hast nie darüber nachgedacht. Du weißt nicht einmal, ob es dich interessiert oder nicht.«

»Sag doch gleich, ich bin ein Trottel, wieder einmal.«

»Das sag' ich ja!« Auch George versetzt ihm nun einen Fausthieb.

»Ich frag' mich, was ich hier mit dir tu'!« ruft Gauvain, der zögert, ob er diese Replik als Scherz betrachten soll.

»Und ich mit dir erst? Hast du dir die Frage schon gestellt? Wir werden es uns wohl am hellichten Tag eingestehen müssen, daß wir uns lieben, du Trottel, den ich liebe!« Sie umschlingt seinen Hals und zwingt ihn, sich über sie zu neigen, und nun wissen sie nicht mehr, was sie denken, so lange dauert dieser Kuß.

»Du interessierst mich, wenn du's wissen willst«, fährt George fort. »Ich mag deinen Charakter, deinen entsetzlichen Charakter. Ich mag deine Zärtlichkeit. Und in Sachen Liebe bist du intelligent, was so wenige Männer sind, und das, das paßt nicht zu einem Dummkopf, also siehst du ... Und meine Dissertation, die schick' ich dir, und zwar mit einer kompromittierenden Widmung! Du wirst sie heimlich lesen müssen und sie anschließend im Garten vergraben.«

Die Sonne sinkt auf die Veranda nieder, die unter den üppigen Bougainvillearanken fast zusammenbricht. Ach ja, apropos, denkt George, ich muß ihm sagen, daß das, was heute von Bougainville übrigbleibt, nicht eine Insel ist, obwohl er so viele entdeckt hat, sondern dieser Strauch. Sie trinken ein wenig zuviel kreolischen Punsch, und George erzählt ihm ihr Leben an der Universität. Sie tut sich leicht mit dem Reden, sowohl aus Familien- als auch aus Klassentradition. Bei Gauvain wird nur das Unerläßliche gesagt. Und mit den Freunden läßt man sich nur selten zu Vertraulichkeiten hinreißen, und auch dann in Scherzform, an alkoholisierten Abenden. Man spricht nicht über Dinge, die einem am Herzen liegen. Das wäre ungehörig, das wäre so, als käme die Großmutter Lozerech auf die Idee, sich anders als in Schwarz zu kleiden, oder die Mutter, morgens im Bett liegenzubleiben. »Also, das war nicht schlecht« oder »Diesmal hat's uns bös erwischt«: Solche Sätze bringen schon ein Höchstmaß an Kommunikation und werden mit nachdenklichem »Ach ja! Das kann man wohl sagen!« beantwortet, wonach jeder einen Augenblick des Schweigens einlegt und seiner eigenen Erfahrung nachhängt.

Aber an jenem Abend auf der Insel von weiland Gabriel de Choiseul, Duc de Praslin, ist der mit vier Glas Punsch beschwerte Lozerech nicht mehr Lozerech. Er ist ein Mann geworden, der endlich etwas von dem nach außen dringen läßt, was er in seinem tiefsten Innern verwahrt. Und das ist noch schlimmer als die Liebe. Bestürzender, denn mit einer Frau reden hat mit nichts Ähnlichkeit, was er bisher getan hat. Das Harte auszusprechen, das gelingt ihm gerade noch. Aber gestehen, was er liebt, das ist, als ob ihm Gewalt angetan würde. Auch George ist ein wenig betrunken, die Tabletten, der Alkohol ... und das beruhigt ihn. Sie werden ihre Hütte zum Abendessen nicht verlassen, wegen des Knöchels. Und während sie sich satt essen an exotischen Früchten, hört Gauvain nicht mehr auf zu erzählen: das Fischen vor Dakar oder an der Elfenbeinküste, das Abenteuer einer jeden neuen Ausfahrt, die Aufregung, wenn man auf eine Fischbank stößt, das Wasser, das zu brodeln anfängt, wenn die Fische nach oben kommen, die starke Bambusangel, die man schnell ergreifen muß, die Abspritzrampe, die dem Thunfisch die Horde von Besessenen verbergen soll, die sich alle, vom Bordmechaniker bis zum Schiffskoch, für die große Jagd bereit machen. Und dann der Augenblick, der so brutal ist wie die Liebe, ja, das hat er gesagt, so brutal wie die Liebe, wo jeder mit einem Ruck aus der Hüfte seinen Thunfisch oder seinen Bonito, die beide bis zu zwanzig Kilo wiegen können, an Bord heraufholt; die Gier der Tiere, die Aufregung der Männer, das Blut auf dem Ölzeug, das unaufhörliche Schlagen des Fisches an Deck, die Haken ohne Widerhaken, damit der Fisch schneller abgenommen werden kann, und dann schnell die Leine zurück ins Wasser ...

George hat früher schon bemerkt, daß Gauvain jedesmal, wenn er von seinem Beruf erzählt, bretonische Ausdrücke verwendet und einen stärkeren Akzent hat. Es macht ihm Spaß, ihr seine Geheimsprache, seinen Berufsjargon, zu erläutern, ihr von den aufgespürten Thunfischschwärmen oder von dem Rogen zu erzählen, der verwendet wird, um die Köder zu fangen, Sardellen, die wiederum den Thunfisch anlocken, von diesen ganzen Vorbereitungen auf die große Konfrontation. Ja doch, das bedeutet mehr Arbeit als das Treibnetz, die Haken müssen unentwegt mit neuem Köder bestückt werden. Es läuft ziemlich viel schief, weil alles so schnell gehen muß, und manchmal saust ein Mann über Bord, aber das gehört dazu, sonst wäre es langweilig. Seine Augen glänzen. In seinem Blick erkennt man die Achtung vor dem Gegner, diesem großen Räuber, dem Thunfisch. »Ein wunderbares Tier, das sich zu verteidigen weiß, das solltest du mal sehen! Ich hab' es erlebt, daß dreizehn Mann in weniger als einer halben Stunde dreihundert Fische hochhievten. Und zwar keine Winzlinge!« Sie sagt: »Das muß ein grandioser Anblick sein!« Und er antwortet: »Ja, toll …« Grandios ist nicht Bestandteil seines Vokabulars. »Aber das ist alles zu Ende, sozusagen!« schließt er mit dem für Seeleute typischen Fatalismus. »Die Reeder entscheiden alles, sie wechseln die Schiffe und die Mannschaften aus, wie es ihnen gerade paßt. Wir sind weniger als nichts wert. Diese Art von Fischerei ist überholt. Mit den Perlon-Ringwaden, die die Amis mittlerweile einsetzen, sammeln sie zehn Tonnen am Tag ein. Wir, wir können froh sein, wenn unser ganzer Fang zehn Tonnen hat. Tja, damit ist Schluß«, sagt er mit abwesendem Blick. Plötzlich ist er weit weg von George. Er hat für sich allein geredet.

»Du würdest aber auf einem Schleppnetzfischer viel mehr verdienen, oder? Und es wäre komfortabler, eine weniger harte Arbeit.«

»Ja, mehr verdienen würde man schon, klar, aber …«

Er spricht den Satz nicht zu Ende. Er kann sie nicht in Worte fassen, seine Nostalgie, sein Heimweh nach der handwerklichen Fischerei, wo der einzelne noch einen Wert darstellte, den einzigen, echten, bevor die Radaranlagen den Riecher des Kapitäns ersetzten und die Elektronik an die Stelle von Mut und Erfahrung trat.

»Mit dreizehn habe ich schon Thunfisch gemacht. Damals war's auch noch echter Thunfisch, der hatte nix zu tun mit ihrem roten Zeugs ...«

Mit dieser Art des Fischfangs ist es aus, er aber, er gibt sich nicht geschlagen. Der Beweis ist, daß er hierher gekommen ist. Und was den industriellen Fischfang angeht ... Man spricht schon von Hubschraubern, die eingesetzt werden, um die Seevögel zu erspähen, die sich dort scharen, wo es Kleinzeug an der Oberfläche gibt, was wiederum die dickere Beute weiter unten signalisiert. Die Falle nimmt andere Dimensionen an. Der Nordatlantik wird demnächst verwüstet sein, aber hier warten noch ganze Völker von Thunfischen auf die Jäger. Seine Augen werden wieder lebhafter. Die Umwelt, die man auch Natur nennt, ist ihm scheißegal. Er mag die Verwüstung, sie ist sein Job. Letzten Endes ist er eben doch ein Pirat. Die Zukunft, das ist nicht sein Bier.

Es ist ein Uhr früh, Gauvain blickt um sich, als fiele er wieder auf die Erde herab. George ist in seinem Arm halb eingeschlummert. Er hat allein geredet, aber ganz allein hätte er niemals geredet. Niemals. Mit keinem seiner Brüder und auch nicht mit seiner Frau. Mit seinen Kollegen, vielleicht, aber nur über Tatsachen, über Pläne, nicht über Gefühle. Gefühle, das bleibt den Weibern vorbehalten. Wie kommt es, daß er mit diesem Weibsbild da entdeckt, daß er ein anderer Mann ist und daß er Dinge sagt, von denen er nicht einmal wußte, daß er sie sagen wollte?

Sanft trägt er sie ins Bett, die schöne Fischfrau. »Du darfst nicht mit deinem Fuß auftreten. Sonst staut sich das Blut. Ich werde dir noch einen neuen Umschlag machen, und einen Verband für die Nacht.«

George verbirgt ihr Gesicht an seinem Hals. Zum erstenmal wird sie so getragen, gepflegt, gehegt. Sie läßt sich in eine undefinierbare Sanftheit hineingleiten. Doch, es fällt ihr wieder ein: Sie gleitet in die Hände ihres Vaters, der während des Krieges Sanitäter war, weil er ein Medizinstudium begonnen hatte, bevor er zum Künstler konvertiert war. In Hände, die eine Wunde zu reinigen wußten. Ihre Mutter konnte den Anblick von Blut nicht ertragen. Der fade Geruch von Jod steigt ihr wieder in die Nase. »Das brennt!« schrie sie immer, aus Gewohnheit. »Um so besser«, antwortete der Vater, »das ist der Beweis, daß es wirkt.«

Zärtlich umschlungen, aneinandergeklammert wie zwei Kinder, schlafen sie ein, zum erstenmal vielleicht umschlingen sich, den Körpern folgend, ihre Seelen.

Am nächsten Morgen geht es dem Fuß so deutlich besser, daß sie beschließen, die Insel Praslin zu besichtigen. Sie mieten das einzige Auto der Insel für den ganzen Tag, das wird für George weniger anstrengend sein als das Treten mit dem Fahrrad.

Sie machen in jeder Bucht Station, aber die unscheinbarste, die Anse Marie-Louise, bietet ihnen die größte Vielfalt an Unterwasserschätzen, nur ein paar Schwimmzüge vom Ufer entfernt – aber Schwimmen ist eigentlich gar nicht nötig –, unter einem Meter reinem Kristall, auf einer von Fischen bunt schillernden Seegraswiese – sie gleiten hindurch und bewegen dabei kaum ihre Schwimmflossen. Von hier aus entdeckten einst die Matrosen der *Heureuse Marie* den Kokoshain des Vallée de Mai, den sie morgen besichtigen werden. Ganz in der Nähe hat der Pirat La Buse eine Erholungspause eingelegt – die Engländer, die unfähig sind, ein »ü« auszusprechen, haben ihn »La Bjus« genannt, nachdem sie die fabelhafteste Beute in der Geschichte der Piraterie eingebracht hatten: den Vizekönig von Indien mit seinem goldenen Geschirr, den Erzbischof von Goa und seine heiligen Gefäße voller Edelsteine … Sie liegen auf dem heißen Sand unter den Filaos, lesen gemeinsam den Reiseführer, sind weit entfernt von der heutigen Welt.

Heute nachmittag werden sie sich wieder lieben. Zum erstenmal auch hat Gauvain den Eindruck, sich der Frau auszuliefern, die er nehmen wird. Er fühlt sich schüchtern und gleichzeitig aufgeregter. An diesem Tag wird er es zum erstenmal zulassen, daß sie ihn »da« küßt, wie er sagt, lange und ausgiebig, und daß er es wagt, seine intensive Lust zu zeigen; aber ganz kann er sich ihren Lippen nicht hingeben. Er schämt sich. Im letzten Augenblick zieht er George zu sich herauf. Gesicht an Gesicht.

»Ich habe zuviel Achtung vor dir«, sagt er, »du wirst das blöd finden, aber so kann ich nicht kommen, in deinem Mund.«

»Vertrau mir doch. Ich tue nur, was ich mag, und ich höre sofort auf, wenn es mir nicht mehr gefällt. Bei dir mußte ich mich noch nie zu etwas zwingen.«

»Das kann sein, aber ich schaff' es nicht. Bist du mir böse?«

Mit der Zunge wandert er über Georges Lippen, als wollte er sie von der Berührung mit seinem Glied reinwaschen.

»Ich fühle mich allein da oben ohne dich, ich spür' dich so gern überall. Bist du mir auch nicht böse?« wiederholt er besorgt. »Mir ist es so viel lieber zum Schluß«, fügt er hinzu und macht es sich zwischen Georges Schenkeln bequem, wo er sich eigens sein Etui geschaffen hat, und sie schließt es über ihm. Keine furchige Einwucherung mehr, keine bizarre Auswucherung, nur noch zwei glatte, ausgefüllte, einander angeglichene Körper. Er bewegt sich nicht in ihr.

»Du hast mir nicht gesagt, ob du mir böse bist«, fragt er scheinheilig, sein Feingefühl in diesen Dingen verleugnend.

»Ich werde dir doch nicht gerade jetzt sagen, daß ich es anders mag! Ich habe so große Lust auf dich, daß es mir nicht gelingt, von der Stellung Nummer eins wegzukommen!«

Er lacht vor Freude. Sie lacht vor Freude, ihm Freude zu machen. Sie lachen darüber, daß sie das kindliche Geheimnis der Freude des andern kennen. Ein Geheimnis, dem man sein Leben lang nachlaufen kann, denkt George.

Er setzt sich wieder in Bewegung, sehr langsam, und ihre

Zähne stoßen aneinander, wenn sie sich küssen, weil sie auch dann noch lächeln, trotz des Ernstes ihrer Lust.

Und während der kurzen Zwischenpausen fragt sich George, wie sie es schaffen soll, das Spiel von vorn zu beginnen. Zumal Gauvains Vorrichtung äußerst beeindruckend wirkt, auch nach Gebrauch. Sie hat es ihm einmal gesagt, als er nackt durchs Zimmer ging.

»Solange du in der Nähe bist, ist keine Aussicht auf die Ruhestellung. Jedenfalls nie ganz. Das ist fürchterlich!« Er bricht in schallendes Kindergelächter aus. »Und sobald ich darüber rede, siehst du ...« Er betrachtet sein Anhängsel mit dem gerührten Blick, den man für sein eigenes, unerzogenes Kind übrig hat. Er ist auf naive Weise stolz zu gefallen und empfindet keinerlei Verlegenheit. Seine Schamhaftigkeit liegt anderswo. Er weiß, daß es bei ihm nicht am Körper fehlt.

»Unglaublich. In die Tropen mußte ich reisen, um dich nackt herumspazieren zu sehen und das Anomale an dir zu entdecken! Beziehungsweise das Animale!«

Sie ergreift Gauvains Geschlecht, hält es in der Hand, prüft sein Gewicht.

»Sogar wenn er leer ist, wiegt er noch ... ich weiß nicht ... zweihundertfünfzig Gramm?«

Sie mag es, ihm zu schmeicheln, dummes Zeug zu reden, sich vor ihm niederzuknien wie Lady Chatterley, die er nicht kennt, vor »the devine engine«. Sogar ein wenig Lügen macht ihr Spaß, damit er sich noch leidenschaftlicher gibt, kurz, sich wie ein einfältiges Lustobjekt zu verhalten und jener kleinen Neigung zu ordinärer Schlüpfrigkeit, die sie bisher an sich nicht kannte, freien Lauf zu lassen. Auch dafür liebt sie Gauvain: für diese unbekannte George, die er heraufbeschwört und die sich plötzlich nicht mehr verdrängen läßt. Eine Person, die abends nicht mehr liest, damit sie sich schneller seinen Liebkosungen hingeben kann, die sich in ihrer Kleidung seinen Sexualkriterien anpaßt, die ihm seine Plumpheiten, seine Fehler, alles, was sie bei einem anderen gehaßt hätte, verzeiht, nur wegen der Sinneslust, die sie von ihm erwartet, wegen dieses unvernünftigen, dieses nicht zu rechtfertigenden Begehrens. Aber in wessen Namen nicht zu rechtfertigen? Wozu die allgemeine Besessenheit, die Sexualität zu verstehen, wie man die Mathematik versteht? Die Sexualität hat keine andere Bedeutung als sich selbst.

All dies ist weder seriös noch wünschenswert, sagt sich George, sobald die Anstandsdame in ihr die Oberhand gewinnt. Allein romantische Umstände konnten dieses Feuer erhalten. Schließlich hatten sie noch nie zehn Tage zusammen verbracht, man konnte nur hoffen, daß eine bessere Kenntnis des anderen, die Wiederholung (*notwendigerweise eintönig*, fügt die Anstandsdame hinzu) der gleichen Gesten dem Zauber ein Ende bereiten würden; übrigbleiben würde dann eine vornehme Sehnsucht, die einigermaßen vereinbar wäre mit der beiderseitigen Lebensführung.

Allmählich müßte es doch möglich sein, zwei Stunden zu verbringen, ohne Verlangen nach diesem Kerl zu haben, sagt die Anstandsdame. *Man müßte aufhören, ihn mit schmutzigen Hintergedanken anzugaffen.*

Aber Gnädigste, selbst in der Nacht werde ich von der geringsten Bewegung seines Körpers wach, wie soll ich verhindern, daß Schlaf sich in Wollust verwandelt, ähnlich wie auf den alten Stichen, wo der Flügel des Vögleins allmählich zum Segel wird, ohne daß man den Übergang bestimmen kann? Und selbst in der Früh, Gnädigste, im Morgengrauen, wenn alles unschuldig erscheint, genügt ein Finger auf meiner Haut, selbst weit weg von den kritischen Zonen, und schon wird mein Atem ein glückseliges Stöhnen, schon vereinen sich unsere Lippen, schon fügen sich unsere Körper ineinander, schon lassen sich unsere Geschlechtsteile aufeinander ein …

Schon gut, schon gut, sagt die Anstandsdame. *Sie erzählen mir immer die gleiche Geschichte. Unsäglich langweilig …*

Jeden Morgen erwacht George in der Angst, der Anstandsdame könnte es in der Nacht gelungen sein, diese unreife

Kindfrau zu bändigen, die niemand, außer Gauvain, je gesehen hat. Aber jeden Tag erschauert die Halbwüchsige von Raguenès unter der ersten Liebkosung dieses Mannes, der stets vor ihr wach ist und sie betrachtet, wie sie schläft; dabei muß er sich zurückhalten, um nicht sanft mit dem Finger die Spitzen ihrer Brüste zu berühren.

»Seeleute können nicht bis in die Puppen schlafen«, sagt er, um sich zu entschuldigen, wenn er die Hand nach ihr ausstreckt, und das ist das Signal für die tägliche Niederlage der Anstandsdame. Eine frohgemute Niederlage, denn sobald ihnen bewußt wird, daß sie einen neuen gemeinsamen Tag vor sich haben, werden sie von Jubel erfaßt. Unverzüglich lieben sie sich wieder, dann gleich ein zweites, wenn nicht drittes Mal und rühren sich zwischendurch kaum voneinander. Und wenn sie sich endgültig für erschöpft halten und beschließen, *zuerst* zu frühstücken, wirft sie eine unvorsichtige Bewegung zurück auf das Bett.

Zum Glück verbringen sie den folgenden Tag weit weg von ihrer Hütte auf der großen Insel, und Gauvain ist nicht einer, der es wagt, im Freien mit einer Frau zu schlafen. Am Abend essen sie Fisch und Schalentiere in einem winzigen Restaurant zwischen dem Strand und der Lehmstraße. Motorengeräusche sind keine zu hören, dafür ein kleines Orchester von Einheimischen – Trommeln, Geigen, Akkordeon und Triangel –, das seltsame Kontertänze und Quadrillen spielt, die unmittelbar dem Hof Ludwigs XIV. zu entstammen scheinen. Fünf Musiker in uneinheitlicher Kleidung, zerschlissenen Jacken oder Tropenhemden, und eine sehr alte Seychelloise im langen Rock, barfuß – schöne gespreizte Füße, denen man ihre Bestimmung ansieht –, lassen hier unter den Latanien und den Filaos die Menuette des Sonnenkönigs wiederauferstehen. Die Frau tanzt mit der Anmut einer Marquise, nur daß sie zahnlos ist, daß ihr der schlecht gebügelte Schal über den mageren Schultern hängt, daß der Saum ihres Rockes niedergetreten ist. Aber ihr Blick ist keß und voller Humor. Schön ist sie, schön und echt wie ihre Insel. Diesen Menschen haben sie zu verdanken, daß sie für einen Abend jene Zeit erleben, als die großen Entdecker keine Generäle und noch keine Geschäftsleute waren. Sobald es mehr als zwanzig Touristen geben wird auf Praslin, wird die alte Tänzerin nach Hause geschickt und durch ein flittergrelles junges Mädchen ersetzt werden, und ein »typisches« Orchester mit elektronischen Gitarren wird sein Unwesen treiben.

Heute abend sind es nur sechs Zuhörer, und ihre Tischnachbarn sind Landsleute, allerdings Franzosen ohne Gefühlsregungen, wie es scheint. Und ohne Alter. Schon jenseits. Aber wovon? Madame ist makellos: graues, zum Knoten zusammengestecktes Haar, sehr gerader Rücken, ein vornehmes, leicht kantiges, aber schönes Gesicht, obwohl es deutlich von der allzu lange praktizierten Tugend gezeichnet ist. Naturfarbenes Leinenkostüm, dazu die unvermeidlichen weißen Sandalen. Ihr Mann, vermutlich ein ehemaliger hoher Beamter der Kolonialverwaltung, flachgedrückt durch dreißig Jahre eheliche Langeweile, träumt am Tischende vor sich hin, die Nase über dem Teller. Ihre Tochter, auch sie bereits alterslos, schwarz gefärbt mit kastanienrotem Schimmer (»Das wirkt lustiger, findest du nicht?«), hat an ihrer Seite einen armen Kerl von Ehemann, der sicher in den Fußstapfen des Schwiegervaters marschiert. Die Tropen haben es nicht geschafft, ihre bürgerlichen Schildkrötenpanzer anzuknacksen. Sorgfältig untersuchen beide Frauen ihre Teller auf einheimische Bakterien, dann ziehen sie mürrisch die Augenbrauen hoch beim Anblick der Karte, auf der lediglich Fisch angeboten wird, und schließlich rufen sie die Bedienung noch einmal an den Tisch, um getoastetes Brot zu bestellen. Sie kommen von einem Ausflug ins Vallée de Mai zurück, wo sie eine jener unanständigen »Cocos-de-Mer« erworben haben, was ihnen bereits leid tut. Diese großen, auffallend anatomisch geformten Nüsse sind sehr teuer, und sie werden es nie wagen, sie in der Wohnzimmervitrine auszustellen, das Ding ist wirklich zu obszön, wie sie jetzt merken.

Nur Mutter und Tochter wechseln ein paar Sätze, während die Ehemänner in regelmäßigen Abständen höflich nicken. »Dieses große Hotel, das so angenehm war, weißt du noch Maman, am Gardasee ...«

»Ach ja, erinnern Sie sich, Henri?« Maman siezt den Herrn Gemahl, auf dessen gelangweiltem Gesicht die ungezählten Urlaube mit seiner Ehefrau zu lesen sind, und jetzt nach der Pensionierung ist der Endlosurlaub angebrochen ... Er wird den Weg nicht bis zum bitteren Ende abschreiten, einen Schlaganfall hatte er vorsichtshalber schon, das sieht man an seinem Stottergang. Aber in zehntausend Kilometern Entfernung von ihrer Heimat, tausend Kilometer weit weg von Madagaskar, der nächsten französischen Kolonie, können sich Franzosen nicht gegenseitig ignorieren. Die Bekanntschaft wird über die Coco-de-Mer geschlossen.

»Jede einzelne Frucht ist numeriert, wissen Sie, denn der Export ist inzwischen streng geregelt«, verkündet Frau Mutter.

»Merkwürdig, man findet sie nur hier. Und die arabischen Fürsten haben sie früher schon für horrendes Geld gekauft, wegen ihrer aphrodisischen Wirkung!« sagt George.

Ein mißbilligendes Blitzen wird in den Augen der Frau Mutter sichtbar, offenbar hat sie Angst, man könnte sie der Erotomanie verdächtigen. Gauvain hat eine Augenbraue hochgezogen. Das sagt ihm doch was. Nicht Aphrodite, aber Aphrodisiakum.

»Ich finde es komisch, daß die orientalischen Fürsten so was gebraucht haben. Die durften doch so viele Frauen haben, wie sie wollten!« sagt er.

Die beiden Damen finden, daß die Unterhaltung etwas fragwürdig wird, und lenken sie in eine weniger gefährliche Richtung.

»Die Namen dieser ganzen Inseln klingen wunderbar, finden Sie nicht?«

»Doch«, stimmt ihnen George zu. »Es ist übrigens rührend, daß man hier an diesem weltverlorenen Ort unentwegt den Namen eines Ministers von Ludwig XIV., Praslin, in den Mund nimmt, wo er doch nicht ein einziges Mal einen Fuß auf diese Insel gesetzt hat.«

»Warum heißt sie denn dann Praslin?« fragt Gauvain. George weiß, daß es ihm vollkommen egal ist, aber sie wird es ihm trotzdem erklären, weil sie es gerade heute im Reiseführer gelesen hat. »Weil der Herzog von Praslin Marineminister war und eine Expedition finanziert hat, und zwar just um jene Cocos-de-Mer zu ernten, die damals schon so teuer waren.«

»Immerhin gab es damals auf den Seychellen nicht einen einzigen Eingeborenen«, läßt Herr Vater verlauten. »Die Forschungsreisenden hier wurden nicht aufgefressen wie der arme Lapérouse.«

»Auch Séchelles hat nie einen Fuß in die Gegend hier gesetzt. Er war Königlicher Finanzinspektor, Moreau de Séchelles hieß er genau«, erläutert Herr Schwiegersohn. »Auch ich bin in der Finanzinspektion tätig«, fügt er selbstzufrieden hinzu.

»Es ist übrigens ein schöner Name. Ein Glück, daß es nicht einem Newcome oder sonst einem dieser Briten gelungen ist, dieses Paradies hier ›New Southern Wales‹ oder ›South Liverpool‹ zu nennen.« George spürt, mit welchem Vergnügen sie hier am Ende der Welt chauvinistisch ist und wie freudig sie das perfide Albion verunglimpft.

»South Liverpool? Die Kreolen hätten das doch bald in ihre Sprache umgesetzt. Lang hätte es nicht gedauert, und es wäre so etwas wie ›L'Hiver-Poules‹ daraus geworden!« Wortspiele dieser Art läßt sich Gauvain kaum je entgehen. Er weiß es zwar nicht, aber er hat ein Gefühl für Worte und eine große sprachliche Beweglichkeit, und damit kompensiert er seine Lücken.

Aber die Franzosen wünschen es nicht, diese Unterhaltung fortzusetzen. Sie wissen nicht so recht, wo sie Gauvain und George, dieses seltsame Paar, ansiedeln sollen. Mit einem aseptischen Lächeln verabschieden sich die vier gegenseitig und ziehen ab in ihre Zimmer, im einzigen Hotel der Insel.

»Kauf ja keine Coco-de-Mer!« befiehlt George Gauvain. »Rühr nicht einmal eine an. Wir würden daran zugrunde gehen!«

Am nächsten Morgen besteigen sie das Schiff nach La Digue. Jetzt rieseln die Tage schneller dahin, wie in einer Eieruhr der letzte Sand. Die Nachbarinsel ist ihre letzte Station. An einer Behelfsmole, die auf Holzpfählen ruht, macht der vorsintflutliche Schoner *Belle Coraline* fest, nachdem sie die dreißigminütige Überfahrt in strömendem Regen hinter sich gebracht haben. Irgendwo, in irgendeiner Ecke dieser Landschaft regnet es immer, und trotzdem sind sie die ganze Zeit an Deck geblieben und haben sich von den Wellen besprühen lassen. Die Liebe macht offenbar kindisch.

La Digue hat weder Hafen noch Dorf. Verstreute, niedrige Häuser, eine mit einem Ochsen betriebene Kopramühle, eine katholische Kirche und ein verwahrloster Friedhof, auf dem Tote mit französischen Namen liegen. Im Ochsenkarren fährt man zu den Bungalows von Grégoire's Lodge, der einzigen Herberge dieser Insel, die nur vier Autos, aber zweitausend Einwohner zählt. Man hört das Wasser durch die Blätter und Zweige tropfen, in den Zimmern sind die Laken feucht, das nächtliche Konzert der Frösche, Insekten und Vögel, das hin und wieder durch einen schrillen Schrei unterbrochen wird, kommt zum unaufhörlichen Rauschen der Palmen hinzu und macht jeglichen Schlaf unmöglich. Die Lehmstraßen sind zu dieser Jahreszeit reine Schlammlöcher, und die Wellen schieben Tonnen von Tang, dessen strenger Geruch an Raguenès erinnert, an den Strand. Aber auf der windstillen Küstenseite liegen inmitten von gigantischem rosa Granitgeröll dieser tropischen Bretagne Strände von unerträglichem Weiß zwischen den Kokospalmen verborgen, gesäumt von einer sanften, absinthfarbenen Lagune.

Die Abende sind paradiesisch, denn mit der Dämmerung legt sich der Wind. Es ist die wundervolle Stunde, die der nächtlichen Kakophonie vorangeht. Sie nippen an ihren »verbesserten Obstsäften«, wie Gauvain sagt, der die Gläser grundsätzlich mit Gin auffüllt, und beschwören ihre so nahen und so fernen Kindheiten herauf, reden von seinen Leuten, die in den Ferienwochen zu ihren Leuten werden. Dieselben Menschen, dieselben Landschaften für beide, aber es gelingt ihnen so selten, sie in Einklang zu bringen.

Sie haben Fahrräder gemietet und fahren rund um die chaotische Insel, bis zur Anse Patate mit ihren erratischen Blöcken aus glattem Granit und der donnernden Brandung.

Am Abend wandern sie ein letztes Mal am leuchtenden Saum des Meeres entlang, setzen die nackte Haut dem fast flüssigen Wind aus, dann zieht es sie zu ihrem Bett, das nur ein paar Schritte vom Wasser entfernt steht, dem nächtlichen Rascheln und Fauchen ausgesetzt.

Conan holt sie ab, um sie nach Mahé zurückzubringen. Die letzte Nacht werden sie in der Auberge Louis XVII verbringen. Dort wird die Wirtin zum tausendsten Mal das Märchen vom kleinen Capet, dem Sohn Ludwigs XVI., erzählen, der samt seinem Geschirr mit dem Bourbonenwappen ankam und hier unter dem Namen Pierre-Louis Poiret den Rest seiner Tage verbrachte.

Morgen werden sie auseinandergehen, und für sie bedeutet Auseinandergehen Sichverlieren, vielleicht für immer. Sie haben schon mehrere »für immer« hinter sich.

Im illusorischen Wunsch, sich an ihm vollzutanken, will George heute abend alles von ihm verlangen, sich streicheln lassen bis zur Erschöpfung, notfalls mit allen erforderlichen Anweisungen. Im allgemeinen überläßt sie ihm lieber die Initiative, was die verschiedenen Etappen angeht ... Wenn er der Meinung ist, daß sie ihre Ration Vorspiel bekommen hat und daß der Augenblick gekommen ist, im Repertoire weiterzugehen ... ist es häufig ein wenig früh. Nicht gerade zu früh, aber doch so, daß sie sich auf sehr angenehme Art enttäuscht fühlt. Den Liebesrausch genießt sie mehr, wenn er mit einem winzigen Schuß Frustration verbunden ist. Die Vergänglichkeit der Liebkosungen macht ihre ganze Kostbarkeit aus. Und Gauvain rührt sie tief, wenn er das Warten nicht mehr aushält und sich auf seinen Knien hochreckt, das Gesicht fast schmerzhaft konzentriert – jetzt ist schließlich er dran –, mit hoch gezogenen Augenbrauen, wuterfüllten Augen, als wollte er den Annapurna besteigen; dann reißt er sie mit wilder Entschlossenheit an sich. Sie lieben sich im Sitzen, einander gegenüber, und sehen sich in die Augen bis an die Grenze des Unerträglichen.

An jenem Abend braucht sie ihn nicht festzuhalten: Nach der Liebe deutet er mit keiner Geste an, daß er sich von ihr lösen will. Sanft ruht er an ihrem feuchten Schenkel aus, im zärtlichen Geruch ihrer Intimität, und diesmal verzichtet er darauf, schnell die Spuren der Lust wegzuwaschen. Sicherlich mißbilligt Marie-Josée derlei Ausschweifungen. Wenn die Stunde des Beischlafs vorüber ist, reinigt man sich, macht sich zurecht und wird wieder ein sauberer Mensch, der seinen Kindern ins Gesicht sehen kann. Das erstemal zeigte sich Gauvain erstaunt, daß George keinerlei Ekel vor seinem vergossenen Sperma empfand und sich sogar beklagte, daß er sie im Kalten liegen lasse, um unter die Dusche zu eilen. Sie ging sich nicht waschen, nein, und sei es auch nur, um mit dem abscheulichen Ritual ihrer Jugend zu brechen, damals als jede Sekunde die Gefahr der Schwängerung erhöhte und als kein Kölnisch Wasser genügte, um Straflosigkeit zu garantieren, selbst wenn man es mitten in die Lasterhöhle hineinzusprühen versuchte. Sie bleiben also eng umschlungen und hüten sich, von der Zukunft zu sprechen.

Ihre jeweilige Zukunft fliegt morgen davon, in entgegengesetzte Richtungen. George wird wie üblich postlagernd nach Pointe-Noire schreiben. Er wird alle vierzehn Tage antworten, wenn er, falls alles klappt, an Land gehen kann. Und was wird er ihr schreiben? »Der Sturm tobt, Madame …« Wie traurig, einen Kormoran zu lieben. Immerhin ist er nicht mehr auf dem Nordatlantik, die Gefahr ist damit geringer.

Die fünfzehn Stunden Rückreise wird George als gerade ausreichend empfinden, um sich zu sammeln, um ihre verschiedenen Bestandteile zu ordnen, angefangen bei ihrem Geschlecht. Du komische Möse, hast du gehört, mit dir rede ich. Du wirst eine Ruhepause einlegen. Die brauchst du wohl auch, meine Gute. Seit zehn Tagen wirst du unentwegt gestört, besichtigt, beglückt, mißhandelt, und dabei warst du allzeit bereit wie ein echter kleiner Pfadfinder! Ich bin deine Sklavin gewesen, und du hast mich ganz schön rangenommen! Tja, unter seiner Haut beherbergt man oft die seltsamsten Individuen. Aber nicht immer dieselben haben das Sagen.

Das Fest ist zu Ende, meine Gute!

6
Vorsicht: Gefahr!

Sagt mir doch, dass das alles bald vorbei wäre, wenn ich mit Gauvain leben würde, und daß keiner von uns beiden sein Leben umkrempeln soll, vor allem er nicht.

Sagt mir, daß es wahnsinnig wäre, sich auf seinen Körper zu verlassen, daß er wankelmütig ist und den Geist zu unvernünftigen Entscheidungen verführt, die sich schnell als katastrophal erweisen können.

Sagt mir, daß ich es hinnehmen muß, diese Liebe zu verlieren, wenn ich sie bewahren will.

Denn vorerst gelingt es mir nicht, meine alten Wegmarken wiederzufinden. Ich halte mich am Rand meines Lebens auf, ich muß erst durch eine Dekompressionsschleuse, erst muß der Überdruck nachlassen, ich muß versuchen, von der köstlichen Droge des Angebetetwerdens wegzukommen. Wenn ich wieder auftauche ins wirkliche Leben, muß ich mich auch an Sydneys wohltemperierte Liebe wieder gewöhnen, an seine mageren Schultern, seinen schon leicht gekrümmten Rücken, seine Unbekümmertheit, und dabei spüren meine Handflächen noch Gauvains Muskeldichte, und seine glühende Gegenwart will nicht weichen. Wie ein junges Mädchen trage ich seinen ersten Liebesbrief mit mir herum, ein kleines, kariertes Blatt Papier, das er mir am Flughafen zugesteckt hat, »für, wenn du wieder einmal aus meinem Leben herausgegangen bist«. Ebensosehr wie der Text rührt mich die bemühte Schrift an, sie steht im Dienste einer perfekten Rechtschreibung, wie sie die Schüler von früher beherrschen, solche wie er, die ihren Volksschulabschluß als Beste des Departements gemacht haben: »Früher hatte ich den Eindruck, daß sich die Tage alle ähnlich sind und daß sie sich bis zu meinem Tod ähnlich sein würden. Seit es Dich gibt … Fordere keine Erklärung von mir. Ich weiß nur eins: daß ich Dich in meinem Leben behalten will und hin und wieder auch in meinen Armen festhalten, wenn Du es erlaubst. Du betrachtest das, was mit uns geschieht, ein wenig wie eine Krankheit. Wenn es eine ist, dann will ich nicht gesund werden. Der Gedanke, daß es Dich irgendwo gibt, und daß Du manchmal an mich denkst, hilft mir zu leben.«

Zum Glück kenne ich Gauvain zu gut – oder glaube ich nur, ihn zu kennen? –, um zu befürchten, daß eine leidenschaftliche Liebe ihm für längere Zeit die Liebe zu seinem Beruf, also auch die Lust am Leben, rauben könnte. Das Meer wird wieder die Oberhand gewinnen, ihm den Sinn für die wahren Werte zurückgeben, vielleicht wird er mich sogar einige Zeit hassen dafür, daß ich ihn von seiner Bahn abgebracht habe. Wenn ihm dies helfen kann, wünsche ich es ihm, denn in dieser Beziehung fühle ich mich allzusehr als die Gewinnerin, also die Schuldige. Ich habe den Eindruck, daß ich unendlich viel weniger als er leide an dem, was uns widerfährt, und auch unendlich viel mehr Lustgewinn daraus schöpfe, weil ich das Ungehörige daran ohne Reue genieße.

Sydney weiß nichts, oder so gut wie nichts. Ich will ihm Gauvain nicht zum Fraß vorwerfen, der Kampf wäre ein ungleicher, und ich wäre versucht, meinen Kormoran zu verraten, mich zu desolidarisieren, wenn ich ihn Sydney so beschreiben würde, wie er ist – und für Sydney steht die Intelligenz stets an erster Stelle, selbst in einer Liebesbeziehung. Er würde mir beweisen, daß ich einen Wildhüter liebe und daß dies eine sehr schicke Erfahrung sei; teils aus Feigheit, teils um Syds Stolz zu schonen, würde ich darauf verzichten, ihm zu erklären, was mich so tief mit Lozerech verbindet und was ich mir selber nicht so recht erklären kann. Zum Glück begehe ich Unterlassungssünden ziemlich skrupellos, während ich zum Lügen unfähig bin.

Anvertrauen kann ich mich nur meiner Schwester Frédérique und meinem alten Freund François. Meine Schwester fragt sich allmählich, was ich an diesem endlosen Fortsetzungsroman noch finde, und redet mir zu, nach neuen Horizonten Ausschau zu halten. Sie ist eine sentimentale, aber seriöse Person, die mit einem braven, ein wenig beschränkten Naturschützer verheiratet ist. Natürlich trägt er einen Bart, ist ein leidenschaftlicher Anhänger des Campings, des Bergsteigens und des Waldlaufs, und demzufolge geht er abends gern früh schlafen, und nur sonntags im Morgengrauen gelüstet es ihn nach einem kurzen »Aufhüpfen«. Zumindest stelle ich mir das Geschlechtsleben der beiden so vor, und meine Intuition wird durch den verkniffenen Gesichtsausdruck meiner Schwester bestätigt, wenn ich ihr meine sündhaften Ausschweifungen schildere, in der heimlichen Hoffnung, sie zu verunsichern und ihre Entwicklung in Richtung Scheidung zu beschleunigen. Denn eine Scheidung halte ich für unumgänglich, wenn sich Frédérique jemals noch persönlich entfalten soll.

»Wenn ich bedenke, daß du mich früher Frédérique mit Tick nanntest! Für eine George Ohne-es bist du ganz schön verrückt geworden!« sagt sie zu mir, indem sie an unsere Wortspiele aus der Kindheit anknüpft.

François hingegen findet mein Abenteuer mit Gauvain zu romantisch-sentimental, um es als ein gewöhnliches »Verhältnis« abzutun. Jedesmal, wenn ich von einer meiner Eskapaden zurückkehre, erkundigt er sich nach meinen Gefühlen, und ihm kann ich alles sagen, denn für mich ist er gleichzeitig ein Jugendschwarm, ein treuer Freund, ein Arzt und ein Mann, der … sehr gut eine Frau sein könnte, und somit weist er Qualitäten auf, die man nur in den seltensten Fällen in ein und derselben Person vereint findet.

Meinen amerikanischen Freunden erzähle ich nichts, außer Ellen, die solche Geschichten für ihr Leben gern hört, wobei sie sie ausnahmslos aufs Bett reduziert; sie behauptet, sie hätte an meinem Gesicht und sogar an meinem Gang bemerkt, daß ich »fürstlich gevögelt« worden sei. »Deine entspannte Art, die Hüften zu bewegen, und in deinem Gesicht diese etwas einfältige Glückseligkeit, so was täuscht nie«, behauptet sie. Wie kann ich ihr beibringen, daß es gewiß der Sex ist, der mich bei Gauvain anzieht, daß es aber gleichzeitig auch viel mehr ist als das?

Nichtsdestotrotz bin ich zu Sydney mit Freude und in vielerlei Hinsicht sogar mit Erleichterung zurückgekehrt. Ich hatte Lust, wieder abends im Bett mit ihm Zeitung zu lesen, die Ereignisse in der Welt zu kommentieren und unsere Dispute über Kunst oder Literatur wiederaufzunehmen. Auch sein Humor hatte mir gefehlt und unser Einverständnis ohne viele Worte. Mit ihm fand ich in meine geistige Heimat zurück: in die Welt der Intellektuellen, derjenigen, die alles, was sie erleben, analysieren, die endlos diskutieren und theoretisieren, die »sich selbst in Frage stellen«, wie Sydney gerne sagt. Gauvain lacht gerne, aber Humor ruft Unbehagen bei ihm hervor, und er ist nicht frei genug von den Realitäten des Alltags, um sich in Frage stellen zu können: Er lebt und funktioniert wie ein Wolf und träumt nicht davon, etwas anderes als ein Wolf zu sein. Er jagt, um zu leben, und wenn er daraus eine wilde Freude zieht, dann ist das ein Zugewinn. Wenn er nur Schmerz daraus gewänne, würde er nicht anders handeln. An seinem Lebensziel gibt es nichts zu diskutieren: Es besteht darin, sein Weibchen und seine Jungen zu ernähren, und seine Arbeit ist heilig, weil das seine Wolfsbestimmung ist.

Nur einmal hat er seine Bahn verlassen, für mich und aus Gründen, die er gewöhnlich nicht als gültig anerkennt: Lust, unverständliche Anziehungskraft. Sind das nicht genau die Verlockungen des Teufels?

Was mich betrifft, so wundere ich mich ebensosehr über das derzeitige Schweigen meines Körpers wie über seinen besinnungslosen Aufschrei, wenn ich in Gauvains Nähe bin. So wie man nach einem Rausch keinen Alkohol mehr sehen kann, so frage ich mich, wie es möglich war, daß ich mich als Sexbesessene habe aufführen und daraus eine solche Glückseligkeit habe schöpfen können. Ich bin zur Zeit nicht sonderlich fordernd Sydney gegenüber, aber wir haben zuviel zu tun, als daß er es merken würde. Ich werde im Juli endgültig nach Frankreich zurückkehren, und er hat beschlossen, ein Sabbatical year zu beantragen, um mich zu begleiten. Wir werden eine Wohnung suchen, Loïc in einem Gymnasium anmelden, bevor wir dann alles, was sich in zehn Jahren angesammelt hat, verschiffen lassen; auch von unseren Freunden müssen wir uns verabschieden, und das ist in Amerika nicht ganz einfach. Wir sausen von Party zu Party, und diese wiederholten Abschiede machen uns allmählich depressiv. Aber es handelt sich um ein unvermeidliches Ritual, denn in Amerika haben Freundschaft und Solidarität, die in einem eher kulturlosen Land alle Mitglieder der Lehrerschaft verbinden, etwas von Freimaurerei. Fast sind wir wie Angehörige einer liebevollen, aber auch anspruchsvollen, empfindlichen, aber sehr konformistischen Großfamilie. Ich sehne mich allmählich nach dem französischen Individualismus, der Nachlässigkeit, der mangelnden staatsbürgerlichen Gesinnung, den internen Rivalitäten, die zu einer Art Kunst erhoben werden.

Wirklich vermissen werde ich hier nur ein einziges Paar, Ellen Price und ihren Mann Alan, die beide an der Universität New York unterrichten. Sie vor allem, die so effizient, so pragmatisch ist und einen gesunden Geschäftssinn hat, den hier selbst die Intellektuellen nicht verachten. Hinzu kommt, daß Ellen von vollkommener, typisch amerikanischer Schönheit ist: Sie weist einen derartigen Mangel an Unvollkommenheit auf, daß man von einem Gefühl der Unwirklichkeit erfaßt wird. Sie ist blond und hat tiefblaue Augen, und man spürt, daß sie sich nur vom Besten, Gesündesten, Vitaminreichsten ernährt; sie ist bis ins Mark psychoanalysiert, gewohnt, Reichtum und Komfort als eine Selbstverständlichkeit und Kummer als eine Krankheit zu betrachten: das perfekte Produkt der US-Technologie!

Seit zwei Jahren arbeitet sie an einem Buch über die sexuelle Genußfähigkeit der Frauen, das den schlichten Titel *Orgasm* tragen wird! Daß sie an der New York University unterrichtet, schützt sie vor jeglichem Verdacht der Pornographie, und dies wiederum hat ihr die Möglichkeit gegeben, mit dem Alibi der *Women Studies* unglaublich gewagte und erschütternd präzise Fragebögen an Tausende von Frauen jeden Alters zu verschicken, und für dieses Thema sogar ein Forschungsstipendium zu erhalten, was in Frankreich absolut undenkbar wäre. Das Wort »Orgasmus«, das 1965 bei uns noch schockierte, hat hier einen quasi wissenschaftlichen Klang. Da sie mich in ein »Problem« verstrickt sah – alles hierzulande ist ein Problem und muß dementsprechend gelöst oder behandelt werden –, hat sie mir sofort die erste Fassung ihres Buches geschickt, überzeugt, sie würde mir dadurch helfen, mit Gauvain zur vollkommenen sexuellen Befriedigung zu gelangen.

»Du mußt prüfen, ob in dieser Hinsicht alles okay ist«, sagt sie mir ernst und geht großzügig mit jenem amerikanischen Okay um, das alles und nichts bedeutet, das sowohl »ja, vielleicht« als auch »alles in Ordnung«, oder »das Wetter ist schön«, »laßt mich in Ruhe«, »mal sehen«, »bis demnächst einmal« aussagen kann.

Sie sieht sich gern als die erste Erforscherin eines dunklen Kontinents, denn Kinsey hat sich ihrer Meinung nach für eine allzu statistische Vision der weiblichen Sexualität entschieden. Und was die männliche Sexualität betrifft, dies erklärte sie neulich anläßlich eines Kolloquiums vor ihren verblüfften Kollegen, so sei sie von einer derart rudimentären Einfachheit, daß sie es nicht verdiene, auf mehr als zehn Seiten abgehandelt zu werden!

Ich hoffte, in ihrem Buch wenigstens die Antwort auf die Frage zu finden, die sich so viele Frauen stellen: »Ist mein Orgasmus ein wirklicher Orgasmus?«

Aber wie soll man den Orgasmus überhaupt definieren? Mit bewundernswerter Dreistigkeit schlägt Ellen vor: »Eine

Riesenwoge, die in den Zehenspitzen beginnt.« Donnerwetter! Meine Woge entsteht ganz schlicht und ergreifend in den sogenannten Schamteilen, Steiß mit inbegriffen; sie wächst und erreicht ihren Höhepunkt lediglich in dieser Zone und beraubt dabei die edlen Bereiche ihrer Vorrechte, sie zwingt das Hirn, nur noch an das Empfinden zu denken. Selbst wenn man mir den Busen streichelt – eine Manipulation, die den »schändlichen« Prozeß automatisch in Gang setzt –, wirkt sich die Empfindung vor allem unten aus. »Down under«, wie man von Australien sagt.

»Freu dich«, lautet Ellens Kommentar, »das beweist, daß du zu den sechzig Frauen von hundert gehörst, deren *nipples* erogen sind.«

Das Wort *nipple* hat nichts Erogenes. Allerdings sind Ausdrücke wie »Brustwarze« und selbst »Busenknospe« auch nicht viel besser, erinnern sie doch allzu deutlich an Stillvorgänge oder klingen verblasen poetisch. Bei der Gelegenheit erfahre ich auch, daß die *nipples* von nur zehn bis fünfzehn Prozent der Männer empfänglich für erotische Stimulierung sind. Die Armen! Aber es gelingt ihr nicht, mir zu erklären, auf welchen Wegen diese Welle, die da vom Busen zu den Geschlechtsteilen hinunterschwappt, vorankommt. Über einen Nerv – den Schamnerv natürlich? Entlang einer chinesischen Energielinie? Auf einer mentalen Bahn? Nun, ich würde ganz einfach sagen, daß in der Liebe alle Wege zum Bauch führen. Ein hübscher Ausdruck, meint Ellen.

Ihr Buch hat zumindest das Verdienst, mich über die »weibliche Ejakulation« aufgeklärt zu haben, deren verzückte Beschreibungen ich mit wachsendem Komplex bei Sade und Konsorten registrierte. »Sie entlud sich heftig ... Diese unerschöpfliche Zisterne von Liebessäften, die sie vorrätig zu haben schien ... Dreimal nacheinander überflutete sie die Rute des Marquis ...« Teufel! Waren wir etwa Entladungsbehinderte, ich und die paar Freundinnen, die ich gelegentlich befragt hatte? Mitnichten, beruhigte mich die Autorin. Umfragen beweisen, daß das Phänomen nur bei ganz wenigen Frauen und nur ab und zu beobachtet werden konnte. Uff!

»Keine Drüse dieser Zone, außer in Extremfällen die Skeneschen Gänge, könnte eine nennenswerte Menge Flüssigkeit absondern«, erklärt Ellen entschieden – sie analysiert die Scheiden der Frauen wie ein Geograph die Ressourcen des Wolgabeckens.

Noch eine Sorge hatte ich: Was ist mit der drei Zoll großen Klitoris, die von manchen Erotikautoren und einigen Ethnologen beschrieben wird?

»Männerphantasien«, bestätigt Ellen, »und krasse Unwissenheit bezüglich der weiblichen Anatomie und der Mechanismen der Inturgeszenz.«

Ellens Arbeit bringt jedoch keinerlei Erklärung für die »Inturgeszenz« des Herzens, und ihr Buch hat mehr Ähnlichkeit mit einer Sammlung von Kochrezepten oder einem Handbuch für den perfekten Heimwerker als mit einer philosophischen Untersuchung zum Thema Lust. Ich wage es nicht, sie darauf hinzuweisen, daß Cowper Powys oder Wilhelm Reich den Lustgewinn, alle Formen des Lustgewinns, erklären und gleichzeitig hoch bewerten, ohne, wie sie, in einen Stachanowismus der Sexualität zu verfallen.

»Wieviel Orgasmen hast du zum Beispiel gezählt in der Woche mit Lozerech?« fragt sie mich nach meiner Rückkehr, in der festen Annahme, daß ich Buch geführt habe.

Sie betrachtet mich mit einer Spur Mitleid, als ich ihr antworte, daß meine Aufzeichnungen unpräzise sind und daß ich manchmal den langen Slalom ebenso schätze wie den Zieldurchgang selbst. Diese Streckenführung, die einen nie voraussehen läßt, wie sie verläuft, bis sie einen bebend, lechzend oder aufs äußerste erregt zum letzten Tor führt, macht den unschätzbaren Wert des Orgasmus aus und auch den ganzen Unterschied zur Selbstbefriedigung, die man immer erreicht, mit minimalem Aufwand, mit zwei, drei uneingestehbaren Phantasien aus der Mottenkiste.

Vermutlich muß man daraus schließen, daß die Lust keine beschreibbare Form hat – eine Rose ist nicht eine Rose ist nicht eine Rose. Und das ist sehr erfreulich, ob es Ellen paßt oder nicht.

Es ist immer gefährlich, einen Liebhaber zu verpflanzen, wenn er nicht mehr ganz taufrisch ist.

In Frankreich sehe ich Sydney plötzlich anders. In den Staaten war er mit Loïc der wesentliche Bestandteil meines Lebens, dort drüben hielt er mich warm. Hier habe ich meine Familie, meine Jugend- und sonstigen Freunde, meine geliebten französischen Autoren, meine vertrauten Zeitungen – auch die allerschlimmsten – wiedergefunden, die mir erzählen, welche unglücklichen Abenteuer der Fernsehcharmeur Guy Lux zu bestehen hat, wie sich Joseph Kessel für die Académie erstmals den Degen umschnallt, wie die Affäre Naessens ausgeht, oder wie es um Bettina steht, lauter typisch französischer Klatsch, der in meinen Augen viel aufregender ist als die Scheidung einer Lana Turner, die Gewichtsprobleme eines Elvis Presley oder die angeblichen Unterweltkontakte eines Frank Sinatra. Fast finde ich manchmal, daß Sydney aussieht wie ein texanischer Bauer!

Das ist natürlich pure Böswilligkeit meinerseits, zumal Sydney sich mit Hochgenuß in sein Lieblingsthema gestürzt hat, den französischen Nouveau roman, dem er lediglich vorwirft, sich überhaupt noch »Roman« zu nennen. Endlich befindet er sich an der Wiege dieses literarischen Genres, das seiner Meinung nach alle anderen überholt erscheinen läßt. Tief atmet er den Duft des Nouveau roman ein und entdeckt die Autoren als Personen, als fröhliche Kumpane oder langweilige Theoretiker wie du und ich, die kein besonderes Merkmal und keine spezielle Kleidung tragen. Ich habe den Verdacht, daß er enttäuscht ist. Aber er wird das ganze Jahr dem Buch widmen können, das er seit zwei Jahren plant. Es wird seiner Vorbilder würdig sein, denn er hat vor, ihm von vornherein jeglichen

Funken Leben zu entziehen, der es mit einem romanhaften Werk in Verbindung zu bringen droht.

Seit mehreren Jahren schon hatte er sich, dank der Rückendeckung, die ihm amerikanische Hochschulkollegen gewährten, in den gemütlichen Kokon der Verachtung für sogenannte Erfolgsliteratur zurückgezogen. Gnade fanden in seinen und in ihren Augen nur die Autoren, deren Verkaufszahlen verschwindend gering waren und die beim Lesen abgrundtiefe Langeweile hervorriefen; Höhepunkt war ein unlängst erschienener »strukturalistischer« Roman, dessen Held zur Sicherheit auch gleich »La Structure« hieß, und den Sydney nun als Vorbild wählt. Ich habe mich absolut willig an die Lektüre gemacht, aber je weiter ich las, desto mehr wurde es verbissener Wille, es durchzustehen. Das Wörtchen »Ende« erreichte ich nur dank einem allerletzten Aufbäumen dieser Durchhalteenergie.

Liegt es am unmittelbaren Einfluß von Gauvain? Es gelingt mir nicht mehr, an Sydneys Aufrichtigkeit und Spontaneität zu glauben, wenn er die Kargheit seines Romans zu rechtfertigen versucht, seine Trockenheit und das Fehlen jeglicher psychologisch nachvollziehbaren Figur oder Handlung, wenn er von seinem Streben spricht, sich der Strenge der reinen Literatur hinzugeben: Ich sehe nur mehr tödliche Eintönigkeit. Die Alternative wäre, mich selbst als unbedarft zu betrachten, oder aber Sydney und seine Mannen als Witzbolde – allerdings als extrem ernsthafte Witzbolde. Meine eher spärliche Begeisterung verziehen sie mir übrigens. Schließlich bin ich ja nur eine Historikerin.

In jenem Sommer leisten wir uns nur vierzehn Tage Urlaub bei Frédérique in der Bretagne, und auch der ist geistiger Arbeit gewidmet. Ich bereite die Vorlesung vor, die ich an der Universität Paris VII im Herbst halten soll, und arbeite an dem Buch, das ein wissenschaftlicher Verlag mir in Auftrag gegeben hat und für das meine Dissertation *Die Frauen und die Revolutionen* die Grundlage bildet.

Wenn ich in Raguens gelegentlich Gauvain begegne, tauschen wir nur ein paar höfliche Sätze aus. Aber unsere Blicke beruhigen uns: Ja doch, wir sind die beiden, die sich anderswo, zu einer anderen Zeit so schön umschlingen können; wir sind die beiden, die den ganzen vergangenen Winter über einen Briefwechsel geführt haben, in dem die Höflichkeit nicht eben die hervorstechendste Qualität war. Denn wir haben uns tatsächlich weiterhin geschrieben: Er schickte mir aus Pointe-Noire seine täglichen Notizen, die er gebündelt alle vierzehn Tage oder drei Wochen in einen Umschlag steckte, wenn sein Schiff den Hafen anlief, um sich mit Lebensmitteln und Treibstoff zu versorgen und den Fisch auszuladen. Meine Briefe schickte ich postlagernd, und sie waren nie ganz auf seine abgestimmt. Der Kormoran blieb auf Tauchstation, ich kam mir vor, als stocherte ich mit dem Füllhalter vergeblich im blauen Ozean herum.

Tatsächlich bringt dieser Briefwechsel das Merkwürdige an unserer Beziehung nur noch deutlicher zum Vorschein. Gauvain hat keine sichtbaren Spuren in meinem Leben hinterlassen, und er kennt keinen der Orte, wo ich gelebt habe, bis auf das Haus meiner Kindheit. Er ist nur mein geträumtes Leben, und ich schreibe ihm von einem Land aus, wo alles möglich und nichts wahr ist. Aber mir liegt viel an diesem Austausch: Der Nimbus des Schreibens, jeglichen Schreibens, vorausgesetzt, man verfügt über ein Minimum an Technik, wirkt immer, selbst bei jemandem, der noch vor kurzem glaubte, schreiben bedeute »etwas von sich hören lassen«. Langsam und methodisch verderbe ich ihn, und dabei schockiere ich ihn nur gerade soviel, daß er an dieser Art von Lust vielleicht Gefallen findet, wo doch die anderen Lüste uns derzeit vorenthalten sind.

Wir planten, uns für ein, zwei Wochen an der Badeküste des Senegal zu treffen, wenn die Thunfischsaison dem Ende zugehen würde, und bevor er zu seiner Familie nach Larmor zurückkehren würde. Diese Notwendigkeit, uns weit weg von unserem jeweiligen Zuhause zu treffen, mißfiel mir nicht, denn sie machte unsere Geschichte nur noch unwirklicher, was sicherlich für sie die Überlebensbedingung war.

Das Rendezvous war schon für Ende April in Dakar festgelegt, und von dort aus wollten wir in Richtung Casamance hinunterfahren, wo uns wiederum ein Boot erwartete, das Gauvain gemietet hatte.

Am 2. April jedoch erlitt Marie-Josée auf der Straße nach Concarneau einen schweren Autounfall, und ihr jüngster Sohn Joël mußte mit einem gefährlichen Schädelbruch nach Rennes transportiert werden.

Gauvain rief mich in Paris an, wie üblich, ohne ein Wort über seine Gefühle zu verlieren, und erklärte mir trocken, daß wir keinen Gedanken mehr daran verschwenden sollten, gemeinsam zu verreisen und uns zu sehen, »vorerst«, fügte er immerhin hinzu. Sicherlich müßte er seinen ganzen Urlaub, drei Monate, in Larmor verbringen. »Ich schreibe dir«, sagte er abschließend und hängte sehr schnell ein. Vom Senegal aus sind Ferngespräche teuer!

Vermutlich aufgrund unserer etwas irrealen Beziehung gelingt es mir nicht sofort, in meinem wirklichen Leben die Enttäuschung und die Trauer zu empfinden, die mein geträumtes Leben betreffen. Im übrigen muß ich gestehen: Irgendwie bin ich erleichtert, diese Osterferien Loïc widmen zu können. Die Liebesaktivitäten gehen stets auf Kosten der mütterlichen oder der beruflichen Verpflichtungen, was einem unentwegt Schuldgefühle einjagt. Sydney hatte ich noch nichts gesagt. Das freut mich jetzt. Feigheit wird manchmal belohnt.

Die Programmänderung macht es mir außerdem möglich, mich um Ellen zu kümmern, die – mehr denn je in ihrer Funktion als Orgasmologin – in Frankreich ist. Ihr Buch geht außerordentlich gut in Amerika, ihre Ehe hingegen nicht. Es ist manchmal schwer, den Erfolg seiner Frau zu verdauen, schwerer noch, wenn dieser Erfolg auf Sex beruht und es im entsprechenden Buch nur so wimmelt von Beispielen und

Anekdoten, deren Held in den seltensten Fällen Alans Phallus ist! Man betrachtet Al mit lüsternem oder mitleidigem Auge: Ist er der Spezialist für die »chinesische Rolle«, für das beschleunigte Vibrato des Handgelenks? War er derjenige, den Ellen mit der Schambein-Steißbein-Nummer beglückt hat, die sie auf Seite 74 beschreibt?

Da der Orgasmus seit der unlängst erschienenen Übersetzung des *Kinsey-Report* in Frankreich allmählich salonfähig wird, hofft Ellen, anläßlich ihrer Reise auch einen französischen Verleger zu finden. Sie klappert sämtliche Rundfunkanstalten, Frauenzeitschriften und Zeitungen ab, wo ihre wissenschaftlich fundierte Keßheit, ihre Mischung aus Naivität und Zynismus, ihr amerikanischer Akzent und ihr Puppengesicht Wunder wirken. Sie veranstaltet bei uns zu Hause Gesprächsabende zwecks Erfahrungsaustausch und nimmt sich vor, ihrem Buch ein Kapitel über den lateinisch-christlichen Orgasmus hinzuzufügen. Unterhaltungen, die so direkt mit Lust und Lustbefriedigung zu tun haben, schaffen ihr nebenbei Gelegenheit zu nicht zu verachtenden praktischen Übungen, und großzügig versucht sie, Sydney und mich daran zu beteiligen.

Aber ich stelle nicht ohne Bedauern fest, daß mir die Erinnerung an Gauvain noch immer so sehr am Körper klebt, daß eine aktive Beteiligung an solchen Spielchen für mich nicht in Frage kommt.

Dabei schreibt mir mein Kormoran seit dem Unfall seiner Frau nicht mehr – um sich zu bestrafen, davon bin ich überzeugt. Bei den primitiven Völkern bedarf es ja auch eines Sühnerituals. Für Gauvain wird dort oben beim lieben Gott über alles Buch geführt, und eines Tages muß man für alles büßen. Für ihn ist dieser Tag gekommen, und im übrigen ist Gauvain zum Büßen allzeit bereit. Also drückt ihn das Schicksal nieder, wie es das gerne tut mit Menschen, die sich seinen Schlägen aussetzen und die nicht davon ausgehen, daß sie auf das Glück einen Anspruch haben. Normal für Lozerech ist das Unglück.

Marie-Josée ist wieder in Larmor, aber sie muß noch wochenlang in einem Gipskorsett liegen. Joël ist außer Gefahr, aber er leidet an psycho-motorischen Störungen und wird vermutlich nie wieder ein völlig normales Leben führen können. Marie-Josées Mutter ist zur Pflege der Tochter ins Haus gekommen, begleitet von ihrem blinden Ehemann. Das heißt, daß sie nie wieder ausziehen werden. Die Familie, die Bretagne, das feindselige Leben, sie haben engere Kreise um Gauvain geschlossen, sie drohen ihn vollends einzuschnüren, und meine Worte werden nicht mehr zu ihm durchdringen.

Nach vier Monaten Schweigen und am Vorabend seiner Abreise nach Afrika hat er mir einen kurzen Brief geschickt, in dem er mich um Entschuldigung dafür bittet, daß er zum Egoismus unfähig sei. Der Anblick seiner braven, aufgeräumten Schrift auf dem grauen Umschlag aus schlechtem Papier hat mich stärker angerührt, als ich es wollte. »Karedig, ich möchte, daß Du weißt, daß Du das Beste bist, was es in meinem Leben gegeben hat«, schrieb er auf dem üblichen karierten, kleinformatigen Papier, jenem Papier, das man in den Krämerläden zu kaufen bekommt. »Bei jeder unserer Begegnungen dachte ich mir, daß sie für uns vielleicht das Ende unseres gemeinsamen Weges sein würde. Du kennst meinen verdammten Fatalismus. Aber das Leben hat mir auch nichts geschenkt. Manchmal denke ich an das, was hätte sein können, wenn die Vorurteile Deiner Familie und Deine Weigerung damals, mir zu vertrauen, uns nicht dahin geführt hätten, wo wir jetzt sind. Bewahre mir einen kleinen Platz in Deinem Herzen. Was mich betrifft: ›me ho Kar‹. Schau in Deinem bretonischen Wörterbuch nach. Und es wird immer so bleiben. Aber das Leben hat es nicht gewollt.«

Ich habe ihm nicht geantwortet, da er mir nicht einmal sagte, ob er postlagernde Briefe überhaupt noch abholen würde. Und ihn dazu anzustacheln, mich zu lieben, erschien mir fast als ein Verbrechen. Wie sollte ich von ihm eine Liebe verlangen, die ihn krank machte vor lauter schlechtem Gewissen, während sie mir einen zusätzlichen Grund zu leben lieferte?

Im Lauf der Monate habe ich teilweise jene Gefühle, die ich eigentlich Gauvain vorbehielt, wieder auf Sydney konzentriert. Oft spart man sich das Beste seiner selbst auf für das Stückchen Abenteuer im Leben, obwohl man es nicht wahrhaben will. Wir haben gemeinsam an dem französischen Text seines Buches gearbeitet, das im Frühjahr beim Verlag Stock erscheint. Viel erwartet er sich nicht davon, außer gesteigertem Ansehen bei seinen Freunden und bei einigen Kritikern, die er bewundert. Zumindest versucht er, sich das einzureden.

Ich meinerseits teile mich auf zwischen meiner neuen Arbeit und der Reakklimatisierung Loïcs in einem Land, das nicht mehr das seine ist. Man lebt nicht ungestraft zehn Jahre in Amerika in einem Alter, in dem der Geschmack sich bildet und das Lebensbild entsteht. Zum Glück hilft mir Jean-Christophe sehr. Mit seiner neuen Frau hat er zwei Töchter bekommen und ist insgeheim enttäuscht. Dadurch hat sein Sohn für ihn wieder an Interesse gewonnen. Unsere Treffen haben Loïc zum Anlaß und Mittelpunkt, sie verlaufen ohne Groll und ohne Bitterkeit, in jenem Zustand der liebevollen Gleichgültigkeit, den man lediglich mit einem Exehemann erleben kann. Mir wird bewußt, daß ich mich mittlerweile mit ihm verstehen könnte. Erst wenn man sich von einem Menschen nicht mehr beeindrucken läßt, kann man ihn gegebenenfalls manipulieren, und erst wenn man ihn nicht mehr liebt, wäre man endlich in der Lage, sich von ihm lieben zu lassen.

Auch mit Sydney nähere ich mich allmählich schon diesen Zonen. Schwacher Wind, ruhige See. Aber ist denn mit fünfunddreißig Jahren die Ruhe schon der höchste Wert? Vielleicht, wenn ich mir das Ehepaar Ellen-Alan ansehe, die sich gerade scheiden lassen, sie mit Begeisterung und er in Verbitterung und im Ekel vor sich selbst. Oder auch das zärtlich liebende Paar François-Luce, über das unlängst das Unglück hereingebrochen ist, in Form eines winzigen Tumors in

Luces linker Brust. Ja, ganz entschieden ja, wenn ich an Larmor denke und die eheliche Verbundenheit, die dort herrscht: Lozerech, gefesselt an eine gebrochene Frau, eine Marie-Josée, die über die Behinderung des Sohnes niemals hinwegkommen wird.

Ja doch, wahrscheinlich sollte man dieses liebevolle, leidenschaftslose Gleichgewicht als das Glück betrachten.

7
Disneyland

Da und dort soll es Liebespaare geben, über die die Jahre hinweggehen können, ohne daß sie jemals wieder Fremde werden. Beim ersten freien Blick, den sie sich wieder zuwarfen, wußten Gauvain und George aus sicherem Empfinden, daß diese drei Jahre, die aus so vielen Monaten und so vielen Wochen bestanden hatten, für sie nur eine lange Zwischenpause gewesen waren.

Dreimal war er es gewesen, der das Schweigen als erster gebrochen hatte. Nachdem er von einer Ausfahrt, die härter gewesen war als die üblichen, zurückgekehrt war, hatte er sich dort unten im tiefsten Afrika plötzlich abgetrennt gefühlt von allen seinen Wurzeln, allzuweit entfernt vom bretonischen Gischt, vom Geruch seines Ozeans, von der vertrauten Wärme seines Hauses. Das Bedürfnis hatte ihn überwältigt, sich über seine Einsamkeit zu beklagen. Und wem konnte er eine so unanständige Sache wie »Weltschmerz« anvertrauen, wenn nicht der Frau, die ihm schon in der Vergangenheit zuzuhören gewußt hatte?

Er schickte ihr lediglich zwei Seiten, um ihr zu sagen, daß es ihm nicht gutgehe, daß es aber irgendwie doch gehen müsse, daß die Fischerei im vergangenen Winter nicht sehr ergiebig gewesen sei und daß man eigentlich lieber Kartoffeln pflanzen solle, wenn man sich umsonst abrackere und wie ein Galeerensklave lebe.

Auch George ging es nicht gerade hervorragend, was das Herz betraf, und nach wenigen Briefen kam ihnen die Lust, sich wiederzusehen, zusammen in einem Bett zu schlafen und ihren Durst aneinander zu löschen, sei es auch nur für ein paar Tage.

Allerdings sah Gauvain keine Möglichkeit, vom mageren Gewinn der Wintersaison die Summe für eine Reise abzuzweigen. George hatte in jenem Jahr zufällig ein wenig Geld, aber erst nach langem Hin und Her gelang es ihr, ihm einen »Kredit« einzureden: Mit dem Geld würde er sich ein Flugticket nach Jamaika kaufen können, und dort würde ihnen Ellen Price ihr Ferienappartement zur Verfügung stellen. Er legte großen Wert darauf, den Kredit in monatlichen Raten zurückzuzahlen, denn den Gedanken, »von einer Frau ausgehalten zu werden«, wie er feierlich sagte, ertrug er nicht.

Gauvain verfügte weder über die notwendige Zeit noch über genügend Phantasie, noch über das Netz von Freundschaften, um ein Komplott dieser Art zu schmieden, und George kümmerte sich um die komplizierte Planung, nach der sie schließlich mit wenigen Stunden Abstand auf dem Flughafen Miami eintrafen, er aus Afrika kommend, sie aus Montreal, wo sie eine Reihe von Vorlesungen gehalten hatte.

George war als erste angekommen und ging vor dem verglasten Gang auf und ab, wo Gauvain auftauchen sollte, falls alles so ablief wie geplant; wieder einmal fragte sie sich, welcher Macht sie beide gehorchten. *Gewissen Organen*, sagte die Anstandsdame. Gewiß. Aber warum nun gerade *diesen* gewissen Organen? Davon gab es viele, in Afrika wie in Europa, und es gab sie für jeden Geschmack. Doch je mehr das Leben verging – George ging auf die Achtunddreißig zu –, je mehr sie mittlere und kleine Liebschaften ausprobierte, je mehr männlichen Geschlechtsorganen samt ihren Besitzern sie begegnete, je mehr sie Verbindungen einging mit den Köpfen, die diese Organe zu beherrschen vorgaben, desto einzigartiger erschien ihr ihre Verbindung mit Gauvain. Desto deutlicher erkannte sie auch, daß man aus den Geschlechtsorganen nicht unbedingt auf ihre Inhaber schließen kann. Der humorvollste Intellektuelle kann sich als schlichter Schlagbohrer entpuppen, der Verführer als Anbeter seines heiligen Penis, und der ungehobelte Kerl kann den feinfühligsten Goldschmied verbergen.

Und auf diesen Goldschmied wartete George, um dann mit ihm eine Chartermaschine in Richtung Kingston zu besteigen, wo sie zehn Tage in dem von Ellen geliehenen Appartement verbringen würden. Wie viele ihrer Kollegen von amerikanischen oder kanadischen Universitäten hatten Al und Ellen ein paar Jahre zuvor einen Urlaubskäfig im Montego-Beach-Club gekauft, einer riesigen, halbluxuriösen Eigentumswohnanlage mit Terrassen, von denen man auf einen nicht minder riesigen Strand hinuntersah. »Genau, was du brauchst. Ich habe es unter ähnlichen Umständen auch schon benutzt«, hatte Ellen gesagt, die am glücklichsten war, wenn sie zum Seitensprung aufmuntern konnte.

Als sie aber ein paar Stunden später den imposanten Kaninchenstall aus Beton entdeckte, der in einer ununterbrochenen Reihe von nicht minder erdrückenden Häuserblöcken eingequetscht lag, wurde George einen Augenblick von Panik ergriffen. Wie sollte sie es zehn Tage hier aushalten, ohne andere Beschäftigung als das Steckdosenspiel? Würde Gauvain es nicht bereuen, sich deswegen in Schulden gestürzt zu haben? Würden sie voneinander enttäuscht sein? Der Tag würde zwangsläufig kommen. Und mit achtunddreißig Jahren beginnt man allmählich, sich ein paar Sorgen um den Körper zu machen. Man beginnt, die gleichaltrigen Freundinnen, vor allem die, die man schon mit zwanzig kannte, aufmerksam zu betrachten, man erkundigt sich, was in puncto Beischlaf üblich ist, was die Männer mögen, und was die Frauen heutzutage tun.

Von dieser kindischen Sorge erfüllt, hatte George zum erstenmal in ihrem Leben beschlossen, sich Pornofilme anzusehen, geschützt durch die Ausrede, daß sie weit von zu Hause weg war, in Montreal, wo sie jedes Jahr einen Monat verbrachte, um am Institut für feministische Studien der Laval-Universität eine Vorlesungsreihe zu bestreiten. Bestürzt war sie aus dem Kino gekommen. Auf der Riesenleinwand waren ihr diese eintönigen Schornsteinfegereien erbärmlich erschienen, und auch wenn sie nicht feixen und lachen konnte wie die neben ihr sitzenden Freunde von der Fakultät, war ihr der Sex als eine lächerliche Beschäftigung vorgekommen. So lächerlich, wie er ihr vermutlich im Alter erscheinen würde. Zumindest mußte man es hoffen, denn wie sollte man das Altwerden, mit dem sie in einer baldigen Zukunft rechnete, sonst ertragen?

Sie kam bereits in die Jahre, in denen eine lange Reise nach einem Monat intensiver Arbeit in einem anstrengenden Klima einen nicht gerade schöner macht. Zu allem Überfluß hatte sie während des Flugs nach Miami in einer Zeitschrift einen langen Bericht gelesen über die klägliche Meinung der Frauen bezüglich ihrer eigenen Geschlechtsorgane. Vierzig Prozent unter ihnen hatten das Prädikat »eher scheußlich« angekreuzt! Wie würde Gauvain ihr »Organ« finden? Gab es überhaupt Mösen, die wirklich hübsch, objektiv reizvoll waren, nicht nur in den Augen der lieben Armleuchter, die gerade bis über beide Ohren in sie verliebt waren? George hatte immer Zweifel gehabt an ihrer »Muschi«, und ihrer Meinung nach hatte die Liebe stets nur überdauern können, weil die Männer nie genau hingeschaut hatten. Und diejenigen, die genauer hingeschaut hatten, die erotischen Schriftsteller, bestätigten ihre schlimmsten Ängste und untergruben ihr erotisches Selbstverständnis. Sogar die angesehensten Autoren, ein Calaferte zum Beispiel, schlugen sich zu jener widerwärtigen Meute, die nur ein einziges Ziel zu kennen schien: den Frauen beizubringen, daß sie sich mit der schändlichen Gräßlichkeit ihres Geschlechtsteils abzufinden hätten. Wie sollte man sich auch darüber freuen, »eine geistlose Spalte« zu besitzen, »die sich über einem Wirrwarr von Tentakeln schließt, die mit schlaffen Saugnäpfen besetzt und mit einer Vielzahl von kleinen Nägeln, Messerchen und unsichtbaren, glitschigen und spitzen Fangzähnen gespickt ist«? Wie sollte man es zulassen, daß ein Unschuldiger, der diese Autoren nicht gelesen hat, seinen Blick auf jenen »gierenden eierstöckigen Wahnwitz« richtet, »den zu befriedigen keine Rute dick genug ist«, oder auf »jenes gähnende Loch, eine nässende, eiternde Schweinerei«?

Angesichts der »feuerroten Fackel«, des »gebieterischen Speers«, des »göttlichen Sporns«, die dieselben Herren beschreiben, kann man nur vor Scham vergehen.

Da sie befürchtete, man könnte ihre schlaffen Saugnäpfe oder ihre glitschigen Widerhaken erspähen, hatte George immer sorgfältig die Beine geschlossen, sobald ein Blick auf ihrer intimen Anatomie ruhen wollte. Gewiß, die männliche Gerätschaft wirkt eher lächerlich mit dem schaukelnden Hängerüssel und den beiden altledernen Beuteln, die schon bei der Geburt runzlig sind. Aber der Mann wußte dieses verblüffende Trio gut zu verkaufen und ihm Respekt zu verschaffen. Die Frauen haben ihre Werbekampagne, wenn überhaupt, dann falsch angesetzt. George hat sich noch immer nicht an die Seeanemone gewöhnt, die zwischen ihren Schenkeln wohnt, an ihr regloses, bläulichrotes Spiralgeschnecke, das den Anspruch erhebt, zum Zentrum erhabener Ekstasen zu werden, und das gelassen rechtfertigt, daß ein Mann viertausend Kilometer zurücklegt, um ihm zu begegnen! Das kann ja nur ein Mißverständnis sein.

Gauvain beschäftigt sich wohl mit einem ähnlichen Gedanken, denn weder im Flugzeug noch im Bus, noch in der Wohnung, die sie soeben in Besitz genommen haben, hat er den geringsten Versuch gemacht, sie zu küssen. Sie reden von diesem und jenem, packen ihre Koffer aus, um ihre Verlegenheit zu überspielen, und als die Stunde der Wahrheit eigentlich schlagen müßte, hält es Gauvain für angebracht, vor dem Essen schwimmen zu gehen.

»Ich habe große Fortschritte gemacht, du wirst sehen.« Bevor sie hinunter zum Strand gehen, nimmt er feierlich ein gewichtiges Paket aus seiner Tasche. »Schau, was in dieser Tüte ist. Ich hab's für dich ausgesucht. Entschuldige, daß ich nichts hatte, um ein schönes Geschenkpäckchen daraus zu machen.«

Die »Tüten« aus braunem Papier öffnet sie stets mit einer gewissen Furcht, denn sie ist kein guter Mensch, und es will ihr nicht gelingen, ihre Betretenheit zu verbergen, wenn wieder ein Fund ihres Kormorans zum Vorschein kommt. Das Geschenk des Tages entpuppt sich als das scheußlichste der ganzen Reihe. Sie unterdrückt einen Schrei des Entsetzens beim Anblick der untergehenden Sonne aus Perlmutt, der Palmen aus gefärbten Korallen und der Eingeborenen in fluoreszierenden Strohröckchen, nicht zu vergessen das Glühbirnchen, auf daß das Gestirn des Tages von hinten leuchte. Ogottogott, heilige Madonna! Zum Glück kommt Gauvain nie zu ihr nach Hause, er wird also nicht sehen, wie sein Bild in das Schreckenskabinett unten im Kleiderschrank verbannt wird, wo bereits die aus einer Kokosnuß geschnitzte Tänzerin, sein erstes Geschenk, die orangefarben gefütterte Handtasche aus Kamelfell und das mit ihrer beider Sternzeichen – dem Wassermann und dem Steinbock – bestickte marokkanische Kissen ruhen.

Sie küßt ihn, um sich nichts anmerken zu lassen und den schamerfüllten Schauer zu verbergen, der ihr über den Rücken läuft beim Gedanken, Sydney könnte in ihrem Koffer das erstaunliche Kunstwerk entdecken.

Gauvain betrachtet sein Geschenk mit Rührung und packt es dann sorgfältig wieder ein, um es anschließend in den Louis-XV-Schrank aus Resopal zu räumen, den er abschließt, im Falle eines Falles, man kann ja nie wissen ... George zieht den bunten Lamellenvorhang aus Plastik vor der Fensterfront zu, dann schließen sie, den dringenden Mahnungen, die auf jeder Tür angeschlagen sind, folgend, ihr Liebesnest Nr. 1718 dreifach ab. Wenn Sydney sie hier sehen könnte, in diesem leicht grotesken, weil hyperfunktionalen Ambiente, einem Typen gegenüber, der nicht sonderlich entschlossen wirkt, bekäme er einen jener markerschütternden Lachanfälle, die ihn jedesmal überwältigen, wenn er jemand lächerlich machen kann. Sein Lachen ist selten ein unschuldiges.

Wenigstens ist Verlaß auf das sanfte Meer der Tropen, nach und nach vertreibt es die lähmenden Gifte der allzu langen Reise und ebenso der allzu dauerhaften Abwesenheit. Auf den von ihren Winterklamotten befreiten Körpern finden sie langsam wieder die alten Anhaltspunkte. Zur Feier des ersten Abends werden sie zum Essen ausgehen. La Kalabasha bietet Tische direkt am Wasser, sanfte Musik und luxuriösen Service – sei's drum, wenn der Wein aus Jamaika ungenießbar, zugleich fad und sauer ist und wenn die Langusten der Karibik nicht zu vergleichen sind mit den bretonischen und sogar den grünen aus Mauretanien. Sie spielen das Spiel der beiden Touristen, die sich gerade im Flugzeug kennengelernt haben.

»Mögen Sie das Meer?«

»Die Frage hab' ich mir nie gestellt. Ich hab' sozusagen keine Wahl, bin nämlich Seemann!«

Schön müßte er schon sein, der Unbekannte, der so zu ihr redet, damit George Lust bekäme, ihn in ihr Bett zu stecken! Aber das ist es ja gerade, er ist schön, von ausgesprochener Liebhaber-Schönheit, schön, wie man es an den Universitäten nicht ist, schön wie ein »Arbeiter des Meeres« bei Victor Hugo.

»Und was tun Sie hier in Jamaika, darf man das fragen?«

»Ja, das frage ich mich selber! Aber wissen Sie, ich bin gerade erst angekommen.«

»Kennen Sie denn niemand hier? Ein so schöner Mann wie Sie! Ich hätte vielleicht eine Freundin …«

Gauvain verschlägt es die Sprache. Er kann nicht spielen, er spricht immer ernst, und Komplimente machen ihn verlegen, außer im Bett.

Das Orchester kommt ihnen im passenden Augenblick zu Hilfe, und sie mischen sich unter die Paare, die auf die Tanzfläche zusteuern. Inzwischen hat ja sogar die Musik einen politischen Beiklang, deshalb spielen die Musiker Jamaika-

Melodien in amerikanischer Sauce, um die Kunden nicht zu verschrecken. George hat eine eng anliegende schwarze Bluse angezogen, deren Ausschnitt von einer Spitzenreihe gesäumt ist. Sie trägt sonst nie Schwarz und nie Spitzen, aber sie ißt ja auch nie in Jamaika mit einem bretonischen Fischer zu Abend. Diese Spitze wirkt etwas halbseiden, aber heute abend muß das sein. Sie haben sich schon so lange nicht mehr gegenübergesessen, daß sie vergessen haben, in welcher Sprache sie miteinander redeten. Das ist dumm und aufregend zugleich.

Langsamen Schrittes kehren sie die Strandpromenade entlang zum »Kondominium« zurück. Die *curios*-Läden sind geschlossen, die *supermarkets* haben ihre Lichter gelöscht, und das Meer glitzert einfach so, zum Spaß. Sachte machen sie sich gegenseitig zahm.

»Ich wohne hier, im siebzehnten Stock«, sagt George. »Kommen Sie mit hinauf zu einem Drink?«

Sie blicken die Fassade des riesigen Bienenhauses hoch: In jeder Wabe ahnt man ein Paar, sicherlich ein legitimes, es handelt sich ja um eine amerikanische Enklave hier ... Auf jeder Terrasse hört man die Eiswürfel klirren in den Rumpunschs, aus denen alternde Männer die Glut und die Inspiration schöpfen, die ihre perfekten, frisch frisierten und deodorantbesprühten Weibchen von ihnen erwarten.

Im Lift wird Gauvain endlich ordinär. Das Gesicht bleibt ausdruckslos, aber den gewölbten Teil seiner Hose preßt er gegen Georges Hüfte. Sie streicht mit der Hand darüber, und wie aus Versehen eckt sie an der Stelle an, die vortritt. »Guten Tag«, sagt der Schwanz. »Schön, Ihnen zu begegnen«, antwortet die Hand. Ihre Körper konnten schon immer miteinander reden. Warum haben sie sich nicht gleich daran erinnert? Die beiden anderen Paare im Aufzug haben nichts bemerkt. Man schwebt seiner Zelle zu, begleitet von klebriger Musik, der Ekstase entgegen, die das Plakat an der Kabinenwand zwischen den Zeilen verheißt: »Dolce Farniente in der betörenden, duftgeschwängerten Luft einer tropischen Insel … Das wilde, freie Leben, mit dem Komfort, den Sie sich wünschen.«

Beide lehnen sie sich an die Brüstung ihrer betörenden, duftgeschwängerten Terrasse und gesellen sich somit zu den zwölfhundert Paar wilden, freien Augen, die auf den endlich menschenleeren Strand hinunterblicken; nur ein paar Schwarze in orangefarbenen Uniformen sammeln die Plastikverpackungen, die leeren Bierflaschen und Sonnencremetuben ein. Jeder genießt seine Portion wildes, freies Glück.

George hat nicht gewußt, wie kommerzialisiert Urlaub sein kann, und sie ahnt, daß sie eine perverse Freude daraus schöpfen wird. Sie beginnt auch schon, die vulgären Reize des Gebotenen auszukosten, und zustatten kommt ihr dabei die Erinnerung an all die von Sydney organisierten Kulturreisen, in Bussen mit zweifelhaftem Komfort, jene Entdeckung des Berri mit der »Gesellschaft der Freunde von George Sand« oder die der Schätze von Brügge unter der Obhut von Mademoiselle Pannesson, die die vom Louvre veranstalteten Kulturausflüge begleitet, Abfahrt Place de la Concorde jeden Sonntagmorgen um sechs. Nichts wird ihr die Freude vermiesen, die sie in sich aufsteigen spürt, denn alles ist auf lächerliche Weise dazu angetan, sie zu fördern. Wo doch im wahren Leben alles so schwierig ist.

Kaum haben sie ihr Appartement betreten, da drückt Gauvain seine Lippen auf ihr Dekolleté. Sicherlich ist es die schwarze Spitze, die da funktioniert. Mit einem Finger gleitet er unter den Träger ihres Büstenhalters, eine tückische Manipulation, denn er kennt ihre Schwachstelle, aber sie hält sich zurück. Sich gleich auszuziehen hieße das Spiel verderben. Sie haben zehn Tage Zeit, um sich wie Tiere zu benehmen, und schließlich warten sie ja erst drei Jahre aufeinander! Heute abend, so hat George heimlich beschlossen, werden sie Belami und die Lilie im Tal spielen.

»Was darf ich Ihnen anbieten?« fragt sie.

»Sich selbst … als Knabbermischung.«

Nein, schreit die Anstandsdame auf, *das darf nicht wahr sein. Eine Replik wie diese würde nicht einmal in einer billigen Boulevardkomödie durchgehen. – Deshalb liebe ich ihn aber*, sagt George. *So kann ich mit den andern nicht spielen. Also rutsch mir den Buckel runter, ja? – Und dieser Living-room hier*, insistiert die Anstandsdame, *hast du es nicht bemerkt? Eine Hollywood-Dekoration für drittklassige Filme. Verführungsszene. Es treten auf: ein Kuhhirte und eine Schloßherrin. – Hier könntest du wenigstens Cowboy sagen*, unterbricht sie George. – *Wo ist da der Unterschied?* antwortet die Anstandsdame. *Die Szene ist sowieso schon abgedreht, wenn ich meinen Augen trauen soll: Dein Kuhhirte hat einen Ständer wie ein brünstiger Esel! Vielleicht sollte ich hier lieber wie ein Neger sagen, wie? In weniger als fünf Minuten bist du aufgespießt, meine Liebe.*

»Bei diesem Wetter setzt man keinen Busen vor die Bluse«, versucht sich George in Wortspielen, ungerührt von den sarkastischen Bemerkungen der Anstandsdame, während Lozerech mit der einen Hand ihr magnetisches Zentrum durch den dünnen Stoff hindurch berührt und mit der anderen bestrebt ist, ihren Büstenhalter zu öffnen.

»Warum trägst du überhaupt einen, bei deinem Busen?«

»Damit's länger dauert«, flüstert sie.

Sie hat den roten Lampion auf ihrer Terrasse ausgemacht und die Jeans dieses Typen da, den sie im Flugzeug kennengelernt hat, geöffnet. Er hat so schöne Schenkel, daß er nicht lächerlich wirkt mit seinen Hosen auf den Knöcheln. Seit er im Südatlantik arbeitet, ist sein Oberkörper braungebrannt. Ja, und diese Zonen mit Kinderhaut zwischen den Pelzflächen … Keine Rede kann mehr sein von irgendeiner Lilie in irgendeinem Tal, nur die Seeanemone bewegt sich noch mit der Welle. Zeig mir, wie du Liebe machst, schöner Fremder, ich habe dich schon so lange vergessen. *Jawohl, Anstandsdame, er wird es mir hineinstecken, dieses komische hellbraune Ding mit einem Helm vorne drauf, und stell dir vor, in dieser Minute gibt es für mich nichts Schöneres auf der Welt, als mich für diesen Mann zu öffnen, und wenn er tief in mir drin ist, mich über ihm zu schließen. Vögle mit mir in den Morgen, vögle mit mir in das Glück!*

Sie haben sich noch immer nicht geküßt, aber ihre Augen können sich nicht mehr vom Mund des anderen lösen. Auch ihre Hände können nicht mehr von der Haut des andern lassen, die sie so bedächtig streicheln, daß es fast schmerzhaft wird. Dann schleppen sie sich, ineinander verklammert, in das Schlafzimmer, wo George im Vorübergehen die ungesunde Klimaanlage abstellt. Zwei Bilder, die Negerinnen mit spitzen Brüsten vor Strohhütten und Ananassträuchern darstellen, hängen zu beiden Seiten des großen Bettes – die Benutzer sollen schließlich nicht vergessen, daß sie in den Tropen sind.

Gauvain schiebt George auf dieses Bett, aber noch hat er den Mut, sie nicht mit seinem Körper zu bedecken. Er setzt sich neben sie, als wäre sie ein Instrument, das er nun spielen will. Sie findet ihn schön, wenn er sich auf die Liebe vorbereitet, und wenn sein intensiver Blick sich mit einem Schmerz verschleiert, der ihr nahegeht. Sie wartet. Nicht mehr lange jetzt. Sie sind in jene Zone vorgedrungen, die nur ihnen gehört und wo sie ihren Lebensalltag endgültig hinter sich lassen. Er neigt sein Gesicht zu ihr, und ohne sie mit seinen Händen zu berühren, beginnt er ihre Lippen zu küssen. Erstes intimes Erkunden, noch sind es nur die Zungen. Dann tastet sich die eine Hand zum Busen vor, während die andere sich nach dem Grad der Erwartung bei George erkundigt, und dies so vorsichtig, daß es gewaltiger ist als Gewalt. Aber sie werden es nicht lange aushalten, nur mit den ineinander verschmolzenen Lippen und mit seinen Fingern an der Innenseite ihrer Schenkel, dort an der Stelle, wo sie Mund werden, und mit ihren Händen, die sein Glied umfassen. Als beide es nicht mehr ertragen können, legt er sich ganz auf sie, spreizt ihr die Beine auseinander mit den seinen, gleich wird das Schiff die Hafeneinfahrt passieren, und mit einem unendlich langsamen Stoß kommt er ans Ziel. »Ein Zentimeter in der Sekunde«, wird sie erklären, falls Ellen wieder alles genau wissen will, und ihre spöttische Anmerkung kann sie sich vorstellen: »Nicht einmal ein Viertel Knoten! Du mußt doch zugeben, daß das für einen Seemann nicht gerade …«

Als sanft auflaufende Brandung kommt der Orgasmus, sie können ihn kaum unterscheiden, so intensiv ist alles drum herum. Und er dauert lange, vielleicht überkommt er sie zweimal, wer weiß es schon. Sie jedenfalls wissen es nicht, denn sie regen sich nicht, um sich so lange wie möglich auf dem schäumenden Kamm dahintragen zu lassen.

»Ich bin glücklich, diesmal habe ich warten können«, flüstert Gauvain, ehe sie ineinander einschlafen, während draußen ein kurzer, heftiger Regenschauer die Luft abkühlt.

Am folgenden Tag sind ihre Augen blauer und ihre Körper entspannter. Gauvains stetes Verlangen sorgt dafür, daß George zusehends schöner wird. Wie Alice im Wunderland ist sie auf die andere Seite des Lebens gelangt, dorthin, wo die von oben diktierten Gesetze keine Gültigkeit mehr haben. Für ihn fängt es von vorne an: Was er erlebt, ist die Verneinung all dessen, woran er glauben will, aber er gibt den Kampf dagegen auf. Noch bleiben ihnen neun Tage, um ihrer gegenseitigen Besessenheit zu frönen, und sie betrachten sich mit ungläubiger Dankbarkeit.

Wieder einmal fragt sich George, warum sie nicht zu weniger einfältigem Austausch übergehen. »Ach, ihr Armen, ihr seid ja gerade erst bei der Lektion eins des Vögelns angelangt!« würde Ellen sagen, wenn sie sie sähe. Wahrscheinlich leben sie nie lange genug zusammen. Jedesmal fangen sie von Null an mit der Liebe, und jedesmal, wenn sie sich an Verfeinerungen heranwagen könnten, ist die Frist vorbei. Mit Gauvain ist George eine heißhungrige Geliebte, die sich mit den elementarsten Liebkosungen zufriedengibt. Ihr gelüstet nach frischem Bauernbrot und starkem Wein. Zur Nouvelle cuisine wird sie später übergehen. War es denn das, was ihr Vater Nymphomanie nannte? Sie fand das Wort sehr schön, aber er sprach es nur mit einer Grimasse des Ekels aus. Sie besaß Nymphen, anatomisch gesprochen, aber nymphoman zeigte sich Gauvain. Und unschuldig, denn mit den Reizen der Intimität entdeckte er gleichzeitig auch die Furcht, das Perverse zu erfinden.

»Weißt du was, Karedig?« sagte er ihr eines Abends sehr zögernd. »Vielleicht werde ich dir jetzt merkwürdig vorkommen ... aber ich mag unseren Geruch nach der Liebe, seit du mir beigebracht hast, bei dir zu bleiben ...«

George unterdrückt ein Lächeln. Gerührt wie eine Vogelmutter, die ihrem Jungen das Fliegen beibringt, sieht sie ihn an. »Gut so, mein kleiner Kormoran, hab keine Angst, so soll es sein, mach nur weiter so ...«

Schon am zweiten Tag versuchen sie, dem von Coca-Cola und Hot-dog-Verkäufern durchkämmten Strand zu entfliehen, wo ab der Mittagszeit die musikalische Geräuschkulisse von der Bar herüberweht, und sie machen sich auf die Suche nach einem jungfräulichen Stückchen Insel. Ganz weit weg, in Negrin, finden sie es. Dort kostet das Sandkorn nichts, keiner zwingt sie, einen Sonnenschirm oder einen Liegestuhl zu mieten, und unter den Mangrovenbäumen, die am Strand Schatten spenden, genießen sie in den Laubhütten die köstliche einheimische Lambris-Suppe, die man in sogenannten seriösen Lokalen nicht zu servieren geruht.

Am Abend kochen sie in ihrer Wohnung und gehen anschließend irgendwo im Freien tanzen; dabei erinnern sie sich an ihren ersten Tanz im Ty Chupenn Gwen, wo alles angefangen hat. Als sie nach Hause kommen, beschließen sie, nicht miteinander zu schlafen, weil sie es ja schon um fünf Uhr getan haben und es mitten in der Nacht noch einmal tun werden. Und natürlich tun sie es dann doch. Und das sind immer die schönsten Male. Die Eintönigkeit ihrer Reaktionen entzückt sie.

Am Morgen bleibt George im Bett, während Gauvain die Cornflakes und Eggs and Bacon zubereitet. Danach melden sie sich für ein paar Ausflüge an: The Typical Village oder die Wild River Tour, inmitten von gesprächsfreudigen Amerikanern, die *your wife* sagen, wenn sie mit Gauvain von George sprechen, was er hinreißend findet, Kanadiern, die sich schon am Morgen mit Bier besaufen, und kurzbehosten, kameraschwenkenden Deutschen, die nicht eine einzige Erklärung des Reisebegleiters verpassen wollen.

Sie machen eine seltsame Erfahrung: Sie haben so selten nur zusammengelebt, und doch fühlen sie sich so intim verbunden wie ein altes Paar. Zum Beispiel hat George mit keinem Mann das Thema ihrer Periode angeschnitten, hat keinem erzählt, daß sie in den Tagen davor und sogar während immer eine verstärkte Lust empfindet. Ihre Erziehung hat sie daran gewöhnt, solche Fragen zu verschweigen und auch alle erkennbaren Zeichen vor ihren männlichen Partnern zu verbergen. Liegt es nun daran, daß er George so bedingungslos liebt oder daß er dicht an der Natur lebt, jedenfalls scheint Gauvain nicht den geringsten Widerwillen zu empfinden gegenüber den Vorgängen in einem weiblichen Bauch. Er besteht darauf, alles von ihr zu erfahren, und sie spricht mit ihm, wie sie nie gehofft hätte, es jemals mit einem Mann tun zu können. Man kann viele Männer gekannt und geliebt haben, ohne jemals die Ufer dieser ruhigen Selbstverständlichkeit zu erreichen. Gauvain könnte sie, ja möchte sie ihr Blut zeigen, so sicher ist sie seiner Zärtlichkeit für jede Unebenheit, jedes Haar, jedes Gesichtverziehen, jede Geste, jeden Fehler an ihr. Er ist einer der seltenen Männer für das »Nachher«, als bliebe noch immer genügend Begehren in ihm, um die Freude am Streicheln, am Küssen, am Flüstern nicht erlöschen zu lassen. Manchmal ist es fast nicht auszuhalten.

»Sag mir, Lozerech, diese Frage stelle ich mir oft: Glaubst du, daß wir uns ›deshalb‹« – George drückt mit ihrem Zeigefinger auf die gekrümmte Sardelle, die auf Gauvains Schenkel liegt – »diese ganzen Kombinationen ausdenken und kleine

Berge versetzen, um uns zu treffen? Nur um unseren niedrigsten Instinkten zu gehorchen, den Bedürfnissen unserer Körper, unserer Haut sozusagen?«

»Ich glaube, es kommt von weiter her. Von etwas, was tiefer liegt.«

»Wie, wenn das Tiefste an uns nun gerade die Haut wäre? Wenigstens der Körper weiß, was er will. Er ist nicht anfällig fürs Räsonieren, er ist unerbittlich, der Körper. Der Gedanke gefällt dir wohl nicht? Dir wär's lieber, wenn ich von der Seele sprechen würde, wie?«

Gauvain fährt sich mit den Fingern durchs dichte Haar, als wollte er Ordnung in seine Gedanken bringen. Jedesmal, wenn er denkt, fummelt er an seinen Haaren herum.

»Ich kann es einfach nicht hinnehmen, von etwas bestimmt zu werden, das ich nicht verstehe, das ist alles.«

»Und du behauptest, den Glauben zu verstehen? Oder die Liebe, wenn sie dich dazu bringt, verrückte Dinge zu tun?«

»Nein, das ist es ja, nichts verstehe ich. Wenn ich bei dir bin, geht es so einigermaßen, dann stelle ich mir keine Fragen mehr. Aber wenn ich alleine bin, geht es mir unentwegt durch den Kopf. Ich hab' ganz einfach das Gefühl, ich bin nicht mehr der Käpt'n an Bord, verstehst du!«

»Bei mir ist es ganz das Gegenteil: Ich habe den Eindruck, endlich eine der Weisheitslehren des Lebens zu verstehen. Diese Beziehung, die wir erleben, ist so stark wie eine mystische Kommunion. Es ist, als hätte die Natur ein Dekret erlassen und man würde es akzeptieren. Und das ist sehr selten, daß man auf sie hört, auf die Dekrete der Natur.«

Gauvain hört zu, er ist zugleich in seiner Überzeugung erschüttert und mißtrauisch. George ist im Begriff, ihn mit ihren schönen Reden einzuwickeln. Was wird davon übrigbleiben, wenn er sich nachts ruhelos in seiner Koje wälzen und keinen Schlaf finden wird, wenn er sich wieder einmal fragen wird, ob er ein Schwächling oder ein Schwein ist, vermutlich beides, weil es ihm nicht gelingen will, unter dieses Verhältnis einen

Schlußstrich zu ziehen. Dieses Verhältnis, von dem er sich mit Bedauern eingesteht, daß es das Salz seines Lebens ist.

»George, wirst du unsere Geschichte eines Tages aufschreiben?« fragt Gauvain zu ihrer Verblüffung ein paar Tage später, während sie am künstlich blauen Swimmingpool des Clubs liegen und reden. Orangebraune Pepsi-Cola-Sonnenschirme spenden den nötigen Schatten. Aber diese Häßlichkeit muß man genießen und den Kelch bis zur Neige leeren. Es ist eine gar köstliche Kunst, von Zeit zu Zeit das zu tun, was man verabscheut.

An jenem Abend sieht Gauvain wie ein schöner Amerikaner aus mit seinem rosaroten Polohemd – eine Farbe, die zu tragen ihm nicht im Traum eingefallen wäre – und der Seersucker-Hose, die sie ihm ebenfalls aufgeschwatzt hat; dazu das satte, wohlig entspannte Aussehen, das ausgiebige Liebe verleiht; schließlich seine so bretonische Art, ihren Namen am Ende mit einem harten Zischlaut auszusprechen, die sie ihm ganz und gar ausliefert.

»Sag, schreibst du sie eines Tages auf?«

»Was soll ich denn schreiben? Sie gehen ins Bett, sie stehen auf, sie gehen wieder ins Bett, sie vögeln und vögeln wieder, er beglückt sie, sie beglückt ihn, er macht Augen wie ein verliebter Stockfisch …«

»Für einen Seemann paßt das ja ganz gut.«

»Du hast alles, nur keine Fischaugen.«

»Die Thunfische haben sehr schöne Augen, weißt du, schwarz mit einem silbernen Rand. Im Wasser, meine ich natürlich. Du hast sie noch nie lebend gesehen, also kannst du's nicht wissen.«

»Mag sein, aber ich weiß, daß du ganz lüsterne Augen hast, nicht im Wasser, sondern in der Luft! Wenn du bei mir bist, möchte ich auf jeden Fall immer schreien: ›Ja … wann du willst, wo du willst, wie du willst …‹ Ich fürchte, man sieht es mir an. Ich bin überzeugt, daß man es mir ansieht.«

»Das mußt du eben auch aufschreiben. Manchmal kann

ich gar nicht verstehen, wie du gerade mich weiterhin lieben kannst. Das muß man erklären, wie eine solche Geschichte passieren kann. Und du, du könntest das.«

»Eben nicht! Es gibt nichts Unmöglicheres zu erzählen als eine Liebesgeschichte. Und außerdem bin ich keine Romanschriftstellerin.«

»Du bist Historikerin, das ist das gleiche. Ich weiß nicht, warum, aber ich habe Lust, es in einem Buch geschrieben zu finden, unser Abenteuer, um ganz sicher zu sein, daß es auch wahr ist, daß ich das erlebt habe! Vielleicht weil ich es nie geschafft habe, irgend jemand ein Sterbenswörtchen darüber zu verraten.«

»Es stimmt schon, daß es einen erleichtert, wenn man drüber sprechen kann. Ich rede mit Frédérique darüber. Und mit François, den du auch kennst. Und Sydney weiß auch, daß es dich gibt.«

»Wenn es meine Frau erfahren würde, gäbe es ganz schön Zoff«, sagt Gauvain plötzlich finster. »Ich stehe vollkommen neben mir, wenn ich bei dir bin. Jedesmal, wenn ich wieder in meine Sandalen schlüpfe, die du nicht leiden kannst, ist es, als ginge ich nach Hause! Wenn mir einmal jemand gesagt hätte, daß ich so leben kann, ich hätte ihm nicht geglaubt. Nein, ganz gewiß nicht!«

»Komm, wir bestellen noch einen Drink, ja?« George befürchtet, Gauvains Augen könnten sich mit Tränen füllen. Weinen ist für ihn absolut unzulässig, er wehrt sich dagegen mit aller Kraft.

»Inzwischen bin ich soweit, daß ich mir sage, ich tät' lieber krepieren, als dich nicht mehr sehen. Und sobald wir dann nicht mehr zusammen sind, denk' ich mir, ich spinne ... das kann doch so nicht weitergehen.«

Schweigen. George fährt mit der Hand über Gauvains zu breite Handgelenke, die sie immer so anrühren. Die Berührung mit den Haaren dort ist wie ein winziger elektrischer Schlag.

»Ich hab' ein so wahnsinniges Verlangen nach dir, ob das denn nie aufhören wird?« sagt er fast leise.

Sie schweigen einen Augenblick und genießen die Abenddämmerung, ihre Freiheit, den Luxus, den sie sich leisten. Noch sind die Worte keine Dolche, da sie ja die Nacht vor sich haben, und mehrere Tage und mehrere Nächte dazu: ein ganzer Ozean von Zärtlichkeit, aus dem sie Leben schöpfen werden.

»Weißt du, welches die beste Möglichkeit wäre, damit es aufhört?« fragt George.

Naiv zieht Gauvain die linke Augenbraue hoch.

»Wenn wir zusammen leben würden, endgültig. Ich würde dir schnell auf die Nerven gehen, und du bekämst wahnsinnige Wutanfälle ...«

»Das sagst du immer«, antwortet Gauvain ärgerlich. »Ich bin absolut sicher, daß ich dich mein ganzes Leben lang hätte lieben können. Sonst wär' ich dich schon lange losgeworden«, gesteht er, ohne zu lächeln. »Glücklich bin ich nie, weißt du. Mit Marie-Josée bin ich nicht ehrlich. Daran kann ich mich nicht gewöhnen. Aber ich kann nichts machen. Wenn dran zu denken wäre, tät' ich mich scheiden lassen.«

George lächelt zärtlich. Im Konjunktiv sagt er so oft »ich tät'«. Aber ist es der richtige Augenblick, ihm zu erklären, daß »ich würde« korrekter wäre? Sie kann ihn nicht unentwegt wie einen dummen Schüler behandeln, es gibt so viele Einzelheiten, die ihr mißfallen. Sie kann es nicht leiden, wenn er vom *Kaff*, vom *Zahnklempner*, von seinen *Moneten* spricht, oder wenn er *in die Falle* geht oder vom Meer als dem *großen Teich* redet. Aber was hast du denn? fragt er. Er versteht nicht, was sie daran stört. Das ist ja gerade das Drama der Gesellschaftsschichten, der Vorurteile, der Kultur: Man kann es nicht erklären.

»Im übrigen könntest du *mich* nicht mehr ertragen«, fährt Gauvain mit sehr sanfter Stimme fort. »Ich weiß, daß ich weit unter deinem Niveau bin – aber es ist komisch, das macht mir nix. Ich mag sogar, wenn du mich verbesserst. Schließlich ist das ja dein Beruf. Zum Beispiel hast du mir das Reisen beigebracht, du hast mir Sachen gezeigt, die ich nie bemerkt hätte, ich wär' gar nicht auf die Idee gekommen. Unsereins nimmt sich nicht die Zeit dazu. Wir merken gar nicht, daß wir leben!«

»Das stimmt, Lozerech. Apropos leben ... Ich erinnere mich daran, daß wir seit mindestens fünf Stunden nicht mehr Knopf und Knopfloch gespielt haben. Du bist doch hoffentlich nicht krank?«

Gauvain lacht laut auf, zu laut, wie ein Mann, der mit Männern lebt. Das einzige Gegengift gegen die Gewißheit, daß sie nie zusammenleben werden, ist das Lachen. Und eine gewisse Dosis Vulgarität in der Sprache. Gauvain mag es, wenn George manchmal zu handfester Ausdrucksweise übergeht. Das macht sie menschlicher, näher. Zeitweise empfindet er sie als so fremd.

»Du willst dir doch nicht etwa ... ein bißchen Zeit zum Leben nehmen?« Er schaut sie schräg von der Seite an, ihrer Antwort schon sicher.

»Du bist unmöglich!« sagte George. »Duuh greifst mich immer an, duuh, duuh, duuh ...«

»Machst du dich über mich lustig? Duuh, duuh, duuh! Wie sprichst *du* denn das aus? Ich dachte, ich hätte meinen Akzent verloren mit der Zeit.«

»Wie willst du ihn verlieren, du hörst dich ja nicht. Und dein Leben verbringst du mit Leuten, die den gleichen haben. Aber ich mag ihn ja, deinen Akzent. Wer weiß, welche Rolle er spielt bei dieser absolut schändlichen Anziehungskraft, die du auf mich ausübst?«

Sie fassen sich um die Taille, um das Schließfach Nr. 1718 aufzusuchen. Der Strand ist inzwischen menschenleer, und die Pelikane balgen sich quäkend und klappernd. Nachts glauben die Vögel, sie seien noch bei sich zu Hause, und vergessen Hilton, Holiday-Inn und sonstige Touristennester. Beim Gedanken an den Winter, mit dem sie es in wenigen Tagen wieder aufnehmen muß, hat George plötzlich Lust, noch einmal über den Sand zu laufen. In solchen Fällen setzt sich Gauvain auf die Mole. Dauerlauf oder Gymnastikübungen zu machen käme ihm nie in den Sinn, und daß andere so was tun, findet er komisch. Sie läuft los über den nassen Sand, manchmal schlägt sie einen Haken und streift mit einem Fuß durch das Wasser, das schäumend den Strand hochzüngelt und sich wieder zurückzieht, als würde es von der hohen See eingesogen; dann kommt es wieder im geheimnisvollen Rhythmus der Wellen, der irgendwie Ähnlichkeit hat mit dem Rhythmus der Liebe – *Du denkst wirklich nur an das eine*, sagt die Anstandsdame. – *Überhaupt nicht. Du verstehst einfach nicht, daß es besondere Augenblicke gibt, in denen alles nur Liebe ist.*

Während sie läuft, leichtfüßig, vermischt sich George mit der Landschaft, sie nimmt sie mit Leib und Seele auf; sie genießt die leichten Bewegungen ihres Körpers, die vom Aufprall ihrer Fersen rhythmisch gegliederte Zeit; wie jedesmal, wenn sie läuft, hat sie den Eindruck, daß sie gerade geboren wird; als steige eine ferne und flüchtige Erinnerung an jene erste Spezies in ihr hoch, die dem Meer entstieg, um das merkwürdige trockene Element zu atmen, das man Luft nennt. Und die Liebeslust ist nur ein Teil dieser Verzückung.

Dieses Glücksgefühl würde sie gerne horten, für später. Aber mit der Liebe ist es wie mit der Sonne, man kann sie nicht im Sack davontragen. Ein jedes Mal ist einzig und erlischt wieder, wie diese Wellen, die in den Schoß des Ozeans zurückkehren.

Gauvain wartet an der Mole. Seine Beine baumeln über dem Wasser. Ein Meer ohne Schiffe langweilt ihn. Urlaub langweilt ihn. George ist sein Stundenplan, sein einziger Grund, hier zu sein.

»Du bist naß wie eine Sirene«, sagt er und nimmt sie in seine Arme. »Soll ich dir den Sand von den Füßen wischen? Ich habe das Handtuch.«

»Ja nicht! Ich liebe es, Sand an mir zu spüren. Das beweist mir, daß ich nicht in Paris bin, verstehst du ...«

Ideen haben diese Pariserinnen! Gauvain preßt sie an sich. Nur in der Liebe gibt es nichts mehr an ihr, was ihm fremd ist.

Sie lieben sie, diese Stunde vor dem Schlafengehen. Gauvain legt sich als erster ins Bett, während George noch ein wenig herumwandert, sich für die Nacht vorbereitet, ein bißchen Creme auf einen kleinen Sonnenbrand aufträgt, nachsieht, ob sich in bestimmten Körperöffnungen Sand eingenistet hat.

»Wann hörst du endlich auf herumzuwandern?« ruft er dann bald.

Sie stürzt sich auf ihn, und es ist, als hätten sie auf einen Schalter gedrückt. Der Strom ist da, alle Lichter gehen an, alles knistert. Sie hatte von solchen Phänomenen gelesen, aber niemals an die Aufrichtigkeit der Autoren geglaubt. Doch die Tatsachen waren nicht zu leugnen. Sie hörte nur auf, um Gauvain nicht umzubringen, abgesehen davon, daß sie zuweilen ihre Schleimhäute schonen mußte.

Das Erstaunliche für sie war nach wie vor, daß Gauvain so stark auf ihren Körper reagierte, daß er sich leidenschaftlich für diese Scheibe Wassermelone interessierte, das er doch auswendig kannte, daß es ihn fast umwarf, wenn er ihren Venushügel oder ihre Lippen berührte, und daß er schier in Ohnmacht sank, wenn er endlich in das kleine Tal gelangte. Wie konnte dieser Mann beim Anblick ihrer Vagina in Verzückung geraten und sich nicht für Picasso interessieren? Fünftausend Kilometer zurücklegen, um sich auf sie zu legen, aber keinen Schritt tun, um Notre-Dame zu besichtigen? – *Er mag eben lieber meine Vagina, das ist alles!* sagt sie zu ihrer Anstandsdame, um sie zu ärgern. *Ach, geliebt zu werden bis ins Innerste!* Die Anstandsdame spuckt verächtlich aus.

»Lozerech, mein Liebling, beschreib mir bitte, was du da drin findest. Sag mir, wie die andern sind und wodurch ich mich unterscheide.«

Er behauptet, sie beherberge einen Wundergarten zwischen

den Beinen, einen Lunapark, ein Disneyland mit Achterbahnen, Wasserfällen und einer Frau mit zwei Unterleibern. Er sagt, er fahre immer neue Kurven aus, er finde neue Parkmöglichkeiten, sie besitze verschiebbare Wände, aufblasbare Teile, sie mache ihn verrückt, kurz, er sagt alles, was eine Frau nicht müde wird zu hören. Sie geht sogar so weit, Gauvains unaufhörliche Erektionen auf ihre Reize zurückzuführen, wo sie doch nur ein Zeichen seiner außerordentlichen sexuellen Qualitäten sind. Er wiederum rechnet dieses ganze bewegte Treiben George an, wo sie doch nur eine äußerst unpräzise Vorstellung dessen hat, was sich in ihrem Untergeschoß abspielt. Sie hat sich übrigens nicht die Mühe gemacht, die Ratschläge von Ellen Price zu befolgen, »um die Vagina besser zu beherrschen«. Ellen empfiehlt dringend Gymnastik: »Beginnen Sie morgens mit zwanzig oder dreißig Kontraktionen des Schambein-Steißbein-Muskels, oder machen Sie's im Sitzen, zum Beispiel beim Friseur, oder im Stehen an der Bushaltestelle. Sie werden es auf zweihundert oder dreihundert Kontraktionen am Tag bringen, ohne daß man Ihnen irgend etwas anmerkt. Um zu testen, ob Sie sich eine olympische Vagina antrainiert haben (da konnte sich George nicht zurückhalten, das mußte sie ausprobieren!), üben Sie jedesmal, wenn Sie Ihre Blase entleeren, den Urinstrahl mehrfach zu unterbrechen.«

Gauvain amüsiert sich. Daß man über solche Themen ernsthaft schreiben kann, verblüfft ihn und bestätigt ihn in der Annahme, daß alle Intellektuellen Spinner sind.

»Du brauchst das jedenfalls nicht«, sagte er mit liebenswerter Überzeugung. Es ist recht angenehm, daß er nichts weiß von den weiblichen »Maschen«.

Wenn jedoch sein Moralempfinden sich wieder meldet, ist er besorgt: »Ist es nicht anormal, daß ich immer mehr Lust an deiner Lust habe? Das wirkt auf mich fast genauso, wie wenn ich's selber wär'!«

»Wieso soll das anormal sein, wenn man einem anderen Menschen Lust bereiten will?«

Ihre Zähne stoßen aufeinander, während sie sich küssen.

»Du grobschlächtiges Wesen«, sagt Gauvain. »Wenn du so weitermachst, geht mir noch ein zweiter kaputt.«

»Gut, gut, dann hören wir eben auf. Ich habe sowieso einen Krampf im Schambein-Steißbein-Muskel, weil ich nicht genügend Gymnastik mache.«

Sie nimmt ein Buch; indessen gibt er einem jener kurzen, aber hartnäckigen Schlafanfälle nach, versinkt in einen fast wütenden Kinderschlaf. Einen Seemannsschlaf könnte man auch sagen, jeder Hauch kann ihn stören. Jedesmal, wenn ihn ein plötzliches Geräusch weckt, ist Lozerech innerhalb von einer Zehntelsekunde an Deck; er macht nicht nur ein Auge auf, er steht senkrecht im Bett, in Alarmbereitschaft: »Was ist los?« In solchen Augenblicken antwortet George mit der zärtlichen Geste, die sie eigentlich Loïc vorbehielt, wenn er aus einem Alptraum erwachte: »Schlaf, Liebling, es ist alles gut, nichts ist passiert.« Er hatte sich angewöhnt, ihr zu antworten: »Doch, es ist sehr wohl etwas passiert: Du bist da!«

Nachts, wenn die Abwehrmechanismen aussetzen, dann fängt er an, von sich zu reden. Sie hört ihm zu, und plötzlich wird er beredt, der kleine Junge ihrer Kindheit, der junge Liebhaber ihrer Jugend, der zu diesem tapferen, unbekannten Kapitän geworden ist in einer Welt, um die kein Historiker von der Sorbonne sich bisher gekümmert hat. Er erzählt ihr von den großen Augenblicken seines Lebens auf See, Augenblicken, die nur ein Seemann erfahren kann; auch von den lustigen Augenblicken. Im vergangenen Sommer ist seine Mannschaft für den Urlaub aus Afrika zurückgeflogen. Das war das erstemal, daß Seeleute auf diese Weise in die Heimat zurückgebracht wurden, die meisten hatten noch nie ein Flugzeug bestiegen.

»Das hättest du sehen sollen in der Super-Constellation … totale Panik. Die hatten mehr Angst in dieser Maschine als beim schlimmsten Sturm auf ihrem Trawler! Und das Ergebnis: Bei der Ankunft waren sie voll wie die Strandhaubitzen, allesamt. Du hörst mir ja gar nicht mehr zu … Langweil' ich dich, hm?«

»Natürlich hör' ich dir zu. Voll wie die Strandhaubitzen, sagtest du gerade.«

»Ich weiß nicht, warum ich dir das alles erzähle … Dabei fällt mir ein, daß ich dir nie die Geschichte erzählt hab', wo …«

Während er redet, streichelt er sie vorsichtig, und auch sie flaniert auf den Wegen, die sie mag. Sie haben das Licht ausgemacht, um sich in Einklang zu fühlen. Sie sind auf Wache zusammen, an Deck eines Schiffes, das sich seine Route durch die finstere Nacht bahnt, Kurs Ende der Welt.

Wenn man in Florida ist, hat man keine Chance, Disneyland zu entkommen. Alle Amerikaner, die sie getroffen haben, ermahnten sie nachdrücklich zum Besuch, und die, die es besichtigt hatten, strahlten vor Begeisterung. Und ausnahmsweise hatte Gauvain große Lust hinzufahren. Es war die einzige Sehenswürdigkeit auf amerikanischem Territorium, von der er gehört hatte. Und da sie sowieso über Miami fliegen mußten, beschlossen sie, ihren Badeaufenthalt zu verkürzen, um nicht nach Europa zurückzukehren, ohne die riesigen Sümpfe der Everglades und ein, zwei Museen gesehen zu haben, nicht zu vergessen die berühmten »Cloisters« des vom Heiligen Bernhard 1141 in Segovia erbauten Klosters, das von Randolph Hearst »Stein für Stein« nach Amerika transportiert worden war, wie man im Reisebüro zu vermelden wußte, als ob dieses Auseinandernehmen dem Bauwerk irgend etwas Unschätzbares hinzugefügt hätte.

Derselbe *tour operator* hatte ihnen eingeschärft, mindestens sechsunddreißig Stunden in Walt Disneys Zauberwelt zu verbringen, und mit verdächtigem Diensteifer hatte er sich um alles gekümmert. Aber erst am Flughafen Miami, als sie eine Limousine bestiegen, die so groß war wie ein Pariser Appartement, vollklimatisiert, mit blau getönten Scheiben, sorgfältigst konstruiert, auf daß man von allem abgeschirmt – von der Landschaft, vom Wind, von den Gerüchen, von der wahren Farbe des Himmels – durch die Gegend fuhr, wurde George von Angst ergriffen. Da Gauvain kein Wort Englisch sprach, mußte sie die luftdichte Raumkapsel durch eine Welt des Alptraums steuern, wo keine Menschenseele am Straßenrand war, die man hätte nach dem Weg fragen können, durch das monströse Gewirr von gigantischen Hängebrücken, von überdimensional geschwungenen Auffahrten, wie sie nur ein Verrückter konstruieren kann, von achtspurigen Autobahnen, auf denen mit identischer Geschwindigkeit Tausende von gleichen Limousinen rollten, die ganz offensichtlich kein Ziel hatten und ihre fünfzig Meilen in der Stunde nur fuhren, um ihre Existenz zu rechtfertigen. Denn warum sollten sie auch von einer Stadt zur anderen fahren, wo diese Städte doch alle identisch waren, ob sie nun Tampa, Clearwater, Bonita Springs, Naples oder Vanderbilt Beach hießen?

Jemand muß verrückt sein, dachte George, die sich von dem surrealistischen Ambiente vollkommen erdrückt fühlte: Entweder sind es die Bewohner all der europäischen Dörfer, die sich so einfältig um ihren Kirchturm scharen, mit ihrem Krämerladen und der Kneipe in einem, dem Schnapsbruder vom Dienst, dem Geruch nach frischem, warmem Brot auf der Straße vor der Bäckerei und dem alten Farbenhändler im grauen Kittel; oder aber es sind diese Mutanten hier, die endlos auf diesem monströsen Straßennetz aneinander vorbeifahren, das an Anlagen von elektrischen Spielzeugeisenbahnen erinnert, das gesäumt ist von Tausenden von Shopping-Centern, jedes für sich so groß wie der Tadsch Mahal, mit ihren Marmorbrunnen, ihren Glaswänden, ihren Kinos, in denen überall der gleiche Film gespielt wird, gefolgt von Wohngebieten, die aussehen, als seien sie gerade erst am Vorabend fertig geworden, so sauber und nackt wirken sie auf ihren Rasenflächen, die künstlicher aussehen als Teppichböden, anschließend Stadtzentren, wo dreißig Etagen hohe Mausoleen Tausende von pensionierten Paaren beherbergen, die unter luxuriösen Bedingungen auf den Tod warten; das Ganze umgeben von Einfamilienhäusern, deren Hauptschmuck der geteerte *driveway* ist, der zur Dreifachgarage direkt an der Fassade führt, wodurch es möglich ist, das Auto zu besteigen, ohne durch den Garten zu gehen; die Gärten übrigens sind nur die Abstraktion eines Gartens: Keine einzige Blume, kein Liegestuhl, kein umgefallenes Kinderfahrrad ist da zu sehen, nur eine grüne Fläche, die durch ein unsichtbares Rohrsystem zweimal am Tag gesprengt wird, auch wenn es regnet, da die Anlage für die Saison durchprogrammiert ist. Von Zeit zu Zeit taucht zwischen zwei Wolkenkratzern ein rührend anmutendes Stück unbebautes Gelände auf, das mit seinen wuchernden Brombeerhecken und seinen stacheligen Gräsern daran erinnert, daß es die Natur einmal gegeben hat und daß Gras nicht in sauber gemähtem Zustand wächst.

Aber Florida vergißt nie, daß es in erster Linie ein riesiger Rummelplatz ist. Alle fünf oder sechs Kilometer macht es ein drohendes Straßenschild dem Autofahrer zur Pflicht, langsamer zu fahren, um die intelligentesten Robben der Welt, die wildesten Tiger, die indianischsten Indianer auch ja nicht zu übersehen. Tatsächlich taucht dann auch bald ein hispanoamerikanisches Tor auf, das Zugang zu einem Aztekentempel oder einer neugotischen Burg, je nachdem, verschafft, und an dem Eintrittskarten in die Natur verkauft werden: Jungle Gardens, Wild Animals Park oder Alligator Farm. Und die verfeindeten Wörter finden sich damit ab, auf dem fluoreszierenden Plakat nebeneinander zu stehen, obgleich schon der Gedanke, Dschungel und Park, Krokodile und Farm, Tiger und Garten miteinander zu verbinden, eigentlich jeden mit etwas Verstand versehenen Menschen in die Flucht schlagen müßte. Als ersten den Tiger.

Und dabei ist es erst einhundertfünfzig Jahre her, daß Spanien diese riesige, sumpfige Halbinsel den Vereinigten Staaten abgetreten hat! George versucht ihre Bestürzung mit Gauvain zu teilen, aber der Lozerech-Sohn ist von soviel Reichtum überwältigt.

Sie machen Station, um das bescheidene Haus von Mr. Harkness Flagler, »dem Mitbegründer der Standard Oil Company« – wie man in Europa sagen würde »dem Autor der *Göttlichen Komödie*« – zu besichtigen. »Das Flagler Museum ist seit 1906 in seinem ursprünglichen Zustand erhalten«, erwähnt der Führer ehrfurchtsvoll, als redete er von einem sehr alten, sehr edlen Jahrgang. Der Salon scheint aus dem Palazzo duccale in Mantua herausgelöst, die Decke aus der Giudecca in Venedig herausgerissen, die Wände sind präraffaelisch und die Badezimmer pompejanisch. Es sind echte Mosaiken, echte Gemälde, aber ihre Seele ist irgendwo unterwegs verlorengegangen. Alles ist von Unechtheit oder Lächerlichkeit geprägt.

»Wirf mal einen Blick auf unseren Führer! Der sieht fast aus, als wäre er …« Aber George hält inne. Wie soll man die Visage und die Stimme eines Pariser Schauspielers jemandem beschreiben, der noch nie im Theater war? Gauvain hat auch noch nie Venedig oder Mantua oder Pompeji gesehen, wie sollte er da schockiert sein? Ausnahmsweise erscheinen ihm die Antiquitäten, von denen er immer dachte, sie seien zwangsläufig staubig und wackelig, ganz neu mit ihren Goldverzierungen und ihren Skulpturen, an denen nicht ein Kringel, nicht eine Zehe fehlt. Er ändert sein Urteil: Das Alte kann schon ganz toll sein!

Aber was für ein sonderbarer Einfall, sich mit Lozerech Besichtigungen vorzunehmen. Sie vergißt, daß er nur fürs Bett gut ist. Sie hätten in der Nähe eines Bettes bleiben sollen.

Sie fahren weiter. George hat nur zwei oder drei sehenswerte Museen ausgesucht, aber dazwischen liegen jeweils Dutzende von Meilen auf den langweiligsten Straßen. Mit Sydney wäre das lustig. Mit seinem zerstörerischen Witz würde er Florida von der Karte der zivilisierten Staaten wegätzen. Gauvain bemerkt nichts Besonderes, für ihn ist Landschaft Landschaft, und übergreifende Gedanken sind nicht seine Stärke. Also versucht er, die Stille zu durchbrechen und George zu unterhalten.

»Ich erzähl' dir mal 'nen netten Witz. Also: Weißt du, warum das Bier, wenn man es trinkt, sofort wieder unten rauskommt?«

Nein, George weiß es nicht.

»Weil es unterwegs nicht die Farbe wechseln muß«, sagt er entzückt und ist gespannt auf ihre Reaktion.

Sie deutet noch nicht einmal ein Lächeln an, um ihm endgültig klarzumachen, daß diese Art von Witzen, die bei den Alkoholikern der Südbretagne gängig sein mögen, nicht den geringsten Hauch einer Andeutung von Interesse haben. Aber sie weiß, daß er daraus nur folgern wird, daß sie keinen Funken Humor hat. Wird sie ihm eines Tages erklären können, daß Humor nicht ... daß Humor ... ach, es würde nichts nützen. Die Leute, die keinen Humor haben, sind am empfindlichsten, wenn es um Sinn für Humor geht.

»Du schau mal, da rechts bauen sie ein neues Haus«, sagt er ein wenig später, um das Thema zu wechseln.

»Es kommt selten vor, daß man ein altes Haus baut«, antwortet George.

»Richtig«, sagt Gauvain kühl und hüllt sich fortan in Schweigen.

Gott sei Dank kommt ihnen der Appetit zu Hilfe. Angelockt durch wiederholte Aufforderungen, *real fresh sea food* zu genießen (was ja besagt, daß es auch *false fresh sea food* geben kann), machen sie Station in einer Fisherman's Lodge, oder war es eine Pirate's Grotto oder ein Sailor's Cove? Wie dem auch sei, der letzte *real fresh fisherman* ist von diesem Ort seit langem verjagt worden, und die Grotten haben zwanzig Stockwerke hohe Häuser auf dem Buckel. Sie werden übrigens auf der ganzen Reise nicht einen einzigen Fischereihafen entdecken, nichts als »Parkplätze für Yachten«, so nennt sie Gauvain. Und sie werden nicht einen einzigen Fischladen sehen, der identifizierbare Fische mit Kopf und Schwanz anbietet, nur farblose Fischfilets in Plastik verpackt, die brav in den Tiefkühltruhen der Supermärkte nebeneinanderliegen.

Ihr Mittagessen besteht aus faden, fetten, vorher ausgelösten Austern, denen man sorgfältig den letzten Tropfen Meerwasser ausgespült hat, und aus so fleischigen Venusmuscheln, daß man Schuldgefühle bekommt, wenn man sie kaut. Danach gehen sie schwimmen an irgendeiner undefinierbaren Stelle des endlosen Strands, der die Ostküste auf Hunderten von Kilometern säumt, und überall finden sie gleichmäßig verteilt die auf Klappstühlen sitzenden und in bonbonfarbenen Kleidern steckenden Greise und Greisinnen. Aber sie fahren bald weiter, denn George will vor dem Abend unbedingt die in Spanien sorgsam abgerissenen »Cloisters« sehen, die nun hier auf einem ausgesparten Stückchen Boden zwischen den modernen Gebäuden stehen. Das Saint-Bernard's *real* Monastery hat mit einem Zisterzienserkloster soviel zu tun wie ein Roboter mit einem Menschen. Überhaupt ist immer dann Mißtrauen angezeigt, wenn man irgendwo das Wort *real* liest. Die Steine sind durchaus spanisch, aber die Fliesen sind mexikanisch, und in der Kapelle ist der Fußboden aus Linoleum mit mediterranem Kachelmuster.

»Hat es hier mal Mönche gegeben?« fragt Gauvain, während sie durch den Kreuzgang wandeln, dem es aus unerfindlichen Gründen gelingt, noch einen Anflug von geistlicher Atmosphäre zu bewahren.

»Nein, dieses Kloster ist von A bis Z künstlich. Es steht nur hier, weil ein Milliardär namens Randolph Hearst sich das aus einer Laune heraus in den Kopf gesetzt hat. Hast du *Citizen Kane* gesehen?«

»Nein, sagt mir nichts.«

»Das ist ein Film von Orson Welles, der die Lebensgeschichte dieses Hearst erzählt. Der war ein Pressezar und … Ich werd' es dir heute abend erzählen.«

George seufzt im voraus beim Gedanken an die vielen Erklärungen, die sie ihm wird liefern müssen. Im Grunde müßte sie mit der *Mayflower* anfangen, zu den Conquistadores vordringen, den Völkermord an den Indianern erwähnen, und jeder Bericht würde einen anderen nach sich ziehen ... Eine Hauptvorlesung wäre das, aber besser wären zehn Jahre Schule, zehn Jahre Umgang mit der Geschichte, der Literatur und der Geographie. Welche Einöde ist doch manchmal das Leben eines Lozerech! Was sieht er von einem Land, er, der mit dem Sichtbaren nur ein anderes sichtbares Zeichen assoziieren kann?

Am Abend ist sie schlimmster Laune. Sie ist wütend über sich selbst, weil sie wütend ist auf ihn. Außerdem mußten sie aus Sparsamkeitsgründen mit einem Howard Johnson, der untersten Stufe des Fast food, vorliebnehmen.

Für die Nacht haben sie ein Zimmer in einem Motel »mit Blick aufs Meer« reserviert. Es trägt den Namen Sea-View, um den Kunden vollends in die Irre zu führen, aber im Prospekt war es so geschickt dargestellt, daß man nicht merkt, daß es im Profil photographiert ist und daß nur zwei Fenster auf der Schmalseite auf den Ozean hinausgehen. Ihr Fenster geht erstens auf den Parkplatz und zweitens nicht auf, und das soll es auch gar nicht! Außerdem liegt das Zimmer neben der Maschine, die Tag und Nacht Eis herstellt und zu Würfeln zerkleinert. Wenigstens gelingt es der Klimaanlage, die vor der köstlichen Seeluft schützt, das Brummen des Eiszerkleinerers einigermaßen zu überdecken, vor allem dann, wenn zusätzlich das Geratter des Bulldozers zu vernehmen ist, der den Strand wie jeden Abend abkämmt und ebnet.

Ihre zwei Betten sind durch ein fest installiertes Nachttischchen getrennt. Man schläft nicht gemeinsam hierzulande, man schläft auch nicht miteinander am helllichten Nachmittag. Ein Bidet gibt es nicht. Man muß vorher und nachher entweder unter die Dusche gehen ... o welch Aufwand ... oder das Waschbecken benutzen, das sich in einer Fensternische befindet, und zwar ohne Vorhang ... Unattraktiv! Ob die Amerikanerinnen wohl wissen, daß es nichts Häßlicheres gibt als eine Frau, die sich im Stehen den Hintern wäscht, mit eingeknickten Knien und leicht gespreizten Beinen? Das WC ist genau neben der Badewanne wie in allen Badezimmern der Neuen Welt, damit der Badende möglichst jedes Geräusch aus der Klomuschel mitkriegt. George steht der Topographie der sanitären Anlagen in diesem Land verständnislos gegenüber.

»Sogar bei den Bretonen ist das besser«, bemerkt Gauvain. »Dort liegt das Klo hinten im Garten! Wahrscheinlich ›machen‹ die Amis gleich in Plastikverpackungen. Das ist dann so wie bei den Fischfilets, oder hier, schau mal, auf dem Waschbecken, die Zahnputzgläser!«

Da man über die Skatologie am sichersten in kindliche Gemütslagen zurückfindet, lacht George endlich und vergißt Gauvains mangelnde Bildung für diese Nacht. Sie erlaubt ihm sogar, mit ihr zu schlafen. Und um ihre böswilligen Gedanken wiedergutzumachen, wird sie als Buße ein paar Tropfen von ihm schlucken.

Aber nein, da kann sie sich noch so anstrengen, köstlich kann sie das nicht finden. Einer echten Liebhaberin ist das nicht würdig, den Spermageschmack nicht zu mögen, sagt sie sich beunruhigt und hält sich zurück, am liebsten würde sie ins Bad laufen und sich den Mund ausspülen. *Nicht den Spermageschmack mögen die Frauen*, besänftigt sie die Anstandsdame. *Den Geschmack der männlichen Lust mögen sie. Das ist nicht ganz das gleiche!*

Außerdem ist trocknendes Sperma unangenehm. Auf ihren Schenkeln läßt George es zu, aber nicht als Klebeschicht auf ihrem Kinn. Vielleicht sträuben sich die Frauen auch, diese Abermillionen von kleinen Kindern aufzufressen, selbst wenn es nur halbe Portionen sind, die dann wie Kaulquappen im Magen weiter herumzappeln. George fühlt sich nicht zur Menschenfresserin berufen. Zu gar nichts fühlt sie sich in dieser Nacht berufen.

Eine kurze Nacht, denn am nächsten Morgen stehen sie bereits um sechs Uhr Gewehr bei Fuß, bereit für den Ausflug Nummer vier, zwei Tage Disneyland, in Gesellschaft einer Kompanie von Eltern, die dem Turm von Babel entstammen, wenn man nach der Anzahl der vertretenen Nationen schließt; die zahllosen mitgeführten Kinder sind zum größten Teil schon als Mickymaus oder als Donald Duck verkleidet. Auf die Wägelchen einer falschen echten kleinen Dampfeisenbahn gehievt, gelangt die Gruppe Nummer vier (»Bitte behaltet auch eure Stickers am Revers, Leute!« befiehlt der Führer) in die Nähe einer neugotischen, rosa-weißen mittelalterlichen Burg, die mit ihren Erkertürmchen hoch über die Main Street ragt. An den Häusern, die diese Main Street säumen, ist alles unecht, nur die Läden nicht, die für echte Dollars echten Scheißdreck verkaufen.

Die Tour Nummer vier schließt sämtliche Attraktionen der Zauberwelt ein. Eine Sternfahrt in einer echten Rakete mit Beschleunigungseffekt und optischer Täuschung bei sich entfernendem Erdball: drei Minuten, dreißig Sekunden. Die Marslandung: zwei Minuten. Zwanzigtausend Meilen unter dem Meer: sechs Minuten, fünfzehn Sekunden, das Ganze inmitten von Meeresgespenstern, die sogar ein Kurzsichtiger aus zehn Metern Entfernung als künstlich erkennen würde. Und dann vor allem der kulturelle und patriotische Hauptgang dieser Orgie: das Animatronic der amerikanischen Präsidenten, flache Gedanken auf Riesenleinwand und lebensgroße Automaten. Ein wächserner Lincoln hält eine lange Moralpredigt, aber es wird nicht erklärt, daß er ermordet wurde, das könnte ja das junge Publikum traumatisieren. Zum Schluß erinnern die fünfzig amerikanischen Präsidenten vor dem Hintergrund des Sternenbanners daran, daß man in dem schönen Land, das die Freiheit erfunden hat, lieb und brav sein muß.

Schon am Morgen hat George angefangen herumzunörgeln. Nichts findet vor ihren Augen Gnade, schon gar nicht Gauvains bewunderndes Staunen. Er geht herum mit weit aufgerissenen Augen und offenem Mund wie alle anderen kleinen Jungs aus aller Herren Länder, die die gleiche Begeisterung vereint und die darüber sogar vergessen, sich den Bauch mit Popcorn vollzuschlagen, und die ihre *ice cream* in allen möglichen giftigen Farben auf ihre Blousons tropfen lassen. Wenn man jedoch einmal in dem Räderwerk gefangen ist, kommt man beim besten Willen nicht wieder heraus. Die in Hunderterpackungen abgefertigten Besucher werden kanalisiert und nach einem unaufhaltsamen, unveränderlichen, auf die Minute ausgetüftelten Programm höflich, aber bestimmt durch die Einbahngassen geschoben, ein Entkommen gibt es nicht, die allgegenwärtige Stimme eines Big Brother erteilt Ratschläge, die Befehle sind, und führt die Menschenpakete zu Ruheplätzen, die für durchschnittliche Fußgänger kalkuliert sind, zu *rest rooms*, die für durchschnittliche Blasen ausgelegt sind, zu *candy stores*, die auch für die kurzsichtigsten Kinder von weitem erkennbar sind, so daß die Eltern nicht umhinkönnen, die Forderungen des Sprößlings zu erfüllen, der mit klebrigem Finger auf andere, schon zufriedengestellte, mit Schokolade und künstlichen Fruchtsäften beschmierte Sprößlinge zeigt und nach dem gleichen zuckersüßen Paradies verlangt.

Unmöglich, sich dem Gespensterhaus oder der Piratenhöhle zu entziehen. Alles ist atemberaubend vor falscher Echtheit: ausgeplünderte Städte voller betrunkener Automaten, die den Besucher mit ihren Blasrohren bedrohen und obszöne, aber sorgfältig von anstößigen Versen gesäuberte Lieder singen, vor Schätzen nur so strotzende Höhlen, leichenblasse Schiffbrüchige, sich an Felsen festklammernde Gerippe, an denen noch ein paar Uniformfetzen hängen, Plastikalligatoren, die ihren Rachen aufreißen, wenn sich die Touristenwägelchen nähern … Eine beängstigende technische Perfektion im Dienst primitivster Gefühle. Nichts hat einen tieferen Sinn. Man fühlt sich von einer Szene zur anderen geschoben, und deren pedantische Präzision, die gehäuften Details und das Fehlen von Verschnaufpausen ersticken jeden aufkommenden Gedanken.

Das ärgerliche ist, daß George offenbar als einzige den ganzen Zauber deprimierend findet! Die amerikanischen Eltern scheinen entzückt und werden nach Hause fahren mit dem Gefühl, alles über das Leben in Polynesien, über den Dschungel, über die Sternraketen zu wissen, mit der Gewißheit, den echten Nachfahren der karibischen Ureinwohner in die Augen geblickt zu haben. Niemand hier erinnert sie daran, daß die letzten Kariben, auf ihre letzte Insel verdrängt, beschlossen hatten, sich von einem Felsen herab ins Meer zu stürzen, um nicht unserer schönen abendländischen Zivilisation anheimzufallen.

»Schau sie dir an ... Dieses gute Gewissen ... Diese Zufriedenheit, Amerikaner zu sein, die Besten, die Gerechtesten. Sie sind so stolz auf Disneyland, als hätten sie die Kathedrale von Chartres gebaut!«

»Na und? Stört es dich, daß sie zufrieden sind? Du beschließt, daß die Leute blöd sind, sobald sie sich für etwas anderes interessieren als du«, stellt Gauvain fest, als hätte er gerade entdeckt, welche Kluft sie voneinander trennt. »Ich hab' noch nie so was gesehen, und ich finde es toll. Mir macht das Spaß, als ob ich ein kleiner Junge wär', der noch nix anderes gesehen hat als den Zoo von Guidel und den Zirkus Martinez, der früher jeden Sommer auf Tournee durch die bretonischen Strandbäder ging!«

In der Tat, will George sagen, gesehen hast du noch nichts. Schlimmer noch, du hast noch nie etwas angeschaut. Aber sie hält sich zurück. Ganz Disneyland möchte sie ihm vorwerfen, all diese glückseligen Gesichter, die Kinderaugen, und auch den morgigen Tag, denn das Pauschalarrangement, das sie gebucht haben, bietet gleich sechsunddreißig Stunden des Eintauchens in diese Horrorwelt! Vorerst jedoch erwartet sie eines der zwölfhundert Zimmer des Contemporary World Resort. Gauvain wird es fabelhaft finden, weil eine Einschienenbahn durch das Hotel fährt, eine Art Schwebe-Metro, die alle acht Minuten durch die Halle und den großen Salon gleitet, eine Ladung kindischer Familien transportierend, die sich mit dem gleichen Ernst amüsieren, mit dem man andernorts zur Arbeit geht.

»Du mußt entschuldigen, aber es übersteigt meine Kräfte, morgen noch einmal in die Zauberwelt des Mr. Disney zurückzukehren. Allein der Gedanke, noch einmal Mickymaus zu sehen, bringt mich auf die Palme. Du wirst ohne mich viel mehr Spaß haben bei der Besichtigung des World Circus und des Marineland. Ich könnte wetten, sie haben den Pottwalen Mickymausohren aufgesetzt!«

Zum erstenmal bemerkt Gauvain, daß George ekelhaft sein kann. Er ist ganz fassungslos und versucht, sie zur Vernunft zu bringen; ein Unterfangen, das er besser nicht weiterverfolgen sollte.

»Du machst es dir ziemlich leicht, indem du die Leute verachtest, die anders sind als du. Du vergißt«, fügt er in belehrendem Ton hinzu, »daß es von jeder Sorte etwas geben muß auf dieser Welt.«

»Ach was?«

Gauvain beißt sich auf die Lippen. Ist das jetzt die bornierte Proletariermiene, die er aufsetzt, wenn ihn sein Reeder demütigt und er es nicht wagt, zu kontern?

Nun, dann ist es ausgemacht, morgen früh wird er die Besichtigung allein fortsetzen. Schließlich hat er sein Ticket bezahlt!

»Es wäre schade ums Geld, in der Tat.«

Er fragt sich, ob hinter dieser Bemerkung eine Bosheit steckt. Zum Geld haben sie nicht die gleiche Einstellung, und er weiß nie, wann George Spaß macht, das ist eines seiner Probleme.

An diesem Abend fühlen sie sich staubbedeckt und erschöpft. Disneyland ist extrem anstrengend, wenigstens über diesen Punkt sind sie sich einig.

»Soll ich dir ein schönes warmes Bad einlassen?« fragt Gauvain ganz lieb, als sie endlich auf ihrem Zimmer sind.

»Nein, ein häßliches kaltes Bad wäre mir viel lieber.« George kann sich die Antwort nicht verkneifen.

»Warum bist du manchmal so giftig?«

»Du sagst manchmal solche Selbstverständlichkeiten ... Das geht mir auf die Nerven.«

»Ich gehe dir insgesamt auf die Nerven. Glaubst du vielleicht, ich merke es nicht?«

»Wir gehen uns beide auf die Nerven, abwechselnd, das kann gar nicht anders sein. Außerdem war das ein ganz entsetzlich anstrengender Tag. Ich bin völlig k.o. heute abend.«

Sie sagt nicht, daß sie soeben auf ihrer Scham eine harte, schmerzende, murmelgroße Kugel festgestellt hat. Sie befürchtet einen Abszeß. *Ach was, das ist deine Bartholinische Drüse, die schlechte Laune hat*, erklärt die Anstandsdame, die überzeugt ist, daß sie Medizin studiert hat. *Zuviel Verkehr, da gibt es automatisch Staus. Deine Bettgymnastikstunden sind ja schön und gut, aber irgendwann mußt du mal ein wenig bremsen, meine Liebe. Hast du übrigens deinen Mund gesehen? Man wird immer an der Stelle bestraft, wo man sündigt.* Tatsächlich schmückt auch noch eine Herpesblase ihre Oberlippe und verleiht ihr allmählich ein lächerliches Kaninchenprofil. Walt Disney hat noch einmal zugeschlagen: Am letzten Tag mit Gauvain wird sie Ähnlichkeit mit Donald Duck haben. Diese Vorstellung macht sie noch gehässiger. Er ist beleidigt und zieht sich in jenen Krebspanzer zurück, mit dem er sich zuweilen umgeben kann. Zum erstenmal, seit sie sich kennen, fragen sie sich, was sie eigentlich voneinander wollen. Jeder möchte bei sich zu Hause sein, jeder in seiner Familie, in seinem Clan, mit Leuten zusammen, die die eigene Sprache sprechen und die gleichen Dinge mögen.

Als sie zu Bett gehen, holt George ein Buch aus ihrem Koffer, und Gauvain greift zu einem Krimi, den er wahllos am Flughafen gekauft hat; er wendet die Seiten, indem er den Zeigefinger befeuchtet oder indem er bläst, um die Seiten voneinander zu lösen. Auch das geht ihr auf die Nerven. Sehr langsam entziffert er den Text, und dabei geht sein Kopf von links nach rechts und zurück, um den Zeilen zu folgen, die Augenbrauen sind zusammengezogen, eine tiefe Furche hat sich auf seiner Stirn gebildet, als ob er ein chiffriertes Dokument vor sich hätte. Nach drei Seiten beginnt er zu gähnen, aber er kann nicht vor ihr einschlafen.

Sobald sie das Licht ausmacht, robbt er vorsichtig an sie heran, bereit, sich beim ersten Zeichen von Ungeduld zurückzuziehen.

»Ich möchte dich einfach nur in den Armen halten … Darf ich?«

Sie drückt ihren Rücken an seinen Bauch zum Zeichen des Einverständnisses, und er umfaßt sie. Ein zärtliches Gefühl des Friedens stellt sich bei ihr ein, sobald sie sich im Sicherheitsgurt von Gauvains Armen befindet. Er versucht nicht zu mogeln, er rührt keinen Finger. Er hat sogar sein Überredungswerkzeug zwischen den Schenkeln versteckt, aus Feingefühl, und er begnügt sich damit, sie eng zu umschlingen. Von wegen Feingefühl, er müßte doch wissen, daß ihre Körper ganz von alleine Feuer fangen, daß simpler Hautkontakt genügt. Plötzlich dreht sich George zu ihm um, und auf der Stelle ist ihrer beider Verlangen übermächtig, nichts erscheint ihnen mehr wichtig, außer gemeinsam jenen Weg zu gehen, auf dem sie einander niemals enttäuschen.

Am letzten Tag bleiben ihnen noch die Everglades. Wenigstens ist es noch niemand gelungen, diese Tausende von Hektar großen Sümpfe zuzubetonieren, diese wandernden Schlammbänke, wo es nur den Mangrovenbäumen gelingt, Wurzeln zu schlagen.

Mehr noch als anderswo in Amerika muß man hier tausend Kilometer zurücklegen, ehe man hoffen kann, eine andere Landschaft zu entdecken. Entlang der endlosen Geraden, die den Golf von Mexiko mit der Atlantikküste verbindet und auf der, quer durch eine melancholische Sumpfwelt, die von verkümmerten Bäumen gesäumt ist, die Lkws und die großräumigen, leisen Limousinen mit gleichbleibender Geschwindigkeit dahinrollen, sind die einzigen Lebewesen die Vögel: Silberreiher, Fischreiher, Kraniche, Bussarde, Adler und natürlich die Staatssymbole, die unvermeidlichen Pelikane, weder wild noch zahm, sondern so müde von ihren langen Reisen, daß sie sich schließlich ostentativ auf den Pfählen niederlassen, an denen die Ausflugsboote festmachen; dort besteht dann ihre einzige Abwechslung darin, daß sie sich im Durchschnitt sechshundertmal am Tag photographieren lassen.

Sie essen in Everglades City zu Mittag. Der Name hat sie gereizt, aber es handelt sich nur um eine vage besiedelte Zone, die man weder Städtchen noch Dorf nennen kann, ganz am Ende der riesigen Halbinsel. In einem Schweizer Chalet (warum auch nicht? Einen der Gegend eigenen Stil gibt es ja nicht!) verspricht die Karte *the best fresh sea food in Florida. Best?* Von wegen. *Fresh?* Von wegen. *Sea?* Das am schlimmsten verschmutzte Meer der Welt, so steht es in ihrem französischen Reiseführer. Also bleibt noch *food*. Aber die Stimmung ist heiter und sympathisch, die Amerikaner genießen mit Wonne ihren widerwärtigen Fraß, der in beeindruckenden Bergen und mit Ketchup gekrönt auf Papptellern serviert wird. Die Krabben, die Frösche, die Venusmuscheln und die *fresh fingers* sind absolut austauschbar. Aber der Franzose ist eben ein Meckerer, das ist ja bekannt.

»Man könnte meinen, man zerkaut Plastiktiere aus Disneyland, findest du nicht?«

Zur Vorsicht nickt Gauvain.

»Hast du das Cofimate-Tütchen gesehen?« fragt er.

»Cofimate? Ach so, Ko-fi-meït, meinst du?«

»Du weißt doch, daß ich in allen Sprachen einen bretonischen Akzent habe!«

»Zumindest sind sie ehrlich genug, das nicht Milch zu nennen. ›Nichtmilchhaltige Substanz mit Sahnewirkung‹, wunderbar, wie?«

»Und dabei ersticken die hier genauso wie in Europa im Milchpulver, nehme ich an«, sagt Gauvain.

»Hast du gesehen, was da alles drin ist? Hör mal zu, ich übersetze: partiell hydriertes Kokosöl, Natriumkaseinat, Mono- und Diglyzeride, Phosphate, Natrium und natürlich, wie sollte es auch anders sein, *artificial flavours* und *artificial colours*! Was können die wohl für künstliche Farbstoffe da hineintun, um Weiß zu erhalten?«

»Schlecht ist es jedenfalls nicht!« meint Gauvain.

»Mmmm! Vor allem das Dikalium schmeckt köstlich. Dummerweise zerstört es den Geschmack des amerikanischen Kaffees nicht.«

»Hast du bemerkt, was das für Butter ist? Man könnte meinen, Rasiercreme.«

Wenigstens ist der Käse österreichisch und der Wein italienisch. Das kleine Europa scheint plötzlich zum Platzen reich an Milchkühen, an Käse, an Fisch, an Kirchen aus dem fünfzehnten oder siebzehnten Jahrhundert, die auch wirklich im fünfzehnten oder im siebzehnten Jahrhundert gebaut wurden und die noch immer da stehen, wo man sie hingepflanzt hat; ihr kleines Europa ist voll von Kunst, von Schlössern, von Flüssen, die sich nicht alle ähnlich sehen, von regional verschiedenen Kochrezepten, von kleinen gegensätzlichen Nationen, von bretonischen, baskischen, elsässischen oder Tiroler Häusern … Sie freuen sich, Europäer zu sein, und mehr noch, daß sie Franzosen sind und vor allem Bretonen! Sie finden wieder Geschmack daran, zusammenzusein.

Sie werden jetzt für ein paar Stunden noch einmal zurückkehren in die Sümpfe, zu den Mangrovenbäumen, den Silberreihern, den Fischreihern, den Kranichen, den Bussarden und den Pelikanen, nicht zu vergessen die zwei oder drei Seminolendörfer, die man neben der Autobahn nachgebaut hat, damit die Touristen sie mühelos entdecken und sich über die

Lebensart der Indianer in ihren authentischen Behausungen informieren können. Deren Anzahl beschränkt sich auf drei, und eine davon beherbergt einen *curios*-Laden, wo man wollbestickte Ledergürtel und schlecht genähte Mokassins kaufen kann. Wenn die Indianer nähen lernten, wären ihre Produkte kein Kunstgewerbe mehr.

Hinter einer Bambushecke erkennt man den modernen Wohnwagen mit Fernsehantenne, in dem dieses Naturvolk übernachtet, wenn es nicht mehr so tun muß, als bewohnte es seine Seminolenhütten.

Für den letzten Abend hat Gauvain beschlossen, ein wenig von dem von Lozerech verdienten Geld auszugeben: Er hat einen Tisch bestellt in einem Luxusrestaurant. Aber der böse Zauber von Walt Disney verfolgt sie: Diesmal sind nicht die großen und kleinen Kinder, sondern die Greise allgegenwärtig. Gauvain und George sind die einzigen, die sich nicht mit Stöcken oder Krücken fortbewegen, die nicht Zitterhände oder ein Zitterkinn aufweisen; als einzige zeigen sie Zähne, deren Ungleichmäßigkeit für ihre Echtheit bürgt. Sie stellt sich all diese verkümmerten Kiebitze in den Fünfhundert-Dollar-Hosen vor, all diese öden und verlassenen Mösen. Sie hat Mitleid mit den knorrigen Händen, den abgeschabten Ellbogen, dem Schorf auf den Glatzen der Männer, deren vereinzelte farblose Borsten den Namen Haar nicht mehr verdienen, oder den unregelmäßigen Flecken auf den Wangen all dieser betagten Blondinen. Gauvains unverschämte Kraft kommt ihr plötzlich wie ein Rettungsanker vor, an den sie sich festklammern kann inmitten dieser dem Untergang geweihten Wesen, und das, was er in seiner Dreihundertneunundneunzig-Franc-Hose verbirgt, erscheint ihr als das einzige Gegengift gegen den Tod.

Auf der Bühne hampeln »typische Tänzer« herum, ihre arrogante schwarze Haut scheint vor den Angriffen der Zeit geschützt, und ihre Anmut und Gelenkigkeit müssen auf diejenigen, deren Bewegungen jeden Tag matter werden, herzzerreißend wirken.

»Eines muß man doch sagen«, läßt Gauvain verlauten, »die Schwarzen (nein, Hilfe, er wird es doch nicht sagen!) haben ein Gefühl für Rhythmus. Sie haben den Rhythmus im Blut.«

Die Anstandsdame grinst. Ach, die gibt's auch noch! Die hatte sich lange nicht mehr gemeldet. In Disneyland hatte sie keinen Mucks getan. Die Ereignisse arbeiteten für sie. *Siehst du, zwölf Tage, das ist schon zuviel*, sagt sie. *Man versteht sich gut, aber dann bricht alles schnell auseinander, weil es sich aufs Bumsen reduziert. – Hör auf, vom Bumsen zu reden. Du bist nichts als eine ranzig gewordene alte Jungfer, die nie etwas Außergewöhnliches empfunden hat, und du hast überhaupt keine Ahnung, was Poesie ist. – Mein armes Mädchen*, sagt die Anstandsdame, *sobald man dich nur an der richtigen Stelle kitzelt, fängt deine Scheide Feuer, und du singst das Magnifikat. Dabei handelt es sich nur um eine ganz leichte Absonderung deiner Drüsen, meine Liebe, um eine schlichte Erregung der Lustkörperchen.*

Vorerst sind es ihre Geschmackspapillen, die sich erregen, aber der Genuß von köstlichen Rockefeller-Austern hindert Gauvain nicht daran, sich nun seinerseits von den Schrecken des Alterns überwältigen zu lassen.

»Stell dir vor, in ein paar Jahren bin ich auch reif für die Rente! Sobald ich in der siebzehnten oder achtzehnten Stufe bin, habe ich genügend Beitragsjahre beisammen, dann hör' ich auf. Zum Leben müßte es dann eigentlich reichen, wenn wir's auch nie so dick wie die da haben werden.«

»Aber wie wirst du es denn ertragen, das ganze Jahr zu Hause zu bleiben? Ich kann mir dich ohne deine Galeere nicht vorstellen.«

»Stimmt, was das Zuhausebleiben betrifft, das hab' ich noch nie gemacht. Ich werd' mir auf jeden Fall ein Boot zulegen. Da kann ich immer noch an der Küste entlangtuckern. Ich könnt' mich unmöglich nur um einen Gemüsegarten kümmern.«

Für die meisten Seeleute bedeutet das Land gähnende

Langeweile. Sie, die auf dem Meer an der Farbe des Wassers erkennen können, wo sie sind, weigern sich, in einem Garten eine Pfingstrose von einer Anemone zu unterscheiden.

»Aber bevor es soweit ist, habe ich noch einen Plan«, fährt er fort, während er sein T-Bone-Steak in kleine mundgerechte Stückchen zerlegt. »Das muß ich dir erzählen. Eine Wahnsinnsgeschichte.«

»Was denn? Willst du etwa mit der Fischerei aufhören?«

»Du hast sie nicht alle! Das könnt' ich ja gar nicht, wegen der Beitragsjahre für die Rente. Es tät' nicht reichen. Und außerdem tät' mir das Herz bluten, wenn ich mein Bündel vorzeitig an Land setzen würde. Nein, das ist ein Ding, von dem mir mein Cousin aus Douarnenez erzählt hat, du weißt schon, Marcel Le Louarn. Da gibt's angeblich viel Geld zu verdienen. Und mit Joël, der nie wird arbeiten können, haben wir's nötig.«

Er zögert. Er blickt vor sich hin und redet dann weiter, ohne George anzusehen, indem er sein Brot auf der Tischdecke zerkrümelt.

»Das Problem ist, daß es für uns beide wohl nicht ganz leicht sein wird. Ich werde bei Südafrika herumkreuzen, wenn ich mich auf die Geschichte einlasse.«

»Was verstehst du unter ›nicht ganz leicht‹?«

»Na ja … dann können wir uns vielleicht sehr lange nicht sehen.«

»Das scheint dich aber nicht sehr zu beirren.«

»Was willst du, so ist halt mein Beruf.«

»Du würdest mich opfern, um noch ein wenig mehr Fisch in einem noch entfernteren Land zu fangen? Willst du das sagen?«

Die Anstandsdame, die sich schon schlafen gelegt hatte, landet im Tiefflug auf dem Restauranttisch. Sie spürt, daß sie etwas verpassen könnte. *Hast du dich und deinen Ton gehört? Allmählich redest du wie eine Fischersbraut aus Paimpol!*

»Es ist mein Beruf«, wiederholt Gauvain, »und wenn man

diesen Beruf gewählt hat, hat man keine Wahl. Man muß seine Arbeit machen, wie es sich gehört, Punkt«, sagt er, als sei das ganz offenkundig.

»Du könntest doch auch da weitermachen, wo du bist … Du verdienst doch ganz gut im Augenblick, oder?«

»Vielleicht. Aber ich hab' mir sagen lassen, daß dieses Fischen nicht mehr viel bringt. Die Leute mögen heutzutage lieber Industriehähnchen, sie essen keinen Fisch mehr. Sogar beim Trawlen gibt es Absatzschwierigkeiten, und die Thunfischpreise sind bald im Keller. Da muß man sich halt nach was anderem umsehen.«

»Und wann willst du diesen wundersamen Plan in die Tat umsetzen? Es interessiert mich, das zu erfahren. Denn stell dir vor, du zählst nämlich ein bißchen in meinem Leben.«

»Verdammt noch mal, wenn du glaubst, daß es für mich leicht ist? Ich hab' nicht 'ne reiche Familie im Rücken wie du! Ich hab' ein behindertes Kind und 'ne Frau, die auch nicht mehr die kräftigste ist. Ich bin kein Beamter. Ich muß schließlich meine Verantwortung tragen und zuerst einmal an sie denken.«

Je mehr er sich aufregt, desto reduzierter wird seine Sprache. Verdammt noch mal, was sucht sie denn bei diesem Kerl, der nur eine Sorge hat, nämlich die siebzehnte Stufe zu erreichen? »Also hör mal … Für mich war es auch nicht immer tanz einfach, was glaubst du denn? Vielleicht würde es dich erleichtern, wenn wir's ganz lassen? Wenn wir uns nicht mehr sehen?«

»Erleichtern? Das ist gar kein Ausdruck!«

Gauvains brutale Ehrlichkeit verblüfft sie immer.

»Gut, dann ist die Lage ja geklärt, wie mir scheint. Es liegt dir nicht mehr besonders viel daran, mich zu sehen, es macht dir das Leben viel zu kompliziert …«

»Das hab' ich nie gesagt«, unterbricht sie Gauvain. »Ich habe gesagt, daß ich in gewisser Hinsicht erleichtert wäre, das ist nicht das gleiche. Und im übrigen wird der Plan nicht sofort verwirklicht. Ich weiß überhaupt nicht, warum ich dir davon erzählt habe.«

Der Ober bringt die Rechnung, die Gauvain sorgfältig studiert, ehe er seine Dollars auspackt; er zählt sie, indem er sich wieder den Zeigefinger leckt. Mit finsterer Miene zieht er seine Jacke an. George hat ihren Schal anbehalten: In solchen vollklimatisierten Lokalen holt man sich den Tod.

Als sie das Lokal verlassen, begegnen sie einem Hundertjährigen in seinem Laufgestell in Begleitung einer kahlköpfigen Ehefrau. Automatisch preßt sich George an Gauvain, und sie kehren schweigend in ihr Motel zurück. Am nächsten Morgen werden sie sich trennen, und schon fühlen sie sich als Waisenkinder.

»Nochmals, was meinen Plan betrifft, so gibt es da noch nichts Endgültiges, das war nur so eine Idee«, flüstert er wenig später George ins Ohr, bevor sie in den Schlaf versinken, ineinander verwickelt wie zwei Kraken.

Am nächsten Morgen läutet der Wecker um fünf. Das ist nicht die richtige Tageszeit für einen Gefühlsüberschwang. Sie fahren nicht gemeinsam. George fliegt nach Montreal, mit Zwischenstation in Boston, wo sie den Tag mit Ellen verbringen wird, die ihrerseits im Begriff ist, nach Jamaika zu fliegen, mit durchtrainiertem Schambein-Steißbein-Muskel. Gauvain fliegt schon am Vormittag nach Paris. Mit einem traurigen Lächeln zieht er seine geflochtenen Sandalen mit Kreppsohlen und sein von Marie-Josée gestricktes Jacquard-Blouson mit Reißverschluß wieder an und legt seine marineblaue Mütze oben in die Reisetasche, »für, wenn ich in Paris ankomme«. Er zieht sich wieder als Seemann an, und fortan gehört er ihr nicht mehr. Aber will sie ihn denn? Das Herpesbläschen auf der Lippe ist über Nacht eine Pestbeule geworden, ihr Mund ist eine häßliche Schnute. Sich häßlich zu fühlen bringt sie dazu, Gauvain nicht mehr zu lieben, und plötzlich hat sie es eilig, ihn gehen zu sehen.

Er küßt sie noch einmal auf den Mundwinkel, und sie

drückt ein letztes Mal diesen starken Oberkörper an sich, den sie nur mit Mühe umfangen kann. Warum muß sie das Weinen unterdrücken, jedesmal, wenn sie sich von diesem Mann trennt? Ohne sich umzuwenden, steigt er in den Bus zum Miami International Airport. Er ist gegen Taxifahren, und er weigert sich auch immer, sich von George begleiten zu lassen. Seit dem allerersten Mal im Bahnhof Montparnasse riechen Gleise und Abflughallen nach nie wieder.

George geht ins Zimmer zurück, um ihren Koffer fertig zu packen, und will noch ein letztes Mal schwimmen gehen, als plötzlich das Telephon läutet.

»George ... ich bin's.«

Er, der Telephone haßt wie die Pest, hat es geschafft, einen Apparat zu benutzen, auf dem die Gebrauchshinweise auf amerikanisch geschrieben sind, er hat es geschafft, genügend Cents zusammenzukratzen, sich an die Hotelnummer zu erinnern ... sie schmilzt dahin.

»Hast du schon einmal einen Mann am Telephon weinen sehen?«

»...«

»Dann schau in die Leitung. Und vergiß, was ich dir gestern gesagt habe. Was anderes will ich dir noch sagen: Jedesmal, wenn ich mich von dir trenne, ist es, als würde in mir etwas absterben. Ich sag' dir das jetzt, weil schreiben könnt' ich's nicht. Sogar wenn ich dich hasse, liebe ich dich. Verstehst du das?«

George hat einen Knoten im Hals.

»George? Hörst du mich? Bist du noch da?«

»Ja, aber ich kann nicht ...«

»Das macht nix. Diesmal wollte ich dir ja was sagen. Und noch was: Ich hab' mich gefreut gestern abend, als du so sauer warst, weil ich dir gesagt hab', daß ich nach Südafrika will. Komisch, es ist so, als wärst du ein bißchen meine Frau!«

Wie üblich wird Gauvain intelligent, wenn er unglücklich ist. Wenn er friedlich ist, wenn er sich freut und wenn er Spaß machen will, dann findet ihn George doof. Eine merkwürdige Sache ist das mit der Liebe!

»Nun ja … jetzt muß ich allmählich los. Lach nicht, diesmal hab' ich endgültig kein amerikanisches Geld mehr, wirklich!«

Er lacht, wie sie es mag. Sie haben trotz allem ihre Kennwörter, eine ganze Sammlung von Anspielungen, Witzeleien, gemeinsamen Assoziationen, von Kindheitserinnerungen auch, ohne die eine Liebesgeschichte nur ein Sex-Abenteuer wäre.

»Schreib mir.«

Das haben sie gleichzeitig gesagt.

8
Vézelay

Ich war im Begriff, Gauvain zu heiraten. Der Empfang sollte im großen Salon meiner Eltern in Paris stattfinden, inmitten der Kunstwerke und der Sammlerobjekte meines Vaters, die ich überhaupt nicht erkannte. Das Haus hatte Ähnlichkeit mit einer schnörkelüberladenen italienischen Barockkirche! Jemand zeigte Gauvain der Reihe nach die interessantesten Werke und sagte: »Können Sie sich vorstellen, was eine Vase wie diese hier kosten mag? Oder diese Skulptur? Dieses Bild? Nahezu zwanzigtausend Dollar!«

»Was? Dieser Schinken da?« antwortete Gauvain empört. Er kannte zwar den Dollarkurs nicht, aber er war empört und immer fester überzeugt davon, daß die Kunst nichts als ein großes, von Snobs hochgeschaukeltes Verbrechergeschäft war.

Er trug einen Anzug, aber auf dem Kopf hatte er noch seine Seemannsmütze, und es gelang mir nicht, bis zu ihm vorzudringen, um ihm zu sagen, daß er sie abnehmen sollte. Die Gäste lachten heimlich über ihn.

Ich sagte mir immer wieder: Wenn wir uns scheiden lassen, wird er die Hälfte dieser Schinken, die er verabscheut, bekommen! Wie konnte ich nur auf die Idee kommen, ihn zu heiraten? Außerdem rauchte er eine kleine Pfeife mit geschnitztem Kopf, was ihn auf lächerliche Weise zum Seebären stempelte, und ich dachte mir: Ach merkwürdig, ich wußte nicht, daß er Pfeife raucht, davon hat er mir nichts gesagt, *vorher*!

Und plötzlich setzte er sich dann hinter mich – ich hatte mich auf ein Rundkissen ganz hinten im Salon gerettet – und lehnte meinen Kopf so zärtlich an seine Brust, daß ich dachte:

Ach so, jetzt erinnere ich mich wieder. Deshalb habe ich ihn geheiratet. Genau deswegen.

Aber ich fand es nach wie vor lächerlich, zu heiraten. Was für eine absonderliche Idee in unserem Alter, es würde doch genügen, wenn wir ganz einfach zusammenlebten!

Es geschahen noch eine ganze Menge anderer Dinge im Verlauf dieser Hochzeit; ich traf Freunde, die alle sehr erstaunt waren über meinen »Verrat«. Ich könnte unzählige Details aufzählen, aber sowie sie mir in den Sinn kommen, verlieren sie auch schon jeglichen Reiz, wie das bei den meisten Träumen der Fall ist, was auch immer die Träumer davon halten mögen. Ich werde von Panik erfaßt, wenn mich eine Freundin anruft und mir sagt, sie habe einen unglaublichen Traum gehabt in der vergangenen Nacht, sie müsse ihn mir unbedingt kurz schildern, und ich würde verblüfft sein. Das bedeutet mit Sicherheit, daß ein langatmiger Bericht voller unbedeutender Episoden und einschläfernder Beschreibungen auf mich zukommt, denen die Träumerin außergewöhnliche Bedeutung beimißt und die sie für absolut unentbehrlich hält zum Verständnis. »Es war bei mir zu Hause, und gleichzeitig erkannte ich überhaupt nichts ... Du weißt schon, was ich meine« ... oder »Ich flog durch die Luft über die Stadt, als ob es das Natürlichste von der Welt wäre, verstehst du? Und du kannst dir überhaupt nicht vorstellen, wie glücklich es mich machte ...«

Aber ja doch, natürlich versteht man, natürlich kann man sich vorstellen. Wir sind alle schon mal geflogen im Traum, wir haben alle schon mal unser Haus verlassen und haben drum herum eine fremde Stadt entdeckt. Außer in seltenen Ausnahmefällen ist das alles von ganz widerwärtiger Banalität, und meine Träume gehören zu den widerwärtigsten, die ich kenne: alltäglich, gewöhnlich, voller Details, die ich am Tag zuvor erlebt habe, so durchsichtig, daß sie den beschränktesten Psychoanalytiker langweilen würden. Ich habe Mühe zu verstehen, daß unterhalb meines relativ interessanten und ehrbaren Bewußten ein so mittelmäßiges Unbewußtes vor sich hin plätschert.

Aber selbst die mittelmäßigsten Träume hinterlassen bei dem, den sie heimgesucht haben, eine Spur, einen Duft, der mehrere Tage braucht, bis er verfliegt. Jemand ist aus Zeit und Raum herausgetreten, um einem ein Zeichen zu geben, in jener Nacht hatte mich Gauvain in seine Arme geschlossen, und auch er, dessen war ich ganz sicher, hatte mich im Traum gesehen.

Von der Erinnerung an ihn noch ganz betrübt, habe ich ihm einen zärtlicheren Brief als sonst geschrieben, den ich später bereut habe. Denn ich wußte, daß dieser Brief nicht so sehr an ihn als an das nahende Alter gerichtet war, an die Besessenheit zu leben, und an die Wut, eines Tages nicht mehr zu leben, an die versäumten Gelegenheiten und an die Lust, mit einem Mann zu schlafen, vielleicht auch ganz einfach an die Lust, »Ich liebe dich« zu schreiben. Sydney sagte ich damals schon nicht mehr »Ich liebe dich«.

Ich weiß, was das alles bedeutet, aber ich weiß auch, daß Gauvain es für bare Münze nehmen könnte, denn er nimmt sich nicht genügend in acht vor den Damen, deren Beruf es ist, Geschichten zu schreiben, und vor den Damen, die die wahnsinnige Liebe vermissen und die träumen.

Ich sehe ihn wenig und nicht gerade unter den besten Voraussetzungen, meinen Kormoran, in diesen letzten Jahren. Wenn er von Dakar zurückkommt, kann ich ihn nicht einmal in Orly abholen, weil er mit seiner ganzen Mannschaft unterwegs ist; außerdem ist er der Meinung, daß er unter keinen Umständen zwei Tage länger in Paris bleiben kann, da die andern noch am selben Abend nach Lorient weiterfahren und von ihren Frauen in Lann-Bihoué erwartet werden. Und er behauptet, es gebe absolut keine Lüge, die er Marie-Josée glaubhaft erzählen könnte. Darüber empfinde ich einen gewissen Groll. Es gelingt uns hin und wieder mal, gemeinsam zu Mittag zu essen, manchmal ermogeln wir uns einen

Nachmittag. Im Restaurant jedoch treffe ich nicht Gauvain, sondern Lozerech, mit seiner Kapitänsmütze, seinen ewigen Blousons, vorne kariert, hinten uni (nur die Touristen tragen blaue Seemannsjacken), und jedesmal, wenn sich unsere Körper nicht berühren können, fällt mir auf, wie ungelenk wir miteinander umgehen.

Ich erzähle ihm von meinen Reisen und gewöhne mich noch immer nicht daran, daß er Napoli und Tripoli, den Ätna und den Fudschijama verwechselt. Er holt aus seiner Brieftasche die Photos aus Afrika, auf die er so stolz ist: »Siehst du, das ist mein Auto, da, halb verdeckt hinter einem Lastwagen.« Oder Hinteransichten von Trawlern zwischen Kränen, irgendwo im hintersten Teil eines Hafens. Oder der Eingang zu einem Tanzlokal irgendwo im Senegal, mit drei unscharfen Gestalten: »Der da, das ist Job, von dem ich dir erzählt habe. Die beiden anderen kennst du nicht.« Und der Justizpalast von Dakar an einem Regentag.

Ein wenig reden wir über Politik, so lange, bis er einige seiner endgültigen Formulierungen losgeworden ist.

»Schwätzer, lauter Schwätzer!« oder: »Ein Haufen von Idioten, das sage ich!« Manchmal kommt auch »Eine Horde von Opportunisten und Schweinen«, je nachdem.

Wenn wir lediglich auf die Unterhaltung angewiesen sind, welkt unsere Intimität dahin. Es bleibt uns nur noch der Gesellschaftsklatsch: Yvonne ist Witwe geworden und hat ganz schön Mühe mit ihren Bengeln. Der zweite hat ein paar Dummheiten gemacht und sitzt hinter Schloß und Riegel. Mit seinen eigenen Kindern geht's ganz gut, zumindest mit den beiden ältesten, aber allmählich haben sie so viele Diplome, daß er gar nicht mehr weiß, was er mit ihnen reden soll. Ich wage es nicht, ihm zu gestehen, daß Lok sich voller Verachtung geweigert hat zu studieren und daß er in einem grünen Linksgrüppchen aktiv ist, wo man gegen die Gewalt, aber auch gegen jegliche produktive Arbeit ist, um die Umwelt nicht zu verschmutzen und nicht dazu beizutragen, diese abscheuliche Konsum- und Verschwendungsgesellschaft zu bereichern. Schwer, Lozerech beizubringen – wo er doch gerade erst in diese Sphären aufgestiegen ist –, daß unsere Zivilisation des Wohlstands zu verdammen sei.

»Ach ja, und unser ehemaliger Nachbar Le Floch, du weißt schon, der Vater von dem Le Floch, der das Fischereiartikelgeschäft am Hafen in Concarneau betreibt, nun, der ist letzten Monat gestorben …«

»Das ist unser aller Schicksal, Karedig. Eines Tages …«

»Kannst du nicht ausnahmsweise mal was anderes sagen …«

»Aber es stimmt doch, George. Und der arme Le Floch, weißt du, im Grunde … Er hat nicht gelitten … Dagegen für die, die zurückbleiben … Er ist doch besser aufgehoben, wo er ist … oder?«

Keinen Gemeinplatz läßt er aus.

Ich frage mich oft, warum wir uns unter so trostlosen Umständen weiterhin treffen. Aber bei jedem Urlaub ruft mich Gauvain an, um mir mitzuteilen, an welchem Tag er auf der Durchreise sein wird. Und ich sage jede Verabredung ab, um frei zu sein, als ob wir jenseits dieser dürren Begegnungen den Kontakt aufrechterhalten würden für eine unbekannte Zukunft, im Namen eines Geheimnisses, das wir in unseren Herzen tragen.

In gewissen Stadien des Lebens denkt man, daß es auf die körperliche Liebe ankommt und sonst auf wenig. In anderen glaubt man eher an den Verstand, an die Arbeit, an den Erfolg. Die laue Selbstverständlichkeit meiner Verbindung mit Sydney nach acht oder neun Jahren des gemeinsamen Lebens und die Tatsache, daß die himmlische Erschütterung mit Gauvain mangels gemeinsamer Übungen neueren Datums allmählich in Vergessenheit geriet, verleiteten mich dazu, meinem Beruf den Vorrang einzuräumen, zumal mich meine neue Arbeit wirklich fesselte. Ich hatte sie angenommen, weil ich im Begriff war, in die gefährliche Meerenge der Vierzig einzulaufen, und weil die makabre Sturmglocke des »Jetzt oder Nie« allmählich in meinen Ohren läutete. Mit zwanzig Jahren wünscht man sich alles, und nichts spricht dagegen, auf alles zu hoffen. Mit dreißig glaubt man noch, daß man es erreichen wird. Mit vierzig ist es zu spät. Nicht daß man selber älter geworden wäre, nein, die Hoffnung in einem ist alt geworden. Nun werde ich nie mehr Ärztin werden und meinen Jungmädchentraum verwirklichen. Auch nicht Archäologin in Ägypten, meine Idealvorstellung als kleines Mädchen. Und nicht Biologin oder Forscherin in einem Labor oder Ethnologin. All diese Träume hatten mich vor dem Erkalten geschützt und meine innere Landschaft bereichert. Älter werden bedeutet, allmählich zu verkarsten. Immerhin bot mir die Journalistenkarriere bei einer Zeitschrift für Geschichte und Ethnologie die Gelegenheit, in meinen Lieblingsbereichen herumzuflattern.

Ich plante, eine *Geschichte der Medizin und der Frauen* zu schreiben, was mir erlauben würde, meiner Dreifach-Berufung von einst Genüge zu tun. Letzten Endes ist das schönste Alter dasjenige, in dem man weiß, an welchen Träumen man am stärksten hängt, und in dem man noch einige davon verwirklichen kann.

Da ich für meine Zeitschrift *Hier et Aujourd'hui* viel auf Reisen war, hatte ich mich für zwei Jahre von der Universität beurlauben lassen.

Auch Gauvain hatte, wenn nicht sein Leben, so doch seinen Standort geändert. Die Reederei von Concarneau hatte sich nach längerem Zögern entschlossen, einige Super-Thunfischtrawler bei den Seychellen zu stationieren, um dort industrielle Fischerei zu betreiben, und auf eines dieser Riesenfabrikschiffe, die *Raguenès*, hatte man ihn als Kapitän geschickt. Die erste Saison von sechs Monaten war erfolgreich gewesen, und dennoch schrieb mir Gauvain Briefe, aus denen ich trotz seiner Zurückhaltung herauslas, daß er nicht glücklich war. Dakar blieb gewissermaßen eine Filiale von Frankreich, die Stadt war voll von Bretonen, und man sprach dort seine Sprache. In Mahé, wo die offizielle Sprache Englisch war, fühlte er sich isoliert und am Ende der Welt. Er verbarg seine Eile nicht, vor dem »indischen Winter«, wenn der Monsun den Ozean aufwühlen würde, nach Hause zu kommen.

In Frankreich herrschte ein vor Schönheit herzzerreißender Frühling, eine jener Jahreszeiten, in denen die abgestorbensten alten Lieben von neuem sprießen, wo man Vogel sein und sich nur der Lebensfreude hingeben möchte, selbst wenn es nur ein flüchtiges Glück ist. In solchen Augenblicken genügt manchmal ein leiser Anhauch, und man wird wieder zwanzig.

Am Abend nach einem jener Mittagessen, die meinen eigentlichen Hunger nicht stillen konnten, begleitete ich Gauvain zum Flughafen Orly. Er saß zusammengeknautscht wie ein Taschentuch in meinem VW-Käfer und füllte den ganzen vorhandenen Raum. Seine rührende Kraft, seine breiten Knie, die an das Armaturenbrett stießen, sein Lockenkopf, der die Decke streifte, und seine Hände, die in der Stadt immer noch viel riesiger erschienen, all das ließ in mir mehr als nur Erinnerungen aufsteigen. In der engen Fahrkabine drehten sich unsere unausgesprochenen Gedanken im Kreis, und die Luft lud sich auf ... mit unterdrücktem Verlangen. Ich war im Begriff etwas zu sagen, aber ich fand nicht die richtigen Worte, als ich Gauvains Hand auf meinem Schenkel spürte. Ich registrierte das leichte Zittern.

»Ja«, habe ich geflüstert. Und in diesem Ja lagen viele Dinge: Ja, ich liebe dich noch, ja doch, es ist zu spät, und, wir werden dieses Spielchen nicht unser Leben lang spielen, das wird langsam albern, was?

Seine Schläfe hat er an meine gelehnt, eine vertraute Geste, und wir sind wortlos zum unterirdischen Parkplatz eingebogen. Das Leben erschien uns plötzlich sehr grausam und dieser ganze Frühling umsonst.

Während ich mein Auto im dritten Untergeschoß der Hölle parkte, hat er fast brutal nach meiner Hand gegriffen, plötzlich unfähig, sich so von mir zu trennen wie sonst.

»Hör mal … Ich sag' dir das nicht gern, aber manchmal halt' ich es nicht mehr aus, dich nie zu sehen … das heißt, ich seh' dich ja, aber … du weißt schon, was ich meine. Also, ich hab' eine Idee. Ich weiß nicht genau, wann wir wieder nach Mahé zurückgehen, aber es müßte möglich sein, unmittelbar davor fünf, sechs Tage herauszuschinden. Das Schiff wird zu diesem Zeitpunkt gestrichen, und da gibt es immer Verspätung. Die Zeit könnten wir zusammen verbringen, wenn du willst … und wenn du dich freimachen kannst. Und wenn du noch Lust hast, natürlich.«

Lust? Meine Augen wanderten über seine Gestalt, ich wollte mir alles in Erinnerung rufen, was ich geliebt hatte: Sein Korsarengesicht, das von der gerade erwachten Hoffnung jünger wurde, seine gebogenen Wimpern, deren Spitzen von der Sonne rötlich geworden waren, und diesen Mund, auf dem ich so oft den Geschmack der Ewigkeit erfahren hatte. Aber eine gewisse Müdigkeit erfaßte mich beim Gedanken an einen erneuten Fieberanfall, den ich im nachhinein wie alle andern unterdrücken müßte, um zum normalen Leben zurückzufinden. Waren wir nicht zu alt mittlerweile für diese Art von Tändelei?

»Sag nicht gleich nein«, warf Gauvain ein, der meinen Gedanken folgte. »Ich weiß im voraus, was du sagen könntest. Und ich wäre hundertprozentig einverstanden mit dem, der mir raten würde, das Ganze aufzugeben. Aber ich kann mir nicht helfen, es ist stärker als ich.« Und seine so sanfte rauhe Hand begann die Umrisse meines Gesichts nachzuzeichnen, während seine sibirischen Husky-Augen schwarz vor Zärtlichkeit wurden. »Wenn ich dich sehe, kann ich nicht hinnehmen, daß ich dich verloren habe. Es ist eine Sünde, aber ich betrachte dich als meine Frau, die, die ich von Anfang an gewollt habe.«

Eine Woge des Gefühls verbreitete sich in mir mit der Geschwindigkeit des Lichts oder der der Erinnerung, sie überflutete meinen bis dahin vorsichtig in Schach gehaltenen Körper. In das dritte Untergeschoß des Parkhauses von Orly war soeben der Frühling eingedrungen. Dem Frühling konnte ich noch nie widerstehen.

»Wir sollen also von vorne anfangen mit unseren Dummheiten? Noch einmal das Risiko eingehen, unglücklich zu sein?«

»Unglücklich sein, das ist mir scheißegal. Aber niemals glücklich sein, das ist …«

»Ach, mein Lozerech, wir haben keine Zeit mehr, über die Liebe zu sprechen. Hast du gesehen, wie spät es ist? Laß mich lieber mal schnell auf meinen Kalender schauen!«

Ich hatte sowieso vor, in der nächsten Zeit eine Reportage über das Gallierdorf zu machen, das in der Nähe von Alésia nachgebaut werden sollte. Warum nicht das Risiko einer Kulturreise mit Gauvain eingehen und ihn mitnehmen, zum Beispiel nach Vézelay? Der Gedanke an die Liebe ließ mich plötzlich auflodern.

»Wie wär's, wenn ich dich ausnahmsweise mal nach Frankreich einladen würde? Da man mir sowieso ein Zimmer bezahlt, kommt es auf ein zusätzliches Bett auch nicht an, und wir könnten uns eine gastronomische, historische und auch sonst angenehme Reise vornehmen …«

»Einverstanden, vor allem mit dem ›und auch sonst angenehm‹! Aber die historische Reise buche ich auch mit, wenn es sein muß, du wirst schon sehen, was du dir einbrockst!«

Er umschlang mich so leidenschaftlich wie nur möglich in dem eingeschränkten Innenraum des Wagens, griff nach seiner Tasche auf dem Rücksitz und entfernte sich mit jenem wiegenden Gang, der mir früher schon die Seele, oder vielmehr den Körper aufgewühlt hatte. Als ich wieder ans Tageslicht gelangte, schnupperte ich verzückt die Luft der Flugzeughallen und der Autobahnzubringer, und ich fragte mich, wie ich es ausgehalten hatte ohne diese Lebensintensität.

Ausnahmsweise also traf ich meinen Kormoran ein paar Wochen später im tiefsten Frankreich wieder. Aber der Kormoran war merkwürdig matt und schlug hilflos mit seinen Flügeln wie ein von der Ölpest gezeichneter Vogel. Die Freude, mich ein paar Tage lang für sich zu haben, genügte nicht, sein Unbehagen und die Furcht vor der unmittelbar bevorstehenden Abreise nach den Seychellen zu verbergen.

»Das ist zu wenig, vier Tage, es ist fast schlimmer als gar nichts«, sagte er gleich im Auto, um seine ungewöhnliche Nervosität zu entschuldigen. »Ich bin zu langsam, so schnell kann ich einfach nicht leben!«

Zum erstenmal seit er mir, mit nacktem Oberkörper inmitten von reifen Garben auf einem Wagen stehend, erschienen war und mich vollständig durcheinandergebracht hatte – ein Gefühlsaugenblick, dessen verheerende Wirkung seit zwanzig Jahren andauerte –, erlebte ich ihn nicht als den glorreichen Kentauren, dem Kummer und Zeit nichts anhaben konnten. Seine Augen schienen kleiner und nicht mehr von so heftigem Blau, und an seinen Schläfen entdeckte ich ein paar weiße Fäden, die das dichte Persianerfell durchzogen. Sein Gesicht begann an den Abnutzungsstellen schlaffer zu werden, und um die Augen waren die Höcker und die Vertiefungen stärker geworden; auch hatte er häufiger diesen zusammengekniffenen Blick, was seine beiden tiefen Stirnfurchen betonte. Zum erstenmal ahnte man hinter seinen immer noch schönen Zügen das Gesicht des Greises, der er eines Tages sein würde.

Wir haben Paris in meinem treuen Käfer verlassen, an einem jener heuchlerischen Spätsommervormittage, an denen alles den Verrat ankündigt, obwohl man ihn nirgendwo deutlich erkennt. Der Herbst verbarg sich noch hinter reichen Blüten, zu den Astern, Sonnenblumen, Chrysanthemen kam der falsche Frühling der Glyzinien und Rosen. Aber die Erde lag von den Pflügen aufgerissen, den Blicken offen, aller wogenden Halme und aller wuchernden Gräser beraubt. Nur die burgundischen Weinberge bereiteten sich noch auf ihre gloriose Stunde vor.

War es die Vorahnung des Winters, die mir jedes Jahr auf subtile Weise das Ende des Sommers vergiftet? Oder die unendliche Entfernung vom Lebensort Gauvains, der jetzt nicht einmal mehr in meiner Hemisphäre atmete, sondern vier Grad unterhalb des Äquators? Die Leinen, die wir uns zuwarfen, um uns gegenseitig herbeizuziehen, fielen ins Leere, und etwas Hartnäckigeres als die Abwesenheit hatte sich zwischen uns eingenistet. Dreihundert Kilometer sind wir gefahren, und es gelang uns nicht, zueinanderzukommen. Ich fand meinen Platz in seinem Leben nicht mehr. Hatte ich überhaupt einen, einen anderen als den geträumten? Auch er schien sich nicht wohl zu fühlen, aber ich wußte, daß er es nicht ertrug, längere Zeit in einem Auto zu sitzen. Er rutschte unentwegt hin und her wie ein Bär im Käfig, zog seinen Hals hoch, als wollte er ihn aus den Schultern herausschrauben, bewegte seinen Hintern in der Hose, die ihm vermutlich die Geschlechtsteile einklemmte, schlug die Beine übereinander und wieder auseinander und konnte sich nicht entscheiden, welches er über das andere legen sollte. Um ganz und gar unerträglich zu sein, hätte er nur noch ständig zu wiederholen brauchen: Maman, ist es noch weit?... Maman, wann kommen wir endlich an! Aber seine große feste Hand lag auf meinem Schenkel wie ein Versprechen. Und Gauvain hält immer seine Versprechen. Jedoch wollte sich jener verläßliche Burgfriede nicht einstellen, der es uns bei den früheren Begegnungen ermöglicht hatte, unseren jeweiligen Alltag von der ersten Sekunde an zu vergessen. Er fühlte sich so matt, daß er fast soweit war, sein Bedürfnis nach Liebe einzugestehen, und daß eine zärtliche Geste genügte, ihm die Tränen in die Augen zu jagen. Er schlief nicht mehr mit mir, wie man ein Festmahl gierig verschlingt, wie man in schöner Ungeduld aufstampft oder wie man atmet, sondern vielmehr, wie man sich ins Wasser stürzt, wie man sich rächt, wie man sich besäuft. Und mit einer Art Besessenheit versuchte er, mir seine Qual verständlich zu machen, sich von etwas zu befreien, was ihn erstickte. Das Wort »Depression« hatte noch nie zu seinem Vokabular gehört, also auch nicht zu seinem Leben. Und der Ausdruck »Weltschmerz« schien zu Recht lächerlich. Da er nicht von »existentieller Angst« sprechen konnte, sagte er immer wieder: »Ich bin nicht auf dem Damm.«

Die neue Arbeit war viel härter als vor Mauretanien oder an der Elfenbeinküste, und die kurzen Aufenthalte an Land waren viel weniger lustig als in Afrika, wo er so viele Bekannte getroffen hatte, Bretonen, Basken oder Vendéer. Und diese Inseln der Lebensfreude, wo sich niemand ein Bein ausreißen wollte, ließen ihn allmählich an den Entscheidungen, die er getroffen hatte, zweifeln. Im übrigen waren es dort immer dreißig Tage auf See, dreißig Tage »Dienst«, wie er sagte, zusammen mit dreißig »Nationalfranzosen« und drei Schwarzen, die zu dritt nicht die Arbeit eines bretonischen Schiffsjungen leisteten.

Zum erstenmal in seinem Leben waren seine Gewißheiten ins Wanken geraten. Das war es, was ihn so matt machte. Ohne seine Gewißheiten konnte er nicht leben, und er war nicht in der Lage, sie zu ändern. Tagsüber, wenn wir unsere burgundischen Schnecken oder unsere Frikassees mit Waldpilzen schlemmten, in dieser Gegend, die vor gastronomischen Sternen nur so strotzt, kam er immer wieder auf seine Probleme zu sprechen, es war wie eine Obsession. Desgleichen nachts, nachdem wir uns geliebt hatten und er keinen Schlaf finden konnte.

Ich entdeckte seinen Stolz. Er konnte es schlecht ertragen, in seinem Beruf nicht mehr so geachtet zu sein wie früher. Man konnte von ihm verlangen, daß er wegen einer in Seenot geratenen Yacht sein Leben aufs Spiel setzte, man durfte aber nicht von ihm verlangen, das in Frage zu stellen, was in seinen Augen seinen Beruf von anderen unterschied.

»Die Seychellois lachen sich kaputt, verstehst du, wenn

die uns schuften sehen. Die sagen, das ist der nackte Wahnsinn, von so weit herzukommen, um eine derartige Arbeit zu machen, mit Schiffen, die Millionen kosten, und das Ganze, um den Franzosen Thunfisch in der Dose zu schicken, wo die doch sowieso alles zu fressen haben! Weißt du, was das kostet, ein Thunfischtrawler, wie wir welche haben?«

Nein, ich weiß nicht, was das kostet, und um zwei Uhr früh will ich es auch nicht unbedingt erfahren, und außerdem ist es unsere erste gemeinsame Nacht, und ich möchte schlafen oder vögeln oder ein bißchen zärtliches Zeug reden, aber nicht erfahren, was ein Thunfisch-Tiefkühlschiff kostet, das in Mahé im Hafen liegt. Zumal die Lage es erfordert, daß ich entsetzt antworte: »Nein! Unglaublich!«, wenn er mir, nicht ohne Stolz, eine Anzahl von Millionen nennen wird, die so oder so, bei Tag oder bei Nacht, mein Vorstellungsvermögen übersteigt.

»Da kannst du dir ja vorstellen: Für den Chef ist das die Dauerpanik. Nicht die Arbeit macht dich kaputt, sondern die Angst. Außerdem bist du ja verantwortlich für eine elektronische Ausrüstung und ein unglaublich kompliziertes Material – du hast keine Vorstellung, wie teuer das alles ist. Wenn was kaputtgeht oder eine Panne passiert, ist es eine Katastrophe. Jeder Tag, wo das Ding stillsteht, kostet die Reederei Unsummen. Natürlich ist es auch für die Mannschaft ein reiner Verlust. Nix kann man auf diesen Idioteninseln reparieren, es ist allen scheißegal, und niemand kann auch nur mit einem Schraubenschlüssel umgehen. Dort ist einer so unfähig wie der andere. Im Endeffekt stehen wir als die Verrückten da!«

»Und vielleicht seid ihr es ja auch gewissermaßen?«

»Vielleicht, ja. Aber ich könnt' gar nicht anders sein, das ist der Mist. Und im übrigen könnt' ich den Beruf nicht wechseln, selbst wenn ich es wollte: Ich kann ja nix anderes.«

Ich sage ihm, daß er es doch kann und daß ich das, was er tut, mag, und noch mehr die Art, wie er es tut. Und ich schlüpfe ein wenig in die Rolle der naiven Bécassine[5], die unfähig ist, sich das harte Leben des Mannes vorzustellen, und nur eines im Sinn hat: sich beschmusen zu lassen. Im allgemeinen besänftigt ihn diese Art von Verhalten. Vielleicht auch diese Art von Frau? Er braucht jetzt Oberflächlichkeit. Mademoiselle Solange Dandillot und der Sträfling der Grande Bleue[6] schlafen miteinander, endlich.

In meiner Kindheit hatte ich mich nicht ohne Demut mit Andrée Hacquebaut[7] verglichen, die vor der Tür des geliebten Herrn auf dem Fußabstreifer lag, in jener Zeit, als Montherlant die jungen Mädchen souverän in zwei Kategorien einteilte: Den hübschen sprach er jegliche Intelligenz ab, um sie besser verachten zu können, den intelligenten sprach er die Schönheit ab, um sie besser in die Finsternis verstoßen zu können, weit weg von seinem ach so göttlichen Penis.

Mit Gauvain konnte ich beide Rollen spielen. Aber heute hat Solange ihren Auftritt und rauscht durch die Gegend und plappert, damit er das Meer vergißt. Schön wär's, es dauert nicht lange, und schon schippern wir wieder auf seinem Indischen Ozean, dessen Wellen an den Fundamenten des burgundischen Hôtel de la Poste hochlecken!

»Das Schlimmste«, fährt Gauvain fort, an seinen letzten Satz anknüpfend, als ob die Liebe nur eine kurze Pause gewesen wäre, »das Schlimmste ist, daß das alles nichts mehr mit der Fischerei zu tun hat. Das ist ein anderer Beruf. Du kannst von Glück reden, wenn du den Fisch noch siehst. Kaum ist er gefangen, schon ist er ausgenommen und tiefgefroren. Und du, du arbeitest wie in der Fabrik. Demnächst fischen wir den Thunfisch schon in der Dose …«

Der Thunfisch hängt Solange Dandillot zum Hals raus. Diese blöden Viecher sind schon mit ins Auto gestiegen, sie haben sie zum Essen und auf den Ausflug begleitet, jetzt liegen sie auch noch mit im Bett! Da gibt es keinen anderen Ausweg mehr, als sich in Lozerechs Arme zu legen und hie und da einen Kurzkommentar abzugeben; von Schlafen kann nicht die Rede sein. Aber wie könnte man Fragen stellen, die nicht unpassend sind? Man glaubt hartnäckig, man könnte auf ein solches Leben unsere Kriterien von Komfort, Gesundheit und Wohlstand anwenden, und dabei sind die gewöhnlichsten Gegenstände, ein Bett etwa oder ein Bücherregal, die man zu kennen glaubt, auf einem Schiff kein Bett und kein Bücherregal mehr. An Bord ist alles verfälscht durch den monströsen Parameter Ozean.

»Aber ich erinnere mich, wenn du früher vom Trawlen vor Irland sprachst, klagtest du: Es ist die Hölle! In den Tropen kann das doch nicht so anstrengend sein, oder? Ihr habt doch zumindest Duschen.«

»Es ist schlimmer als die Hölle, gewissermaßen.«

Er nennt keine Details. Das wäre uferlos, er läßt es lieber sein.

»Niemand kann das beschreiben!« murmelt er nur, und das Schweigen, das folgt, ist mit Bildern angereichert, die man in keine Sprache übersetzen kann. Ich nutze feige die Gelegenheit, um die Taue loszumachen und einzudösen. Aber Gauvain ist noch nicht fertig. Er fährt fort mit seinem Monolog, die Arme hinter dem Kopf verschränkt, die Augen an die Decke geheftet, ein Schenkel quer über meinem, um mir klarzumachen, daß sein Körper bei mir ist, auch wenn sein Geist in die Ferne schweift.

»Gegen das Wetter dort unten kann man nicht viel sagen, das ist richtig. Aber das hat mir auch nie was ausgemacht. Wenigstens war ich ein Seemann. Jetzt fängst du aber keinen Fisch mehr, sondern Geldscheine. Nicht der Boß kommandiert, sondern die Maschine. Als ob ich zum Fabrikarbeiter geworden wäre!«

»Ein Fabrikarbeiter, der auf hoher See bei Wind und Wellen arbeitet …«

»Wellen? Die hörst du nicht einmal«, sagt Gauvain höhnisch. »Also dich würde ich gerne mal an Bord sehen, nur acht Tage lang! Alle Motoren laufen ununterbrochen vierundzwanzig Stunden: die von den Tiefkühlaggregaten für den aufgeschichteten Thunfisch, die, die das Eis machen für die

Pökelfächer, und wenn es draußen vierzig Grad warm ist, müssen die ganz schön was abgeben! Und zu alledem die Schiffsmotoren: an die zwanzigtausend PS. Und dann noch der Hubschrauber, mit dem man die Fischschwärme ortet, den hab' ich ganz vergessen. Was den Radau betrifft, schlägt der sämtliche Rekorde. Am Ende weißt du überhaupt nicht mehr, wo du bist, und du weißt auch nicht, was schlimmer ist: der Maschinenraum, wo es fünfundvierzig Grad warm ist, oder die Gefrierräume, wo sich das Eis an den Wänden abgesetzt hat. Und sogar wenn du im Hafen liegst, hast du noch den Motor der Klimaanlage, und schließlich den Motor des Krans, der den Fisch in Form von Zweitausend-Kilo-Paketen aus den Laderäumen herausbefördert. Ich war daran gewöhnt, mit Fischkörben zu hantieren, den Fisch direkt reinzuholen. Ich mag nicht gern im Dienst von Maschinen stehen. Nein wirklich, um unter solchen Umständen zu arbeiten, muß man verrückt sein. Auf jeden Fall bin ich zu alt dazu. Und da es sowieso bald keinen Thunfisch mehr gibt … Na ja, mir scheißegal, bis dahin bin ich pensioniert.«

Ich habe mich damit abgefunden, nicht zu schlafen, und das Licht wieder angemacht. Die Luft ist lau in dieser Nacht, und wir lehnen am Fenster des kleinen Mansardenzimmers, das über die ineinandergeschachtelten Dächer von Vézelay auf die sanften Hügel hinausblickt, auf diese reglose Landschaft, die sich schweigend vor Gauvains Augen ausbreitet – der Inbegriff der Ländlichkeit und des bäuerlichen Friedens, wovon er vermutlich in Schlechtwetternächten manchmal träumt. Aus seiner Jackentasche hat er eine Zigarette geholt, zum erstenmal seit ich ihn kenne.

»Darf ich?« fragt er. »Entschuldige, es ist die Nervosität.«

»Insgesamt bist du also unglücklich dort?«

»Das will ich nicht sagen.«

Immer diese Sorge, das eigene Leid nicht überzubewerten. Aber heute abend kann nicht einmal die Liebe etwas für ihn tun, was er braucht, ist ein aufmerksames Ohr.

Am nächsten Tag scheint Gauvain von einem Teil seiner Last befreit. Wir machen ein Picknick im Freien, das aus Brot und luftgetrockneter Wurst, Käse und Obst besteht, und anschließend schleppe ich ihn zu ein paar »alten Steinen«, wie er sagt. Es ist das erstemal, daß wir unser Land gemeinsam besichtigen, und zu einem anderen Zeitpunkt würde er es genießen. Ich bediene mich übrigens sämtlicher Tricks meines Metiers, um ihn zu interessieren. Sogar Vauban besuchen wir – er kennt ihn von der Ville Close her –, der hier in einer kleinen Kapelle begraben liegt, die er sich weit vom Meer hat errichten lassen, am Fuße des Schlosses von Bazoches, das er gekauft hatte und das wie so viele Baudenkmäler dieser Gegend aus dem zwölften Jahrhundert stammt.

Unsere langen Fußmärsche durch diese so ländlichen Landschaften, die ständige und besänftigende Gegenwart der Vergangenheit beruhigen allmählich die Seele meines Meeresvogels. Ein kindlicher Zug kehrt in sein Gesicht zurück, aber seine Augen scheinen weniger blau. Das gibt es, solche Wasseraugen, die verblassen, wenn sie auf dem flachen Land sind. Nur wenn sie das Blau des Meeres widerspiegeln, haben sie ihre ganze Leuchtkraft.

Am dritten Abend, der schon unser vorletzter war, wurde Gauvain plötzlich von einer Eingebung erfaßt, als ob er bei mir eine gewisse Enttäuschung gespürt hätte in Anbetracht der uns bevorstehenden Monate des Getrenntseins und des Schicksals unserer Liebe, die nicht voll und ganz weiterleben, aber auch nicht endgültig absterben wollte.

»Ich muß dich etwas fragen«, sagte er, während wir noch bei einem jener raffinierten Essen saßen, die einem die Illusion vermitteln, man werde einen Grad intelligenter. »Wärst du einverstanden, mich noch einmal in Mahé zu besuchen? Wir hören unmittelbar vor dem Monsun auf, und es ist anzunehmen, daß ich dann ein wenig Zeit habe. Ich weiß ja, daß es sehr weit ist, aber …« Er seufzte. »Ich muß dort so viel an dich denken, wie du warst, an das, was wir zusammen gemacht haben … Das sind nicht mehr die gleichen Inseln ohne dich … Nun ja, also wenn du kommen tätest, ich glaub', ich könnte nächste Woche mit froherem Herzen abreisen.«

»Dieser Aufenthalt auf den Seychellen mit dir ist die schönste Erinnerung meines Lebens. Aber ich …«

»Es ist mir unangenehm, dich darum zu bitten«, fährt Gauvain schnell fort, ohne mir Zeit zu lassen, Einwände anzubringen, »weil die Reise wahnsinnig teuer ist, ich weiß. Aber seit Juli gibt es einen internationalen Flughafen, es ist nicht mehr so umständlich. Und wir könnten bei Conan wohnen, erinnerst du dich an ihn? Er macht 'ne Art Entwicklungshilfe dort, seitdem die Inseln unabhängig sind. An Ort und Stelle wirst du überhaupt keine Unkosten haben, ich lade dich ein, solange du willst. Aber natürlich ist die Reise teuer, klar. Wenn du kämst«, fügt er noch hinzu, »wär' das unser zwanzigster Jahrestag, weißt du das? Das könnten wir auf der *Raguenès* feiern, da täten wir uns wie zu Hause fühlen!«

Nach zwanzig Jahren fünfzehntausend Kilometer zurücklegen für das Geschlechtsorgan des Herrn Lozerech! Eine teure Angelegenheit! sagt die Anstandsdame.

Ja, eine so teure Angelegenheit, daß es alles plötzlich keinen Sinn mehr macht. Ich weiß nicht mehr, woran ich bin, aber Gauvain hat seine Hand auf meine gelegt, eine dieser großen, umständlichen Hände, mit denen er nie weiß wohin und die immer so deplaziert wirken, außer an Bord und auf mir.

»Es ist wirklich kompliziert, die Reise dauert vierundzwanzig Stunden, oder? Aber wenn mein Buch sich gut verkauft, kann ich vielleicht eine Lösung finden, ich könnte ja um einen Vorschuß vom Verlag bitten. Im Sommer fährt Loïc mit seinem Vater in Ferien, da wäre ich vollkommen frei. Also, ich werde mich mal wegen der Preise erkundigen, vielleicht gibt es Charterflüge, mal sehen, ich sage dir dann Bescheid …«

Gauvain hat mein Zögern registriert.

»Versuch zu kommen«, sagt er, »ich bitte dich darum.« Diese schlichten Worte wühlen mich auf. Er war bereit, mir alles zu geben, und hat nie etwas von mir verlangt, und nun braucht er mein Ja, jetzt, hier, sofort. Seine Hilflosigkeit, die so selten sichtbar ist, erschüttert mich. Wenn ich Gauvain weiterhin liebe, dann gehorche ich einem sehr reinen Gefühl, scheint mir, denn nur eine echte Liebe kann erklären, daß die Hindernisse uns nie entmutigen. Es wäre so unendlich viel leichter, einen gebildeten, eleganten Mann zu lieben, der frei über seine Zeit verfügt, in Paris lebt, reich und intelligent ist!

Seitdem er mein Versprechen zu kommen sorgfältig in seinem Herzen verstaut hat, ist unsere Beziehung wieder leicht geworden. Wir fahren im Auto nach Paris zurück wie ein Paar, das das Leben für einige Zeit trennen wird, das aber seiner Zukunft ganz sicher ist.

»Zu unserem Jahrestag machen wir ein ganz tolles Fest«, verspricht er. »Das können die dort. Und wir nehmen Youn mit, meinen Stellvertreter, wenn es dir recht ist, der kennt alle guten Adressen auf der Insel. Ich hab' ihm von uns erzählt. Er hat auch eine Freundin in Lorient, ein Mädchen, das er seit langem liebt. Aber seine Frau ist in einer Irrenanstalt, da kann er sich nicht scheiden lassen.«

Ganz flüchtig, aber nicht ohne Unbehagen, frage ich mich, was ich täte, wenn Lozerech Witwer würde. Die vernachlässigten Ehefrauen wissen nicht, daß sie manchmal die Bedingung für eine andere Liebe sein können, manchen Ehemännern liefern sie ein bequemes Alibi, andere bewahren sie vor allzu konsequenten Abenteuern, und zum Schutz gereichen sie denen, die die Wahrheit in Verzweiflung stürzen würde. Ich habe es auch Marie-Josée zu verdanken, dem, was sie ist und dem, was sie nicht ist, daß ich Gauvain lieben kann, ohne ihn ein zweites Mal verletzen zu müssen.

In einem Auto, vor allem wenn es klein ist, entsteht die Sicherheit des Mutterleibes wieder. Wir machen es uns gemütlich in einer von der Welt abgeschlossenen Zelle, und die Landschaft scheint sich um uns herum zu bewegen. Wie jedesmal, bevor wir uns trennen, versuchen Gauvain und ich uns zu beruhigen über diese Liebe, die uns sogar in den Augenblicken der heftigsten Lust nicht ihr widersprüchliches Gesicht vergessen läßt.

»Hast du übrigens bemerkt, daß unsere Hütte auf der Insel von Raguenès eingestürzt ist? Heute könnten wir uns nicht mehr dahin flüchten. Wenn man bedenkt, daß wir jetzt vielleicht nicht zusammen hier wären, wenn diese Mauern damals schon nicht mehr gestanden hätten!«

»Für mich war das Vorsehung, das wird mir keiner ausreden!« verkündet Gauvain, der vermutlich auf einem viel zu unsicheren Element lebt, als daß er dem Wort Zufall etwas abgewinnen könnte.

Liebende sind wie Kinder: Sie werden nie müde, die immer gleichen Geschichten zu hören. Erzähl mir doch noch mal die von dem Jungen und dem Mädchen, die sich auf eine Insel flüchteten … Und wieder einmal betrachten wir in der Rückschau jene unwahrscheinliche Nacht des Jahres 1948, die uns bis heute noch nicht alle ihre Geheimnisse enthüllt hat. Ich entlocke ihm eine erneute Beschreibung seiner Haßliebe für das kleine Mädchen von den Touristen nebenan. Er fragt mich einmal mehr, was mir wohl an dem Bauernlümmel, der er war, gefallen hat, wo er sich doch vorstellte, daß ich in Paris ein flitterglitzerndes Leben führte, wie in den amerikanischen Filmen im Abendkleid Walzer tanzend, in den Armen von sorgfältig pomadisierten Jünglingen, unter funkelnden Kristalleuchtern. Ich verriet ihm nicht, daß ich mit einem pickeligen, kurzsichtigen Mathematiker schlief, auf einer marokkanischen Decke, die keinen Vergleich aushielt mit dem gestampften Boden unserer Hütte und dem Duft unseres Strandes bei Ebbe.

Im Radio lief die Sendung »Dreißig Jahre französisches Chanson«, und Gauvain sang jeden Refrain mit. Seeleute hören viel Radio während der Arbeit – noch etwas, was Lozerech auf den Seychellen vermißte –, und so kannte er alle Texte, vor allem die schlimmsten; aber auch deren Niveau wurde gehoben durch seine schöne Baßstimme, die sich nicht verändert hatte seit der Zeit, da sie mir ohne mein Wissen einen Liebestrank einflößte, damals bei Yvonnes Hochzeit.

In acht Monaten in Victoria, Karedig?

9

Auf, auf, ihr freien Menschen

Wir haben beide einen schwierigen Winter durchgemacht, Sydney und ich. Sein Roman hatte allen Mißerfolg, den er sich nur wünschen konnte. Aber es ist eine Sache, die von der Gesellschaft verstoßenen Autoren zu bewundern und diejenigen zu schätzen, die dem Erfolg nicht nachlaufen. Eine ganz andere ist es, die Gleichgültigkeit des Publikums und das ausbleibende Echo in den wichtigen Zeitungen und Zeitschriften selbst zu erleben. Dies erfordert eine Seelenstärke und eine Verachtung des Gewöhnlichen, die Sydney nicht aufbrachte. Ganz zu schweigen von einem Minimum an äußerem Wohlstand, und über den verfügte er seit seiner Übersiedlung nach Europa nicht mehr.

Dafür hatten meine beiden Publikationen einen für historische Fachbücher, die in wissenschaftlichen Reihen erschienen, unverhofften Erfolg, und das hatte unsere Beziehung auf subtile Weise verändert. Ich interessierte ihn mehr, seitdem er weniger Leute interessierte, obgleich er meine Literatur weiterhin als »Brotliteratur« betrachtete. Irgendwann kommt ein Alter – und schließlich hatte Sydney die Fünfzig bereits überschritten –, da diese Art von »Brot« nicht eines gewissen Adels entbehrt.

Ich habe oft an Gauvain gedacht in jenem Jahr. Eine marineblaue Mütze auf dem Kopf eines Seemanns in einem Hafen, ein bretonischer Akzent irgendwo in einer Straße von Concarneau, die Besuche bei Madame Lozerech, die in ihrem verlassenen Bauernhof vor sich hin schrumpfte – alle ihre Kinder waren in der Ferne, waren Seeleute oder Lehrer –, und schon stieg ein Schwall von Zärtlichkeit in mir hoch für den kleinen Jungen, der mir meine Fahrradreifen aufschlitzte und mich George Ohne-es nannte. Ich hatte Ähnlichkeit mit der Ehefrau eines Gefangenen, die ihr Leben auf Sparflamme gestellt hat, um auf ihn zu warten.

Nachts neben Sydney träumte ich von einem andern. Geschlechtsorgane, die sich langweilen, haben Freude daran, sich unerhörte Jubelmomente vorzustellen. Diese Mösen! Manchmal erleben sie sie sogar.

Ich war damit beschäftigt, meine Reise zu arrangieren. War es eine Alterserscheinung? Nicht nur, um Gauvain zu sehen, hatte ich das Bedürfnis, auf die Seychellen zu reisen, sondern um mit verliebten Augen betrachtet zu werden. Weit weg von seinem feuchten Blick wurde meine Haut langsam wie Pergament. Ich sah auch, wie meine Mutter trotz zähen Widerstands allmählich unterlag im Kampf gegen die Zeit, wie sie ihr Gebiet abtrat, wie sie Aktivitäten gegenüber, die sie immer gemocht hatte, nun Desinteresse heuchelte, um ihre Niederlage nicht einzugestehen. Sie wußte, daß die abgetretenen Gebiete nicht mehr zurückerobert werden, und sie warnte mich bereits. Aus ihren Worten sprach der unverminderte Lebenswunsch, den ich bei ihr stets geschätzt hatte.

»Überleg dir gut, was du verlieren würdest, wenn du auf deinen ›bretonischen Freund‹ verzichtetest« – so nannte sie ihn feinfühlig. »Intensives Erleben ist unersetzbar. Vom Verstand allein läßt sich der Körper nicht ernähren … Tragisch ist nur, daß Frauen wie wir beides brauchen«, folgerte sie in gespielt betrübtem Ton. Allerdings hatte sie Sydney nie sehr gemocht.

Ich habe François und Luce dazu überredet, in der dritten Woche auf den Seychellen zu mir zu stoßen, wenn es die Gesundheit von Luce erlauben würde. Anschließend könnten wir gemeinsam nach Frankreich zurückfliegen. Ich hatte ihnen soviel vorgeschwärmt von der Schönheit dieser Inseln, daß sie eigentlich nur auf eine Gelegenheit warteten, sie zu besuchen. Luce war gerade operiert worden und unterzog sich einer Chemotherapie. Ihr Mut und ihre Zuversicht ließen uns jedoch hoffen, daß die Krankheit nicht nur zurückgedrängt, sondern besiegt werden würde.

Als ich endlich in Mahé ankam, feierten die Seychellois ebenfalls Geburtstag, es war der erste Jahrestag ihrer Unabhängigkeit, und die Freudenstimmung ringsum trug viel zu unserer eigenen bei. Wir hatten den Eindruck, ein altes Paar zu sein, weil wir einen Jahrestag zu begehen hatten und weil wir uns bekannte Orte wieder aufsuchten. »Erinnerst du dich, wie das war, als der Skolopender mich gebissen hatte? ...« – »Und diese beiden makabren Paare auf Praslin mit ihrer obszönen Nuß!« Mit Ausdrücken wie »erinnerst du dich« beruhigen sich die Liebenden, die an sich selbst zweifeln.

Die erste Nacht haben wir damit verbracht, daß wir in den Straßen unter den Palmen und in allen Nachtlokalen und Restaurants der Insel tanzten. Nur offiziell war das britische Gepräge ausgelöscht. Um Mitternacht standen die Musiker stramm, so steif wie in der Zeit, als sie noch *God Save the Queen* spielen mußten, und stimmten die funkelnagelneue Nationalhymne an:

Auf, auf, ihr freien Menschen,
stolze Seychellois,
Gleichheit für uns a-alle,
Freiheit für i-immer!

Auch Frankreich mit seiner Revolution und deren Rattenschwanz von hehren Prinzipien hatte die Gemüter geprägt.

Meine Hymne, meine eigene, sang ich auf Gauvain: »Auf, auf, mein freier Aufstehmann, stolzer Concarnois!« So brachten wir an jenem Abend eine unanständige Note in die patriotischen Klänge ein.

Unser ganz persönliches Fest endete im Morgengrauen im

lauen Ozean, aber diesmal haben wir nicht die schüchternen Verliebten gespielt. Den Luxus der Entsagung kann man sich nur mit zwanzig leisten.

Verlangen sie nach Beschreibung, diese Tage, aus denen wir Nächte machten, wenn es regnete? *Ach, erspar uns das doch lieber*, sagt die Anstandsdame. *Die Nummer mit den Seychellen hast du schon gebracht. Und wenn Sex nicht mehr aufregend ist, wird er abstoßend. Da gibt es keine goldene Mitte.*

Am dritten Tag ist bei Gauvain am linken Augapfel ein Äderchen geplatzt. Es tut ihm nicht weh, aber jedesmal, wenn ich ihn ansehe, mache ich mir Vorwürfe: Ich bin so unersättlich, daß mein Opfer einen Augeninfarkt bekommen hat, ich mißbrauche ihn! Und trotzdem mache ich weiter. Als führe ich im Auto nur noch mit Choke. Es kann passieren, daß ich den Motor beinahe abwürge, aber stehen bleibt er nie. Ähnlich wie eine »grüne Hand« das Wachstum der Pflanzen anregt, so stimuliert Gauvains magische Hand meinen Körper und läßt mich unentwegt neue erogene Zonen entdecken. Es gibt vergängliche, die ich nie wieder sehe; andere, die zeitweilig verschwinden, und die treuen, die so verläßlich da sind wie der Garten vor dem Haus mitsamt seinem ewig gleichen Vogelgezwitscher. Aber selbst wenn mir Gauvain Fragen stellt, bin ich nicht in der Lage, diese wandernden Grenzen zu beschreiben, so übersättigt bin ich vor lauter Wollust und Glücksgefühlen, von denen ich nicht weiß, ob alle die Bezeichnung Orgasmus verdienen nach der Prädikatsliste von Ellen Price.

»Du sagst mir nicht alles, was du magst«, behauptet Gauvain beharrlich. »Es gibt noch Dinge, die du dich nicht zu verlangen traust.«

»Fast nichts, du kannst ganz beruhigt sein. Und dieses ›Fast nichts‹ bringt mir alle Lust. Sonst … sonst wärst du ja ich! Wie schrecklich!«

»Aber meistens weiß ich nicht genau, wann es dir kommt. Das beunruhigt mich schon. Ich frage mich, ob …«

»Frag nicht *dich*, frag *mich*. Sex ist nicht einfach Sex, da irren sich manche. Niemand vermittelt mir wie du … die Lust, natürlich, vor allem aber den Sinn für das Heilige in der Wollust.«

Ich wage es kaum, diese Worte auszusprechen. Aber wir liegen im Dunkeln, und Gauvains Protest bleibt aus. Er fürchtet sich nicht vor den großen Dingen. Und ich fürchte mich auch vor nichts mehr mit diesem Mann. Ich erlaube mir alles, gebe allen meinen Launen nach, ich singe und tanze vor ihm, als ob ich allein wäre. Ich trage Kleider, die ich nach meiner Rückkehr sorgfältig werde verstecken müssen. Ich trage ein weiches Satinnachthemd, ein echtes »Reiß-es-mir-vom-Leib«, wie ich es im Zivilleben nie gekauft hätte. O ihr Mittel, die ich sonst verwerfe oder verachte! Wie wunderbar ist es, euch einzusetzen … und eure wohltuende Wirkung zu erproben!

Ich habe mich sogar wie eine Ehefrau benommen: Ich habe Gauvain zum erstenmal an Bord begleitet, seine Kabine besichtigt, um zu sehen, wo er schläft, wo er die Photos von mir und meine Briefe versteckt. Und ich stand am Kai, als die *Raguenès* wieder in See stach, winkte mit der Hand, dann mit dem ganzen Arm, dann lief ich am Kai entlang, als seine geliebte Gestalt allmählich kleiner wurde und die Männer, die nicht unmittelbar Dienst hatten, an Deck zusammengeschart standen, um zuzusehen, wie das Land sich entfernte – so wie das in allen Häfen der Welt üblich ist. Und meine Augen wurden feucht wie bei allen Frauen der Welt, die ihren Seemann abfahren sehen.

Zum Glück waren François und Luce am Vorabend gekommen, und wir hatten den letzten Abend zu viert in der Nähe des Hafens verbracht. Gauvain fühlte sich wohl mit ihnen, und ich war ihnen dankbar, weil sie ihn nicht als kuriosen Seebären betrachteten, sondern als jemand unseresgleichen, der eben eine andere Lebenserfahrung gemacht hatte. Jeder wäre bereit, einem Eskimo oder einem Türken voller Respekt zuzuhören, wenn er sein Leben schildert, aber die wenigen Freunde, denen ich Lozerech vorgestellt hatte, verbargen ihre Herablassung kaum, als sie ihn vom Meer erzählen hörten. Er war zu komisch mit seinem Akzent und als Bretone zugleich geographisch zu nahe, um die Neugier der Pariser zu verdienen. Schließlich lebte man ja nicht mehr zu Pierre Lotis Zeiten.

François jedoch war fähig, vom Lokalkolorit zu abstrahieren und sich auf den Charakter des Menschen zu konzentrieren. Wir fühlten uns wie vier Freunde an jenem Abend, und Gauvain war nicht mehr »diese seltsame Type, die du dir auf dem Bauernhof geangelt hast ...«

Wir hatten versprochen, uns über Conan zu schreiben, obwohl für ihn Wochen vergingen zwischen jeder Möglichkeit, einen Brief abzusenden oder meine Post in Empfang zu nehmen. Auch diesen Trost mißgönnte ihm das Meer, den banalsten, den meistverbreiteten, sich ein Zeichen geben zu können – ein Trost, der allen Menschen, sogar den Gefangenen, zusteht.

Schon in seinem ersten Brief gestand er mir, was er mir in Mahé nicht gesagt hatte: Er würde mit dem Thunfisch auf den Seychellen nicht weitermachen. Sein berühmt-berüchtigtes, mysteriöses Projekt in Südafrika würde er nun doch verwirklichen. Es blieben ihm nur noch drei oder vier Jahre durchzuhalten – das sei ja keine Ewigkeit.

Leute, die weder die Vierzig-Stunden-Woche noch Feiertage noch Wochenendruhe kennen, haben ganz ersichtlich nicht die gleiche Auffassung von Zeit und Dauer wie wir. Drei Jahre durchhalten, das war für mich eine endlose Zeit, und diese Exilanten-Liebe, die immer hinter Gauvains familiären und beruflichen Notwendigkeiten zurückzustehen hatte, die ermordet wurde und wiederauferstand, entmutigte mich allmählich. Zumal ein großes Projekt meine Gedanken besetzte: Diese *Geschichte der Medizin und der Frauen*, die François mit mir schreiben wollte, nahm langsam Gestalt an. Als Gynäkologe und Geburtshelfer würde er mir eine wertvolle Hilfe sein. Mein Alltag paßte mir ganz gut. Das Geld, das ich verdiente, konnte ich nach Belieben ausgeben, ich konnte Freunde treffen, reisen, eine Wohnung bewohnen, die mir gefiel ... Die Kluft, die zwischen meiner Lebensweise und der Lozerechs bestand, war mir klar. Er würde erst in späten Jahren von dem so hart verdienten Geld, von dem hübschen Haus profitieren, in dem er so wenig gelebt hatte und in das er erst dann zurückkommen würde, wenn er endgültig verlernt hätte, wie man an Land lebt.

So wurde Gauvain trotz unserer monatlichen Briefe nach und nach zur fernen Silhouette am Horizont. Ich bemühte mich ernsthaft darum, mich zu »entlieben«. Aber das Herz ist manchmal merkwürdig treu ... Die Zeit verging, und derjenige, von dem ich mich »entliebte«, war Sydney. Sein ganzer Krempel ging mich schon kaum mehr etwas an, als wäre er ausrangiertes Material. Ich hatte inzwischen die unheilvolle Manie, meine beiden Männer zu vergleichen, und ich entdeckte, daß Sydney niemals an meinen Körper als an etwas Einzigartiges gedacht hatte, und auch nicht an mich als eine unersetzbare Frau. Mit Recht übrigens. Ich gab ihm vollkommen recht, aber ich hatte den Vorzug genossen, einen von mir Besessenen zu erleben, und ich konnte mich nicht mehr so recht an vernünftige Gefühle gewöhnen.

In den ersten Jahren in Amerika hatte ich mich geschmeichelt gefühlt, weil ich die erotischen Sitten der intellektuellen Avantgarde teilte. Damals glaubte ich noch, daß es in der Liebe eine Avantgarde gäbe! Mit Ellen Price und Al und all unseren Freunden, den Therapeuten und Sexopeuten und Analytikern und Sexualanalytikern, debattierten wir in brillantester Form über die Liebe und die Lust, aber das verhalf uns nicht unbedingt dazu, mehr zu lieben und mehr Lust zu empfinden. Al war nach Ellens Buch impotent geworden, außer mit Prostituierten. Das war seine Antwort an seine private Gespielin. Sydney hingegen war zum Overdrive übergegangen, aber in Appassionata-Manier. Diese Gewandtheit im Dilettantismus, um die ich die Amerikaner so beneidet hatte, erschien mir jetzt mehr als ein Gebrechen denn als Lebenskunst.

Ich erkannte, wie sehr im Zusammenleben alles eine Frage des Blickwinkels ist: Die gleiche Geste kann ärgern oder rühren, je nachdem ob man nach einem Grund sucht, mit jemandem zu leben oder jemanden zu verlassen. Fortan brachte mich alles an Sydney auf die Palme.

Aus verschiedenen Gründen hätte er mich mittlerweile ganz gerne geheiratet, aber inzwischen war mir jegliche Lust dazu vergangen. Schon der Gedanke, in meinem Alter plötzlich einen amerikanischen Namen zu tragen! Und dann die Sache mit der Fürsorge im Alter, die als Superpack mit der Institution Ehe verkauft wurde … das widerstrebte mir. Dabei war Sydney noch nie so zärtlich, noch nie so besorgt gewesen. Man geht als Paar selten im selbstverständlichen Gleichschritt!

Manchmal genügt ein grausames Detail, und man entdeckt eines Tages, daß alles zu Ende ist. Für mich geschah das eines Abends, als Sydney mir nach der Liebe in die Augen sah und voller Dankbarkeit sagte: »Welche Zärtlichkeit ich in deinem Blick lese!« In Wirklichkeit hatte ich die ganze Zeit an ein Paar Schuhe gedacht, die ich am Tag zuvor in einem Schaufenster gesehen und dummerweise nicht gekauft hatte. Ich hatte gerade beschlossen, sie mir nachher zu holen, sobald ich, ohne die Regeln der Schicklichkeit zu verletzen, dieses Bett würde verlassen können!

So ergab es sich also, daß ich innerhalb eines Jahres mich innerlich mehr oder weniger von meinen beiden Männern löste. Von Sydney ganz, weil er nach Amerika zurück mußte. Von Gauvain weniger, weil die Trennung uns ja nie ganz geschafft hatte. Aber ich hatte Lust zu leben, ohne von Unmöglichem zu träumen. Man wartet nicht elf Monate von zwölfen auf einen Abwesenden, wenn man die Vierzig überschritten hat.

Erreichte ich allmählich schon das melancholische Alter, in dem Freundschaft lebenswerter und kostbarer als Liebe zu sein scheint?

10
The roaring fifties

Mit immer grösseren Schritten nähere ich mich den Fünfzigern, einem Alter, in dem die Überraschungen keine guten mehr sein können. Das Beste, was man sich da noch erhoffen kann, ist der Status quo. Die da und dort beobachteten Zeichen des Verfalls scheinen anfangs geringfügig, da sie aber die ersten sind, empören sie den Betroffenen oder bedrücken ihn. Dabei wird man diesen kleinen Fältchen um die Augen, diesen kleinen Unvollkommenheiten des Körpers, die leicht zu kaschieren sind, eines Tages nachtrauern, wenn die schlimmeren auftauchen. Wenn man die Photos vom vergangenen Sommer betrachtet, wird man sich fortan jedes Jahr sagen: »Siehe da, letzten Sommer habe ich noch verdammt gut ausgesehen!« Und in zwei Jahren entdeckt man dann, daß man auch im Vorjahr noch verdammt gut ausgesehen hat. Nun, ich bin soweit, ich bin in jenem »Jahr zuvor«, dem ich zwangsläufig nachtrauern werde. Der einzige vertretbare Ausweg besteht darin, sich fortan zu bemühen, die Gegenwart im Dämmerlicht einer noch viel beängstigenderen Zukunft zu genießen!

Meinen Kormoran habe ich sehr wenig gesehen in diesen drei Jahren, und ich habe mich auch bemüht, nur im Licht unserer unmöglichen Zukunft an ihn zu denken. Die Natur, zumindest die meine, ist barmherzig: Wenn man nicht mehr begehrt, will sagen, wenn das Objekt der Begierde sich entfernt hat, wird es nahezu unvorstellbar, daß man einen Menschen so glühend hat begehren können.

Daß ich Gauvain so selten sah, kam daher, daß er sein geheimnisvolles Projekt schließlich doch verwirklichte. An die

Seychellen hatte er sich nie gewöhnen können, deren allzu heitere Landschaften paßten nicht zu seiner ungezähmten Seele. Mittlerweile hat er für acht Monate im Jahr, von Oktober bis Mai, seine Zelte über einer Untiefe aufgeschlagen, fünfhundert Meilen vom Kap der Guten Hoffnung entfernt. Es ist kein Land, nicht einmal eine Insel, einfach nur ein abstrakter Punkt an der Kreuzung zwischen 31°40 südlicher Breite und 8°18 östlicher Länge, drei Tage Fahrt vom nächstgelegenen Festland, ein Ort mächtiger Dünung und schlimmster Verlassenheit. Seine Welt beschränkt sich auf ein Unterwasserriff von sechs Meilen Breite, ein schmales vulkanisches Plateau, das urplötzlich weniger als hundert Meter unter der Oberfläche aus fünftausend Metern Tiefe emporragt und mit Millionen von Langusten bevölkert ist. Damit ich mir vorstellen kann, wo er sich aufhält, hat er mir vor seiner Abreise auf einer Seekarte sein Schiff eingezeichnet, die *Empire des Mers*, einen achtundzwanzig Meter langen ehemaligen Thunfischtrawler: ein lächerliches, verlorenes Lebenszeichen in all dem Blau, aus dem sich nicht das geringste Stückchen Land erhebt.

Sein Cousin Youn war es gewesen, einer jener seit Generationen auf Langusten spezialisierten Fischer aus Douarnenez, der dieses märchenhafte Vorkommen ein paar Jahre zuvor entdeckt und der beschlossen hatte, dort zu fischen, das heißt, dort zu leben. Aber ein schwerer Schädelbruch infolge eines Sturzes an Bord, von dem er sich nie ganz erholen sollte, hatte ihn daran gehindert weiterzumachen und ihn gezwungen, einem Piraten seines Schlages die Nachfolge anzubieten, auf daß er diese Goldmine weiter ausbeute. Wenige Männer hätten dieses Angebot angenommen, aber Lozerech war noch nie vor dem Unmöglichen zurückgeschreckt. Er sah da eine Gelegenheit, die heftigen Gefühle seiner Jugend noch einmal nachzuvollziehen und seine Seemannskarriere in Schönheit zu beenden. Vielleicht auch, zwischen ihm und mir ein zusätzliches Hindernis aufzubauen. Da sein Gefühl nicht schwächer wurde, beschloß er, die Distanz zu vergrößern. Denn er hatte inzwischen noch einen neuen Grund zur Selbstbestrafung: Marie-Josée, seine Frau, war an Krebs operiert worden. Man hatte ihr »alles rausgeschnitten«, wie sie nicht ohne Provokation sagte; vermutlich bemerkte sie mit einer gewissen Verbitterung, daß dieser Ausdruck sie auf die Gebärmutter reduzierte, die sie einmal besessen hatte. Was aber von ihr übrigblieb, war immer noch die Ehefrau von Lozerech, und daraus entstand für ihn ein verstärktes Schuldgefühl.

Was mich anging, so war mein Buch über *Die Medizin und die Frauen* nun endlich erschienen. Wir hatten drei Jahre gebraucht, François und ich, um es neben unseren anderen Aktivitäten zu schreiben, drei Jahre intensiver Arbeit, und sie ließen uns in einem merkwürdigen Gefühl der Leere zurück. Einige Zeit haben wir es auf das ungewohnte Freizeitgefühl geschoben, mit dem wir nichts Rechtes anzufangen wußten, und dann drängte sich uns allmählich die Einsicht auf: Nicht die Arbeit fehlte uns, sondern die fast tägliche Gegenwart des Gefährten, der Gefährtin, die wir in diesen Jahren füreinander gewesen waren. Es schien nur eine Lösung zu geben: zusammen unter einem Dach zu leben! Dies wurde denkbar, da François inzwischen allein war. Luce, seine Frau, war gestorben und hatte ihm eine fünfzehnjährige Tochter zurückgelassen. Er erschien mir ziemlich hilflos zwischen den vielen Geburten in seiner Klinik, den Vorlesungen, die er hielt, dieser Halbwüchsigen, die es zu erziehen galt, und dem Kummer, eine bemerkenswerte Frau verloren zu haben, die er sehr, sehr geliebt hatte.

Es kann ein köstliches Abenteuer sein, sich aus zärtlicher Zuneigung zusammenzutun, wenn man schon die Erfahrung einer »Ehe fürs Leben« und einer sogenannten körperlichen Leidenschaft gemacht hat. In diesem Stadium des Lebens ist die Liebe natürlich alles, zugleich aber ist sie nicht mehr alles! Diese absurde Formel trifft ziemlich genau die Mischung aus Begeisterung und Leichtsinn, die bei unserem Entschluß zu heiraten Pate stand.

Ich hatte nicht das Gefühl, einen neuen Lebensabschnitt zu beginnen oder ein übermäßiges Risiko einzugehen: In gewisser Weise hatte François schon immer zur Familie gehört, er trat ihr nur offizieller bei. Zehnmal in unserem Leben hatten wir uns fast ineinander verliebt, und jedesmal hatten wir uns nur um Haaresbreite verfehlt. 1950 hätte ich ihn vermutlich geheiratet, wenn er nicht mitten im Medizinstudium ins Sanatorium von Saint-Hilaire-du-Touvet hätte gehen müssen, wo er zwei Jahre lang blieb. Als er endlich zurückkam, war ich mit Jean-Christophe verheiratet. Als ich mich von Jean-Christophe scheiden ließ, hatte er gerade Luce geheiratet. Und als Luce ihn fünf Jahre später fast verlassen hätte, lebte ich mit Sydney in Amerika!

Diesmal waren wir allein und frei und gesund zugleich, diese Gelegenheit mußten wir nutzen. Hätte ich François mit zwanzig geheiratet, so wäre Lozerech sicherlich aus meinem Leben, wenn nicht aus meinem Gedächtnis verschwunden. Jean-Christophe hatte einen guten Teil meiner Liebeskapazität brachliegen lassen, und somit waren meine jugendlichen Sehnsüchte intakt geblieben. So machen gewisse Männer eigenhändig das Bett für ihre Rivalen.

Im übrigen war François ein seltener Vogel: einer jener großen Männer, die dann doch nicht groß sind, weil es sich das Leben im letzten Moment anders überlegt. Er hatte alle Trümpfe in der Hand, um ein berühmter Professor, ein angesehener Dichter, ein anerkannter Maler, ein fähiger Pianist, ein unwiderstehlicher Verführer zu werden, und virtuell war er das alles auch, aber winzige Brüche in seinem Charakter oder eine Reihe von Zufällen hatten ihn stets am echten Erfolg gehindert. Und anscheinend war er mit dieser Sachlage immer einverstanden gewesen.

Er bot als Mann einen mehr als angenehmen Anblick, ohne daß man hätte sagen können, er sei schön, und sein Charme und seine angeborene Eleganz wurden durch genau die Dosis Nachlässigkeit und Schüchternheit gemildert, die notwendig waren, damit man ihm seine vielfältigen Begabungen verzieh, und die erklärten, daß man ihm in seiner Jugend den hübschen Spitznamen Jean der Träumer verliehen hatte. Eine Jugend, aus der er übrigens noch nicht herausgewachsen war, obwohl er die Fünfzig bereits überschritten und vieles durchgemacht hatte, denn seine Begeisterungsfähigkeit war ungebrochen: für die Säuglinge, denen er unermüdlich auf die Welt half, als ob jeder für sich allein schon die ganze Welt gewesen wäre, für die Freunde, für seine Tochter Marie, für das Reisen, die Musik, und zuletzt auch für unsere Heirat, weil sie ihm als zwangsläufig erschien und weil die Welt in seinen Augen trotz Krankheit und Tod grundsätzlich erlebenswert war. Er liebte das Leben, aber er liebte auch die Lebenden, was seltener vorkommt, und er liebte sogar mein Abenteuer mit Lozerech, den er »Kapitän Kormoran« nannte in Erinnerung an Corcoran und an die Bücher unserer Kindheit.

In meinem Arbeitszimmer hatte ich die Seekarte an die Wand gepinnt, die mir Gauvain vor seiner Abreise gegeben hatte, und dieses kleine Schiff, das er mit der Sorgfalt und der Akribie gezeichnet hatte, die er für alle Dinge aufwendete, mit seinem Lademast und seinem Besanmast und seinem kleinen braunen Stützsegel, konnte ich nie betrachten, ohne daß es mir schwer ums Herz wurde. Mein Kormoran war verloren dort mit seiner acht Mann starken Mannschaft und den siebenhundert Reusen, die er jeden Tag mit neuem Köder versehen und zu Wasser lassen mußte, am Ende von vierzig bis achtzig Meter langen Leinen, auf einen Meeresgrund, wo es vor Kraken und Riesenmuränen nur so wimmelte, mitten in einem Ozean mit ewig hohem Seegang, weil die Wellen in diesen Zonen auf kein Hindernis treffen, das ihre Wucht brechen könnte. Zumindest stellte ich es mir so vor, nach den Seefahrtsgeschichten über diese makabre Gegend und nach dem Bordbuch, das er mir regelmäßig schickte, zu urteilen.

Während Gauvains langer Abwesenheit hatte ich Marie-Josée nach ihrer Operation mehrfach besucht, mit dem heimlichen Wunsch, etwas von ihm zu hören. Aber der Anblick von Lozerechs Frau und der seines Hauses machten mir die Entfernung noch deutlicher, die uns auf See wie auf der Erde trennte. Ich konnte einfach nicht glauben, daß ich »die andere Frau« dieses Mannes war, der sich anschickte, sein Leben in diesem leblosen Rahmen zu beenden, seine Mahlzeiten in einer Küche einzunehmen, die »rustikal, massiv Eiche« eingerichtet war, wie Marie-Josée mit Stolz betonte, ohne zu bedenken, daß sie die wirklich rustikalen Möbel ihrer Eltern und Schwiegereltern zurückgewiesen hatte, weil es sich ihrer Meinung nach um alten Krempel handelte, der verriet, daß man hinter dem Mond daheim war. »Mein« Gauvain würde also neben dieser grauhaarigen Frau schlafen, die immer ein wenig nach Schweiß roch, unter dieser Steppdecke aus altrosa Satin! Würde allabendlich einschlafen unter dem Photo von der eigenen Hochzeit und den vier Porträts der Eltern in ovalen Rahmen, an denen je ein Buchszweig steckte; würde einschlafen gegenüber einer hochglanzlackierten Louis-XV-Kommode aus dem Katalog, auf der fünf silbergrüne Farnwedel und drei violette Tulpen aus Plastik in einer facettierten Bleikristallvase prangten.

Aber wozu versuchte ich denn auch, Gauvain und Lozerech in Einklang zu bringen? Auch ich stimme ja nicht überein mit der Frau, die so oft ans Ende der Welt gereist ist, die Anstandsdame am Rockzipfel, auf der Suche nach jenem geheimnisvollen Schauer, der auf nichts beruht, was menschliche Worte ausdrücken könnten. Wir alle haben unsere verschiedenen Facetten, ähnlich wie Marie-Josées Vase.

In den beiden ersten Jahren – vier wollte er dort verbringen – hatte Lozerech womöglich mehr Geld verdient als in seinem ganzen Leben. Sobald seine riesigen Langustenbehälter voll waren, nahm er Kurs auf das Kap, lud dort tonnenweise seine Monster ab, die lebend an einen Fischgroßhändler in Lorient versandt wurden.

Er »lebte« nicht mehr, zumindest nicht im üblichen Sinn

des Wortes. Er belauerte den Meeresgrund, überwachte seine Langleinen, versuchte in dieser schäumenden Landschaft nicht wahnsinnig zu werden, und wartete auf den Tag der Pensionierung. Die Langusten hatten das Leben seiner Familie verändert. Sie hatten ihm erlaubt, sein Haus zu vergrößern und seinen ältesten Sohn, der promovierter Chemiker war, für zwei Jahre nach Amerika zu schicken. Joel hatte sein eigenes Auto, einen speziell für einen Behinderten ausgerüsteten 2 CV. Eine der Töchter unterrichtete in Rennes, die andere war Stewardeß. Marie-Josée hatte sich drei Goldzähne machen lassen, vorne, wo jeder sie sah. Im Grunde konnten alle den Langusten dankbar sein.

Ich hatte lange gezögert, ihm meine Heirat mit François anzukündigen, aber mehr noch befürchtete ich, daß er es über seine Frau erfahren würde. Ich wußte, daß er dies als eine Art Verrat betrachten würde, obwohl ja auch er sich für die Distanz entschieden hatte. Im übrigen schrieb er mir eine Zeitlang nicht mehr, ohne daß für mich erkennbar geworden wäre, ob er es aus persönlichem Groll oder aus Takt François gegenüber unterließ, den er gerne mochte.

Vielleicht war auch meinerseits ein Taktgefühl François gegenüber im Spiel – obwohl ich mich von derlei Empfindungen sonst nicht gerne einengen ließ –, wenn ich allmählich in der Vergangenheitsform an Gauvain dachte.

Ein Ereignis stellte alles wieder in Frage: der Tod meiner Mutter. An einer Straßenecke in Paris war sie von einem Lieferwagen angefahren worden. Maman hatte die Straßen immer wie im Zeitalter der Kutschen überquert, ohne Rücksicht auf Ampeln und Zebrastreifen; sehr bestimmt hob sie den Arm, um den Kutschern den Befehl zu erteilen, langsamer zu fahren. Der Fahrer des Lieferwagens hatte seine Motorpferde nicht rechtzeitig zügeln können, und meine Mutter, die über die Fahrbahn geschleift wurde, erlag ein paar Tage später ihren zahlreichen Verletzungen und Knochenbrüchen; wahrscheinlich war sie noch im Tod empört über die schlechte Erziehung der Fahrer von heute. Sie war achtundsechzig Jahre alt und kerngesund gewesen; auch hatte sie die Absicht gehegt, sich noch eine hübsche Scheibe vom Leben abzuschneiden, so daß ich es immer auf später verschoben habe, mich an den Gedanken zu gewöhnen, daß sie eines Tages nicht mehr denselben Planeten wie ich bewohnen könnte. Während ihrer letzten, bewußtlosen Tage, die ich neben der stumm liegenden Gestalt verbrachte, entdeckte ich mit Entsetzen, daß ich zeit meines Lebens nie wieder diesen einfachen kleinen Satz »Hallo, Maman« würde aussprechen können. Mit ihrem Tod nahm sie mir das erste Wort der Sprache, das Wort, auf dem meine Sicherheit im Leben beruhte. Das ist der erste, manchmal auch der einzige Verrat einer Mutter, wenn sie einen ohne Vorwarnung verläßt.

Jedesmal wenn François »Maman« erwähnte, stiegen mir die Tränen in die Augen. Fortan vermied ich dieses Wort.

Ich hatte Gauvain geschrieben, um ihm den Tod meiner Mutter mitzuteilen. Zu ihm konnte ich über sie sprechen: Sie hatte ihm oft genug die Ohren langgezogen und ihn »du kleiner Gauner« genannt, so daß er im Lauf der Jahre eine gewisse Zuneigung zu ihr entwickelt hatte.

Der Verlust zwang mich dazu, Bilanz zu ziehen: Worauf konnte ich noch zurückgreifen? Es blieb mir noch ein einziger Mensch auf Erden, der mich bedingungslos liebte, und nun würde ich auch ihn, ohne etwas dagegen zu tun, ziehen lassen. Denn der Tag seiner Pensionierung würde das absolute Ende jeglichen gemeinsamen Plans bedeuten. Plötzlich ertrug ich den Gedanken nicht mehr, ihn ebenfalls in der Bildergalerie meiner Erinnerungen aufgehängt zu sehen. Trotz der ungetrübten Harmonie, die zwischen François und mir herrschte, spürte ich, daß es noch immer lebendig war, das verrückte junge Mädchen, das zur Insel, zu den Inseln am Ende der Welt lief, um diese »Flamme« wieder auflodern zu lassen, die aus der Liebe das Gegenteil des Todes macht. Und ich wußte auch, daß meine Mutter es gutgeheißen hätte, daß ich für zwei lebte. Auch sie war von dieser Lebensgier befallen gewesen, und nie konnte sie sich bereitfinden, an irgendeiner Front den Kampf aufzugeben. Man muß lernen, den andern manchmal untreu zu sein, um es sich selbst gegenüber nicht zu sein: Das war einer ihrer Grundsätze.

Die Umstände boten mir eine ideale Gelegenheit: Seit zwei Jahren verbrachte ich jeden Herbst einen Monat im Staat Quebec, um an der Universität Montreal Vorlesungen zu halten, und dort stellte man mir für die Zeit meines Aufenthalts eine kleine Wohnung zur Verfügung, wo ich problemlos jemand mit aufnehmen konnte. Im Jahr zuvor hatte ich Loïc mitgenommen, der für das Fernsehen inszenierte und für Radio Kanada arbeitete. Die schwierigste Aufgabe war, Gauvain zu überzeugen, ihm den Mut einzuflößen, seine zu Recht mißtrauische und weinerliche Ehefrau zu belügen. Für einen Seemann, der ohnehin so wenig Zeit mit seiner Familie verbringt, ist Urlaub und erst recht das Rentnerdasein nirgendwo anders denkbar als zu Hause.

Ich beschrieb ihm, wie das Sterben meiner Mutter meine Gedanken beeinflußt hatte, und vermutlich wurde ich mir erst beim Schreiben der dringenden Notwendigkeit bewußt, ihn wiederzusehen. Ich zog alle Register, um die Liebeswunde in ihm erneut aufbrechen zu lassen. Inzwischen kannte ich ihn gut genug, um zu wissen, an welcher Stelle seines Panzers ich den Dolch ansetzen und wie ich die Klinge drehen mußte, bis auch er keinen anderen Wunsch mehr in sich spürte als den einen: mich in seinen Armen festzuhalten und noch einmal dem Taumel nachzugeben, der ihm den Sinn für Gut und Böse raubte.

Daß ich ihn in dieser für mich schweren Zeit brauchte, erschütterte ihn. Unsere Briefe, die zunächst nostalgisch getönt waren, wurden allmählich zärtlich und schließlich – ein Wort gab das andere – so glühend, daß es uns unmenschlich erschien, an eine Zukunft zu denken, die uns nicht noch einmal einen jener Augenblicke außerhalb der Zeit gönnen würde. Diese Augenblicke hatten unserem Leben eine Dimension gegeben, die wir nicht definieren konnten, von der wir aber spürten, daß sie wesentlich war.

Sich von der Liebe zu schreiben ist an sich schon eine Lust, eine raffinierte Kunst. Jeder Brief, jeder einzelne seiner seltenen Telephonanrufe, jedes »Ich liebe dich« kam mir vor wie ein Sieg über die Macht des Alters und des Todes.

Gauvain zu einem Grad physischer und emotionaler Erektion zu verführen, der ihn glauben ließ, er habe selbst die Initiative zur nächsten Begegnung ergriffen, war eine Wonne. Bei ihm wiederum wurde die Tiefe seines Gefühls für mich allmählich so etwas wie Talent. Er, der doch nur an Pflicht und Würde der Arbeit glauben wollte, fand, um mir zu schreiben, die Worte der Dichter. Er nannte mich seinen »Lebenshauch«, seinen »Atem«, seine »Wahrheit«.

Sechs Monate nach dem Tod meiner Mutter hatten wir beschlossen, uns im Herbst in Montreal zu treffen, unmittelbar vor seiner Abreise zur Fangsaison. Er konnte sich nicht mehr hinter dem Vorwand der notwendigen Sparsamkeit verbergen: Er verdiente wirklich genügend Geld, um sich ohne allzuviel schlechtes Gewissen ein Ticket nach Kanada zu leisten.

Er sprach es nicht offen aus, aber er begann nun auch, seine Rückkehr in die Welt der Erdbewohner zu fürchten, ahnte er doch, daß in dieser Welt ein Rentner des Meeres zu nichts nutze ist und dementsprechend schnell zum Greis zu werden droht. Aus dieser dumpfen Furcht schöpfte er den Mut, seiner Frau eine Lüge aufzutischen. Er lieferte ihr eine derart unerwartete Erklärung, daß sie vollkommen verdutzt war: Er wollte sich »mal den kanadischen Norden anschauen«, da ein Freund aus Quebec, den er am Kap kennengelernt habe, ihn zu sich nach Hause eingeladen habe. Ein so dicker Hund geht oft besser durch als ein sorgfältig zusammengetüfteltes, sauberes Alibi.

Der Plan nahm Gestalt an. Ich war glücklich mit François, aber eine kindliche Fröhlichkeit mischte sich nun in mein

Glück. Das Leben gewann wieder romanhafte Farben, und ich fühlte mich zwanzig Jahre jünger.

Paradoxerweise teilte ich Gauvains alltägliche Ängste und Gefühle, seit er vor Südafrika arbeitete, viel mehr als zuvor. Er hatte sich angewöhnt, mir fast jeden Abend ein paar Zeilen zu schreiben, nachdem er für die Nacht festgemacht hatte, irgendwo über der Untiefe, wo der Seegang ein wenig schwächer war. Seinen Bericht über die kleinen Ereignisse des Tages schrieb er, wenn das durchgängig schlechte Wetter einigermaßen »beherrschbar« wurde, wie er das nannte. Und jedesmal wenn er am Kap seine Ladung löschte, schickte er mir ein ganzes Päckchen loser, karierter Blätter.

Im Laufe der Wochen wurde dieser Notizblock aus Südafrika zu einem bemerkenswerten Dokument, das ohne Kunst, aber auch ohne Künstlichkeit seine Tage in der Hölle beschrieb, auf dieser Korallenbank, die er als seine Arbeitsstätte betrachtete, als Flöz sozusagen, das er im Tagebau ausbeuten konnte. Was das Dokument wertvoll machte, war diese Schlichtheit, der Bruch zwischen der Kargheit der Worte, der Zurückhaltung des Tons einerseits und der Gewalt der Elemente andererseits: Die spürbar lastende Einsamkeit, die allgegenwärtige Müdigkeit, die Stürme, die zu dem ohnehin ständig schlechten Wetter hinzukamen, die Arbeitsunfälle und auch die Horrorszenen, wenn einer der Männer sich im Taucheranzug hinunter in die Langustenbehälter begeben mußte, zwischen die wimmelnden Tierpanzer, um die toten Tiere herauszuholen, die den Rest der Ladung gefährdet hätten. Das Ergebnis war ein außerordentlich spannender, ergreifender Text, der in meiner Zeitschrift für Geschichte oder sogar in der Reihe *Terre humaine*[8] nicht fehl am Platz gewesen wäre. François, dem ich die schönsten Passagen vorlas, hatte es ihm bei einem seiner Aufenthalte in Frankreich sogar vorgeschlagen, aber darüber konnte er nur lachen, mit einer so »verrückten« Idee wollte er sich gar nicht erst beschäftigen.

Als ich ihn ein halbes Jahr später wiedersah, wie üblich auf einem Flughafen, erschütterte mich sein Aussehen. Fünfzig Jahre eines so harten Lebens hatten ihm inzwischen doch ihren Stempel aufgedrückt. Lozerech erschien mir eher gegerbt als gebräunt, eher zerfurcht als von markanten Falten gezeichnet, eher steif als kraftvoll. In seinen Muskelpanzer eingepfercht, hatte er begonnen, seinen Langusten zu ähneln. Was unverändert blieb, waren seine blauen Quellwasser-Augen, der Eindruck von Stärke, den er vermittelte, und auch eine rührende Selbstsicherheit, die ich an ihm noch nicht kannte und die mit seinem materiellen Erfolg zu tun hatte.

Den Aufenthalt in Montreal hatte ich mit einer gewissen Besorgnis vorbereitet, die vollkommene Unbekümmertheit der Jugend schien mir nicht mehr ganz angebracht. Gauvain hatte sich mit der Zeit ein sublimiertes Bild von mir gemacht, und es erschien mir absolut lebensnotwendig, diesem Bild zu entsprechen. Ich war bereit, auf seine Liebe zu verzichten, aber verlieren wollte ich sie nicht! Wenn man die Fünfundvierzig überschritten hat, hinterläßt alles Spuren. Ein Monat Unterricht und Vorlesungen hatte sich deutlich negativ auf meine Fassade ausgewirkt, zumal dieses Volk von Holzfällern es versteht, auch fremdem Ahorn den Saft abzuzapfen. Hierzulande sind die Studenten lernbegieriger und diskussionsfreudiger als in Frankreich, auch weniger respektvoll, vertraulicher und gleichzeitig anspruchsvoller, ganz nach amerikanischer Manier. Man muß sich ungeheuer anstrengen, um ihnen zu gefallen und zu rechtfertigen, daß man von so weit hergeholt wurde. Das alte Europa hat seinen Prestigevorrat aufgebraucht, es genügt nicht mehr, Europäer zu sein, um sich mühelos zu verkaufen. Mit meinem ausgeprägten Hang zum Organisieren – darüber hatte sich François immer lustig gemacht – habe ich mich also darangemacht, alles nach Plan vorzubereiten, ähnlich wie ein Athlet sich für die Olympischen Spiele rüstet.

Grundsatz Nummer eins: Unbedingt vermeiden, daß man während des Wettkampfs seine Tage bekommt. Also werde ich sechs Wochen lang ununterbrochen die Pille nehmen. Danke schön, Dr. Pinkus.

Grundsatz Nummer zwei: Den ersten Auftritt besonders gut vorbereiten, von ihm hängt alles weitere ab. Zumal mein Allgemeinzustand leider zu wünschen übrigließ: In diesem gnadenlosen Land, wo der Winter sich frühe Übergriffe in den Herbst leistet, bevor er dann den Frühling warten läßt, hatte ich mir eine Bronchitis mit Schnupfen eingefangen, die mich vorzeitig in eine über Fünfzigjährige verwandelte. Dem wollte ich mit einer flotten Kringelfrisur entgegenwirken, schön gewellt, wie Gauvain es mag, der nicht die gleiche Vorstellung von Eleganz hat wie die Redakteurinnen von *Harper's Bazaar*. Aber meine durch die allzu trockene Luft und die in diesem Land übermäßige Beheizung statisch geladenen Haare haben den Elektroschock des kanadischen Haarkünstlers nicht gut ertragen. Hierzulande, wie übrigens auch in Amerika, haben die Friseursalons mehr mit einem vollautomatischen Waschsalon zu tun – Waschen, Schleudern, Trocknen in achtzehn Minuten! – als mit den sinnlich-kuscheligen Kojen der französischen Schönheitsinstitute. Die Haarwaschbecken haben die Form einer umgedrehten Guillotine und sägen einem den Nacken ab, mit einem steifen Plastikkragen anstelle eines kuschelweichen Frotteetuchs um den Hals wird die Kundin erwürgt, und die Mädchen striegeln einen wie Pferdeknechte, ehe sie einen dann dem Künstler aussetzen, der durchaus inspiriert sein mag, allerdings nicht durch Ihren Kopf, sofern Sie die Vierzig überschritten haben!

Meine Strieglerin, die ich mir eher in der Diskuswerfermannschaft der DDR vorstellen konnte als hier, erklärte mir schonungslos, sie hätte noch nie gesehen, daß jemand so viele Haare verliert, und dabei riß sie mir ganz nebenbei ein paar weitere Büschel aus.

»Das mag am Herbst liegen … die Müdigkeit«, versuchte ich zu erklären.

»Trotzdem«, unterbrach sie mich, »dieser Ausfall hier ist nicht normal.«

Beim Wort »Ausfall« erstand vor mir sofort das Gespenst drohender Kahlheit, was das definitive Ende meiner Karriere als Liebhaberin bedeuten würde, denn das Tragen einer Perücke war nicht mit der Bettgymnastik – so nannte es die Anstandsdame – in Einklang zu bringen. Demzufolge ließ ich in aller Demut das Auftragen eines mexikanischen Kopfhautelixiers über mich ergehen, das nach Desinfektionsmittel fürs WC roch, aber das merkte ich zu spät. Mein Haar hing stumpf und traurig herunter, trotz des heftigen *brushing* von Mario (oder hieß er Emilio?).

Obwohl ich es eilig hatte – Gauvains Maschine würde in zwei Stunden landen –, wagte ich nicht, eine Brenneisenaktion in Verbindung mit einem Toupieraufbau abzuschlagen, auch wenn das in Frankreich schon lange nicht mehr gemacht wurde; danach folgte eine volle Ladung Spray, und mein Haupt roch nach Billigdeodorant fürs Taxi. All diese Vorkehrungen seien unerläßlich, so erklärte man mir, um meinem Haar »ein wenig Fülle und Volumen« zu verleihen. Mitleidige Blicke von Mario (oder hieß er Emilio?) auf die bedürftigen Stellen. Mit zwanzig hätte ich die Haartracht einer Tahitianerin besessen, sie habe mir bis zur Taille gereicht, versuchte ich glaubhaft zu machen, um mein Image aufzumöbeln, aber es war ihnen schnurzpiepegal, und sowieso glaubten sie mir kein Wort. Ich habe häufig bemerkt, daß einem die andern nie abnehmen, daß man auch einmal jung gewesen ist. Sie glauben's nicht wirklich. Sie tun so, aus Höflichkeit.

Mit ziemlicher Verspätung entfloh ich dem Haartempel, aber dafür besaß ich den prachtvollen Kopf einer siebenundvierzigjährigen Puppe. Zum Glück wird Gauvain nur die Puppe sehen, nicht die siebenundvierzig Jahre. Und mit ein wenig Glück werden seine Augen nachgelassen haben. Außerdem schwimmen ihm die Puppen bei dreißig Grad südlicher Breite nicht gerade jeden Tag in die Quere.

Im Taxi lache ich vor mich hin beim Gedanken, daß ich in weniger als einer Stunde meinen Kormoran auftauchen und seine Flügel für die schönste Frau der Welt ausbreiten sehe. Auf einen Liebhaber zu warten ist für den Teint viel gesünder, als einen Ehemann zu erwarten, und mit jeder Radumdrehung des Taxis fühle ich mich noch ein bißchen schöner werden. Aber, ach! Zwei Stunden Verspätung beim Flug Paris–Montreal haben die prekäre Schönheit bald zunichte gemacht. In den unbarmherzigen Spiegeln des Flughafens erblicke ich nur mehr eine wie ein Angorahund gelockte Dame mit Ringen um die Augen und einem nicht ganz blütenfrischen Teint, und nichts ist mehr sichtbar von der schönen Vorfreude, die mir vorhin durch die Adern und über die Haut lief.

Aber Lozerechs Erscheinen, sein von eigentümlicher Schwerkraft gezeichneter Gang, diese Art, sich zu bewegen, als wäre er auf dem festen Boden niemals ganz zu Hause – wie alle Seeleute, die aus dem Meer allzulang ihre Heimat gemacht haben –, lassen blitzartig alles, was nicht unendliche Zärtlichkeit in mir ist, schwinden. Sein angstvoller Blick sucht mich in der Menge, und ich stürze ihm mit soviel Inbrunst entgegen, daß ich mir sogleich die Lippe an seinem verdammten kaputten Zahn aufreiße. Die Anstandsdame, die darauf bestanden hat, mich zum Flughafen Mirabel zu begleiten, kichert prompt. *Das verwandelt sich binnen achtundvierzig Stunden in einen blühenden Herpes, alte Freundin!* Seit ich fünfundvierzig bin, nennt sie mich alte Freundin! Aber ich kümmere mich nicht um Jahre und Spiegel: Jetzt werde ich mich nur noch in Gauvains Augen sehen. Mein Alter? Welches Alter denn? Das des Geliebtwerdens, basta.

Wir sehen uns gerührt an, als ob wir diesmal wirklich befürchtet hätten, uns nie wiederzusehen. Die Tatsache, daß wir fast aufeinander verzichtet hätten und es trotzdem geschafft haben, uns noch einmal zu treffen – für ihn eine hochgefährliche Akrobatennummer, für mich eine komplizierte Planungsaufgabe, beide durften wir uns keine Fehler leisten –, das macht uns fröhlich wie kleine Kinder. Das Leben hat wieder einmal gewonnen. Händchenhaltend wie die Amerikaner, warten wir auf Gauvains Gepäck, und im Taxi, das uns »nach Hause« bringt, küssen wir uns unentwegt. Zum erstenmal haben wir ein Haus mit einer Küche und einem Kühlschrank voller Vorräte, mit einem Fernsehapparat, einem Plattenspieler, einem Bett, das wir selbst werden machen müssen, das wir aber gleich nach unserer Ankunft aufschlagen, um uns zu vergewissern, daß die maßlose Anziehung, die unsere Geschlechtsteile einst aufeinander ausübten, immer noch vorhanden ist.

Ach, die erste Liebkosung meines rauhen Gesellen, wie lange habe ich davon geträumt? Ja doch, es ist alles noch da, die Macht und die Schwäche, untrennbar.

»Du erinnerst dich also noch genügend an mich, mein Kormoran, um von so weit herzukommen?«

»Du willst wohl sagen, daß ich mich zu sehr an dich erinnere, um nicht zu kommen?«

Beide ruhen wir in der tiefen, kindischen Gewißheit, da zu sein, wo wir sein müssen. Ich streichle über das dichte Gekräusle auf seinem Unterarm, in dem ein paar einzelne weiße Fäden sichtbar werden. Er hat seine Hand auf meinen Venushügel gelegt wie ein Besitzer.

»Ich habe den Eindruck, daß wir jetzt von dieser Krankheit nie wieder genesen werden. Ich jedenfalls habe die Hoffnung aufgegeben!«

»Das ist ja der Beweis, daß es keine Krankheit ist. Im Gegenteil, es ist das Leben, das hast du mir oft genug gesagt. Ich mag nicht, wenn du davon redest wie von einer Krankheit.«

»Es ist wie ein Fieberschub, und zwischen den Schüben denkt man, daß es nicht wiederkommt.«

»Sag das für dich. Ich weiß, daß es bei mir endgültig ist. Und glücklich darüber bin ich auch noch.« Er lacht, und es ist sein schönes, junges Lachen.

Wir sind beruhigt, jetzt können wir mit der zweiten Szene beginnen: »Die Rückkehr des Seemanns«. Gauvain packt seinen Koffer aus und richtet sich ein, während ich genüßlich all die langweiligen und billigen Gesten ausführe, von denen heute abend jede bedeutet: Schlaf mit mir, und: Danke für die Liebe. Ich decke den Tisch für uns zwei, bringe ihm einen Whisky (am Kap ist er auf den Geschmack gekommen), serviere ihm das Essen, das ich heute morgen für ihn zubereitet habe. Ich spiele die eifrige Ehefrau, die ihren Ferngereisten empfängt, und zugleich auch die Kesse und nebenbei noch die Verruchte. Es ist nur das kleine Einmaleins der Verführungskunst, aber Gauvain braucht nicht mehr, um überzeugt zu sein, daß er heute abend mit der Königin von Saba speist. Ich genieße jeden einzelnen seiner Blicke. Ich weiß, daß ich für keinen Menschen jemals mehr diese Sexbombe sein werde, die er in mir sieht.

Beim Nachtisch erhebt er sich und legt mir feierlich ein Kästchen aus rotem Leder neben den Teller. Wenn Gauvain mir ein Schmuckstück, ein echtes, schenkt, dann bedeutet das, daß die Lage ernst ist.

»Was sollte ich in Südafrika schon anderes kaufen ... höchstens noch einen Diamanten?« sagt er mit einem entzückten und beschämten Lächeln, während ich eine sehr lange goldene Kette auspacke, die aus dicken, regelmäßigen Gliedern besteht wie bei einer Ankerkette. Ich weiß sofort, daß sie mir gefällt.

»Ich hätte lieber ein Schmuckstück für dich ausgesucht als eine schlichte Kette, aber ich hab' ja nie was kapiert von deinem Geschmack, da hatte ich Angst, ich mach' 'nen Fehler. Und schon der Gedanke an dein Gesicht, wenn ich dir was bringe, was du am liebsten in den Papierkorb schmeißt ...«

»Ooh! Sieht man mir's denn so sehr an?«

»Du machst wohl Witze! In solchen Situationen lächelt dein Mund, wenn man so was überhaupt lächeln nennen kann, aber man sieht doch die Verachtung in deinen Augen ... Man möchte im Erdboden versinken. Man fühlt sich als der letzte Mensch, und das Schlimmste ist, daß man gar nicht weiß, warum. Zum Beispiel die lederne Handtasche letztes Mal, die hat dir sicher nicht gefallen, ich hab' sie nie wieder gesehen!«

Ich lache, um nicht antworten zu müssen, und hüte mich, ihm zu gestehen, daß ich sie meiner Concierge geschenkt habe, weil das orangefarbene Futter aus Kunstseide mich wahnsinnig machte und der vergoldete, mit Brillanten besetzte Verschluß mir Pickel verursachte.

»Ich verstehe gar nicht, wie du mich überhaupt noch lieben kannst mit meinem komplizierten Geschmack, meinem intellektuellen Gehabe und meinem ›Snobismus‹. Zum Glück bin ich auch eine Sexbesessene, was?«

»Zeig mir das doch mal, ich erinnere mich nicht! Und leg deine Kette um, Karedig, ich möchte sie auf deiner nackten Haut sehen. Nächstes Jahr schenke ich dir den Anker dazu, damit du nicht mehr abhauen kannst.«

Ich hatte vergessen, was die erste Nacht mit einem Piraten sein kann, der seit Monaten keine Frau mehr gesehen hat, und dabei hat uns das Leben ein sonderbares Geschenk gemacht: Wir haben mehr erste Nächte erlebt als zehnte! Mit zwanzig konnte ich ihn im Grunde nur verlassen, weil ich damals dachte, ich würde weitere Liebhaber dieses Kalibers finden. Inzwischen weiß ich, daß sie zu selten sind, als daß man hoffen könnte, zwei im Laufe eines Lebens zu entdecken.

Wir brauchten die ganze Nacht, um uns von unserem Verlangen zu befreien. Jedes ausgesprochene Wort, jede angedeutete Geste war schon »präorgastisch« – so würde Ellen es nennen. In pseudopoetischen Worten würde man sagen, daß »alles unsere Glut entfachte«, ich bot ihm meine lustgeschwellten Lippen, und er umschlang mich fieberhaft, wie es die Romanschriftsteller ausdrücken, die Angst vor dem haben, was sich unterhalb der Gürtellinie abspielt, und die geflissentlich übersehen, daß das Geschlecht eng mit dem Gehirn in Verbindung steht!

Aber dieses Buch hier macht nicht bei der oberen Körperhälfte halt. Also muß ich gestehen, daß der echte Entfacher unserer Glut … ja, natürlich, die Liebe war es. Einverstanden. Aber was bringt es zu schreiben: »Er schlief mit mir«? In Wahrheit war es sehr präzise Gauvains Daumen, der sich in meinen *Tunnel* vorgewagt hatte, während sein Mittelfinger den *Knopf meines Schwalbenschwanzkleides* befummelte und seine andere Hand meine *Vorgärten des Herzens* streifte; indessen verhärtete sich sein *Dorn*, sein *Stachel*, sein *Schwert* und schlug aus, sobald meine Hände oder meine Lippen fündig wurden – wobei ich mich für diese poetischen Ausdrücke des Mittelalters absichtlich entscheide, um meine Anstandsdame nicht zu alarmieren, denn sie wird mit zunehmendem Alter bösartiger.

Muß ich es bedauern, daß ich nichts Moderneres, nichts Emanzipierteres, nichts Gewagteres zu beschreiben habe? Muß ich es beklagen, daß wir uns – ich gebe es ja zu – auf solch primitive Manipulationen beschränkt haben? Dabei weiß ich doch, was ein Erotik-Autor, der diesen Namen verdient, bringen muß; daß er seinen Helden beschreiben muß, wie er dem Partner oder der Partnerin beim Defäkieren zusieht und wie er sich nur dann ergießen kann – wie diese Herren so anmutig sagen –, wenn sie schwarze Strapse trägt oder wenn er ihr ins Gesicht uriniert hat. Diese kindischen und perversen Gepflogenheiten bereiten, sagt man, fürstliche Wollust. Nun, wir beide haben nur die nichtadeligen Freuden genossen, aber sie haben genügt, um unsere Seele zu beflügeln. Sie haben mich außerdem mit meiner Scheide versöhnt und von jener unheilvollen Meute von Schreiberlingen befreit, die ich so lange in Sydneys und seiner Freunde Fahrwasser schätzen zu müssen glaubte. Gauvain, der ihre Bücher nie gelesen hatte, hat mich für ihre haßerfüllten und verächtlichen Reden immun gemacht. Er hat mich von Freud befreit, wo er doch kaum dessen Namen kennt.

Bei unseren endlosen Lanzengängen gibt es keinen Sieger und keine Besiegte. Ich weiß nicht, wer von beiden den anderen führt, und ich versage es mir oft, diejenige zu sein, die fordert. Aber immer wieder kommt der Moment, da bedarf es nur einer leichten Berührung, und ich verliere so schnell die Kontrolle, daß wir uns gegenseitig beschuldigen, angefangen zu haben.

»Du hast so getan, als würdest du schlafen, aber hinter meinem Rücken hast du dir einen üblen Ständer angezüchtet, ich hab's sehr wohl gespürt, du Wüstling!«

»Was bist du für ein unehrlicher Mensch! Du hast mit dem Hintern gewackelt, als ich gerade am Einschlafen war!«

Im Morgengrauen liegen wir dann endlich da wie ausgezählte Boxer, und schweigend danke ich dem Herrn, während ich sein noch ganz dralles Vögelchen fest in meiner Hand halte. Gauvain schläft wie üblich mitten in einem Satz ein, und das sanfte Vögelchen schwindet dahin. Beim Erwachen enthält meine zur Muschel geformte Hand nur noch einen labbrig gekrümmten, am Schüsselboden vergessenen Spargel.

Am nächsten Morgen hat im grellen Licht des kanadischen Vorwinters auch der Liebeszauber Ähnlichkeit mit altem Spargel. Gauvain hat Migräne, das liegt an der Zeitverschiebung. Ich habe ebenfalls Migräne, das liegt wohl am Wodka. *Papperlapapp*, sagt die Anstandsdame, *das sind die Reize der Fünfziger. Schaut doch nur mal auf eure Hausapotheke im Regal, das ist ein Zeichen, das nicht trügt. Die Liebe und danach Neuralgin, dazu Kniewärmer, Östrogen und Abführmittel, und dann der Wadenkrampf, wenn's dem Ende zugeht, das ist das Alter, du wirst schon sehen! – Halt die Klappe, du alte Schachtel! – Und hast du bemerkt, daß er jetzt jedesmal, wenn er sich aus einem tiefen Sessel hochschraubt, ein angestrengtes »Ho« von sich gibt? Außerdem wollte ich dir noch melden, daß er häufig gähnt, er muß wohl an Sodbrennen leiden. Übrigens nimmt er Gelusil. Du solltest ihn nicht zum Trinken animieren. Hast du seine Haut am Hals bemerkt? Sie wirft Falten. – Kümmere dich um deine eigenen Falten! – Richtig! Schau doch mal deine Arme an, sie betonen dein Alter, freundlich ausgedrückt. – Wie alt meine Arme sind, geht mich im Moment nichts an. – Apropos Alter, deine Libido wird ziemlich abstoßend in der letzten Zeit, meine Liebe. Ich frage mich, ob diese ganzen Hormone, die man euch heutzutage verschreibt … – Mein Hormon heißt* »Ich liebe dich«. *Mein Hormon ist, wenn man mir sagt, ich sei hinreißend. Und das mit soviel Überzeugung, daß ich es zum Schluß auch noch glaube! – Haha! Nun ja, wenn er doof genug ist, dich hinreißend zu finden, dann mußt du die Lage nutzen, einen anderen, der dir das sagt, findest du nicht mehr. – Ich such' auch keinen. – Man sucht immer, Mädchen. Und noch ein Detail, wenn du erlaubst*, fährt sie fort, unerbittlich: *Er hat einen der vorderen Backenzähne verloren, und diesmal hat er ihn nicht auf der Kampfstatt gelassen wie den anderen. Ein fehlender Zahn mag einen Piratentouch verleihen, aber zwei, das sieht verdammt nach Opa aus. Du willst ja nichts sehen, aber ich bin wachsam.*

Wenn man lange genug weit voneinander entfernt lebt, läßt man sich leider von seinen Träumen fortreißen. Irgendwann liebt man dann jemand, den es gar nicht mehr richtig gibt, den vor allem die Sehnsucht gestaltet. Schreiben ist Verrat an der Realität. Die Liebe per Briefwechsel ist trügerisch. In einem Brief erspart man sich gegenseitig die kleinen körperlichen Gebrechen, die in der Wirklichkeit die edelsten Gefühle zerrütten können. In einem Brief rülpst man nie. Man hört darin auch nicht die Gelenke knacken. Ein Mann denkt jedoch nicht daran, die kleinen Zwänge des Alters zu vertuschen, um so weniger, wenn er in einer Männergemeinschaft lebt.

Seltsamerweise aber flößen mir die Symptome nichts als Mitgefühl ein. Meine Zärtlichkeit wird um so stärker, wenn sich sein lustverzerrtes Gesicht über mich neigt und ich dabei seine erschlafften Züge erkenne, wenn seine hängende Zunge im Halbdunkel seines offenen Mundes glänzt.

Man denkt an die Zunge einer sterbenden Schildkröte, bemerkt die Anstandsdame. – *Die Leidenschaft entstellt, das weiß jeder*, erwidere ich. – *Die jungen Männer nicht*, antwortet sie. *Und so in fünf, sechs Jahren mußt du dich auch in acht nehmen … falls du noch im Rennen bist: Lieber nicht mehr oben liegen beim Vögeln! Von unten sieht man das hängende Fleisch. Oder du darfst es nur noch bei stark gedämpftem Licht treiben. Je älter man wird, desto weniger kann man es sich erlauben, am hellichten Tag miteinander zu schlafen oder nackt durch ein Zimmer zu marschieren. Schau ihn dir doch mal an, wenn er geht: Er steht ganz arglos auf, der Einfaltspinsel! Er weiß nicht, daß eine Roßhaarpolsterung seinem Hintern guttäte … Okay, er ist noch schön, aber mittlerweile hat er das Rollenfach gewechselt, jetzt ist er höchstens noch ein »alternder Liebhaber«.*

Mag sein, aber seine Muskeln sind nach wie vor wie gespannte Bögen auf seinen unverändert schönen Schenkeln, die aus seinem Rumpf wie die zwei Hauptäste eines Baumes hervorwachsen. Und ich liebe die Fülle seiner Schultern, die von den Jahren nicht gebeugt sind, und seinen mit kindlichen Sommersprossen übersäten Rücken, der sich genau wie sein Charakter weigert, sich zu krümmen. Und ich liebe es, meine Augen halb zu schließen, bis ich nur mehr den lachenden, zärtlichen Spalt seiner Augen, der Meerestropfen, sehe, oder in mich hineinzukriechen, wenn er selbst auch gerade da ist, und Empfindungen in mir zu lauschen, die nicht die Spur einer Altersfalte bekommen haben.

Es ist mir piepegal, daß er nicht mehr seinen Torero-Hintern hat, Frau Anstandsdame, oder vielmehr du Unheilskrähe, denn die Toreros haben nicht unbedingt seinen Schwengel, ein hinreißender Schwengel, ob er nun aus Elfenbein oder aus Brotteig ist – ein aufblasbarer, unermüdlicher, hellbeiger, frecher Schwengel, allzeit bereit zu hüpfen, rund und glatt wie der Stiel eines vielbenutzten Pickels, und niemals zerknittert, auch dann nicht, wenn er in den letzten Zügen liegt. Und die Toreros haben nicht unbedingt so feste, glatte Hoden wie er, immer frisch sehen sie aus, und schön dicht an der großen Astgabel sind sie angewachsen.

Mit zwanzig Jahren dachte ich allen Ernstes, ich sei für dieses Kaliber nicht geschaffen. Auch nicht für diesen Rhythmus. Von meinen Aufenthalten mit Gauvain kam ich wie eine erschöpfte Reiterin, wundgescheuert und mit O-Beinen, zurück.

Mir genügte Jean-Christophes delikates Stummelschwänzchen oder Sydneys rührige Natter und deren mittlere Leistungen. Aber diese Zeiten sind vorbei, Madame, aber ja doch, ich stecke eine ganze Menge ein, nachdem der erste Schock überwunden ist. Kein Liebesstoß kann heftig genug sein. Und solange man nicht eine genügende Anzahl von Menschen – Männer oder Frauen – ausprobiert hat, weiß man nicht, wie weit man gehen kann in der Liebe. Unbekannte schlummern in uns, viele von ihnen werden nie erwachen.

Der Vorteil, einen Kormoran zu lieben, liegt darin, daß man sich nicht um Etikettefragen zu kümmern braucht. Lozerech hat kein waches Gespür für das Lächerliche oder zumindest nicht das gleiche wie ich. Er hat ein Gefühl für seine Würde, das ist etwas anderes. Die Freundin, die mir ihre Wohnung zur Verfügung stellt, hat mir auch ihre Sammlung alter Jazz- und Chansonplatten zurückgelassen, und wenn wir zu zweit zu Abend essen, schrecke ich nicht davor zurück, meinen Captain zu umschlingen und sämtliche *sentimental journeys* meiner Jugend *cheek to cheek* mit ihm zu tanzen. Ich werde zu einer *paper doll*, seiner *Georgia on his mind*, er ist *under my skin*, und wir wiegen unsere Sehnsüchte … *Wie zwei alte Affen*, sagt die Anstandsdame, oder wie zwei junge Affen, oder sagen wir ganz einfach wie zwei Affen, die die Fähigkeit haben, gemeinsam zu alberner Affigkeit zurückzufinden. In regelmäßigen Abständen nähern sich seine Lippen meinem Mund und flanieren auf ihm herum, als hätten sie ihn noch nie erlebt.

»Das ist nicht normal, daß du so gerne küßt, Lozerech. Ich wette, daß dir deine Mutter einen Schnuller in den Mund gesteckt hat, bis du mindestens sieben Jahre alt warst.«

»Nein, nein, nicht daß ich das besonders mag, aber es ist das beste Mittel, dich dahin zu bringen, wo ich dich haben möchte.«

Wir lachen albern … Ich presse ihn fester an mich. An unser Aussehen möchte ich lieber nicht denken. Wenn Loïc, wenn Frédérique mich durch die Scheibe beobachten könnten! Einzig mein geliebter François würde nicht kritisch urteilen. Aber warum denke ich an das Bild, das ich abgebe? Ich habe Urlaub von meinem Bild und schrecke vor nichts zurück: nicht vor dem knisternden Holzfeuer im Kamin, nicht vor den Kerzen auf dem Tisch, die ich immer häufiger einsetze aus Gründen, die Gauvain nicht einmal ahnt, nicht vor der Liebe im rötlichen Schein der Flammen und auf dem großen Rentierfell. Aber ja doch, ich leiste mir all das, was man in meinem Alter nicht mehr wagt, all das, was ich in meinem blasierten Milieu nie gewagt hätte zu tun.

Im Department of Women Studies der Universität muß ich noch einen Vortrag halten zum Thema: »Der adäquate Platz der Frauen in der Geschichte und in der Kunst«. Ich habe alles mögliche versucht, um Gauvain davon abzubringen, den Hörsaal aufzusuchen, denn seine Gegenwart wird mich lähmen. Aber umsonst. Ich habe ihm zwar verboten, sich in eine der ersten Reihen zu setzen, aber ich entdecke ihn bald in der Menge, die Ellbogen auf den Knien, um besser zu hören. Er sieht aus wie der Primus einer bretonischen Schulklasse. Nichts von der lässigen Haltung der Professoren oder von der affektierten Nachlässigkeit der Studentinnen, die achtzig Prozent meiner Zuhörerschaft ausmachen.

Unwillkürlich bin ich vorsichtig mit meinem Vokabular: ihn beeindrucken, aber nicht allzusehr! Ein gewisses Bild der Ungerechtigkeit, die den Frauen widerfährt, soll bis zu den brachliegenden Hirnzonen vordringen, wo seine allgemeinen Vorstellungen schlummern, es soll ihn aber nicht in Alarmbereitschaft versetzen, was den Krieg der Geschlechter betrifft. Die Einwände, die er mir entgegenhalten könnte, erregen im voraus meinen Widerwillen. Mit bestem Gewissen befindet er sich im Stadium des Neandertalers, was die diesbezügliche Argumentation betrifft. »Nie hat es Frauen gegeben unter den großen Malern, den großen Musikern oder den Wissenschaftlern. Das hat doch etwas zu bedeuten, oder?« Und die Neandertaler schauen einen an, als ob sie einem gerade mit ihrer

Keule einen Schlag versetzt hätten. Den Mut, es mit einem solchen Abgrund an Torheit aufzunehmen, habe ich nicht, also halte ich Gauvain lieber fern von diesen Problemen. Alles, was ich hoffen kann, ist, ein wenig Verunsicherung in seiner Seele zu stiften, ein ganz klein wenig.

Nachher ist er freudig aufgeregt, nicht so sehr wegen der Ideen, die sehr schnell an ihm vorbeigehuscht sind, geknüpft an geheimnisvolle Namen und unbekannte Begriffe, sondern weil Applaus wiederholt meinen Vortrag unterbrochen hat, wegen der erkennbaren Zustimmung des Publikums zu meinen Argumenten, und auch wegen des beifälligen Lachens. Mit einem Wort, wegen meines Erfolgs. Nur derjenige liebt einen wirklich, vor dem man die eigene Überlegenheit zeigen kann, ohne seinen Stolz zu verletzen oder seinen Groll hervorzurufen.

Kaum haben wir das kärgliche, an den Universitäten übliche Buffet absolviert, reißen wir aus – wir haben alle Einladungen abgelehnt –, um unter vier Augen zu Abend zu essen, denn heute habe ich beschlossen, Gauvain in eines der bekanntesten Restaurants von Montreal einzuladen.

Wenn man sich liebt, erscheint einem alles wie ein Augenzwinkern des Schicksals: Wir werden im Restaurant mit einem Chanson von Felix Leclerc empfangen, einem sehr alten Chanson, das Gauvain früher manchmal sang. Beide haben sie jene tiefe kupferne Stimme, die jeden Text ergreifend macht.

»Ich werde wieder einmal deinem Charme erliegen, wie damals bei der Hochzeit deiner Schwester, erinnerst du dich?«

Gauvain lächelt zufrieden. Seine Stimme ist seine einzige Eitelkeit, und es macht ihm Spaß, ihre Wirkung zu erproben. Um uns herum ist die Luft schwer von köstlichen Düften, es vermischen sich Hummersud, Estragon, Pfifferling, ein Hauch Knoblauch, der Dunst von flambiertem Cognac, und das Ganze ergibt den spezifischen Geruch der sehr guten Restaurants. Jener Restaurants, von denen man an einsamen

Winterabenden, in seiner Küche vor kalt gewordenen Nudeln sitzend, träumt: Wie schön, wenn man jetzt dort irgendwelche Köstlichkeiten genießen könnte, in Anwesenheit eines sehr geliebten Menschen, mit dem man aller Wahrscheinlichkeit nach anschließend schlafen wird, einen leichten Himbeergeschmack auf den Lippen …

Während wir die Karte durchgehen, sie bereits mit den Augen verschlingen, muß ich plötzlich an Marie-Josée denken, an die Ungerechtigkeit, die unter anderem darin besteht, daß sie noch nie unter den unbeschreiblichen Blicken eines verliebten Mannes ein Kaviarbrötchen mit einem vollmundigen Glas Aquavit gekostet hat. An Marie-Josée, die für niemand jemals eine Sexbombe war. An diesen Mann, der ihr Mann ist, der aber nur für mich erglüht, für mich, die ihn für das wirkliche Leben nicht gewollt hat. Hat Marie-Josée sich jemals, seit sie verheiratet sind, die Zeit genommen, sich daran zu erinnern, daß er schön ist? Oder hat sie sich damit abgefunden, sich in die demütige Herde der ehelichen Dienerinnen einzureihen, jener Frauen, die einem Mann die Füße massieren, die ihn zu anderen Frauen tragen werden; die ihm Spezialshampoos in die Kopfhaut einreiben, auf daß er seine Prachtlocken auf fremden Kopfkissen schüttle; die ihm pfundschwere Steaks braten, damit er daraus die Energie schöpft, seine Geliebte fünfmal nacheinander zu beglücken …

Hat er je fünfmal in einer Nacht mit ihr geschlafen? Nun, was weiß ich schon darüber! Die ehelichen Alkoven verbergen mehr Geheimnisse, als unsere Eifersucht sie sich ausmalen kann. Diese Art von Fragen stelle ich Lozerech nicht. Marie-Josée wird nur erwähnt, wenn Unumgängliches ansteht, und er fände es geschmacklos, mir anzuvertrauen, was sie für ihn noch bedeutet. Wenn wir zusammen sind, vergessen wir lieber unser normales Leben und werden zwei Personen, die nur wenig mit den Menschen zu tun haben, die wir für unsere nächste Umgebung sind.

Zum Beispiel würde es mich stören, wenn François meine

Freunde aus Quebec kennenlernen würde, die mich wiederum nur als die in Gauvain Verliebte kennen, als die, die auf der Straße mit ihm Händchen hält, die immer wieder laut auflacht, obwohl er nicht geistreich ist, die einfach nur lacht, weil sie lebt und spielt, eine andere zu sein. Sogar mein Schlaf ist ein anderer, wenn ich neben ihm liege.

Bei fortschreitendem Alter neigt man dazu, seine ehemaligen Ichs unter der Persönlichkeit, die man für die echte hält, zu ersticken. Aber in Wirklichkeit sind sie alle da und warten nur auf eine ermunternde Geste, um ans Tageslicht zurückzukommen in all ihrer arroganten Lebendigkeit.

In Montreal führen wir ein fast eheliches Leben, denn hier kann ich Gauvain endlich meinen Freunden vorstellen. In dieser frankokanadischen Gesellschaft, wo die Leute so sind wie er, noch sehr erdverbunden, und eine Sprache sprechen, die er instinktiv versteht, auch wenn sie statt dem »heiligen Bimbam« lieber unverfälscht den »heiligen Kelch« oder den »Tabernakel« beschwören, in dieser Gesellschaft findet er ganz automatisch seinen Platz. Daß alle Leute hier einen noch stärkeren Akzent haben als er, läßt ihn unbefangen auftreten. Wir sind nicht mehr nur zwei Liebende, die sich verstecken, sondern ein Paar wie alle andern auch, das ins Theater oder ins Konzert geht und Freunde zum Essen einlädt. Er hat sich so sehr in die Rolle des Ehemannes versetzt, daß er sich eines Abends im Kino, wo wir zum erstenmal in unserem Leben gemeinsam hingehen, prompt als mein Besitzer aufspielt!

Banale Geschichte. Kaum wird es dunkel, vergreift sich mein rechter Nachbar, der von einer graumelierten Ehefrau begleitet wird, an meiner Hüfte, dann an meinem Schenkel, und seine Hand wird immer zielsicherer. Man braucht stets eine Weile, bis man es glauben kann, daß es sich tatsächlich um ein unanständiges Betatschen handelt, aber eine nachdrückliche Geste nimmt mir bald den letzten Zweifel. Ich schlage sehr bestimmt mein rechtes Bein über das linke.

Fünf Minuten später – so lange dauert das Anschleichen,

das nicht die Aufmerksamkeit der Gattin wecken darf – ist die Männerhand wieder zur Stelle. Ich zwänge meine Glieder auf dem letzten vorhandenen Raum zusammen, und dabei träume ich wie immer davon, ihm eines jener ätzend-unvergeßlichen Schimpfworte zuzuzischen, die mir in solchen Situationen nie rechtzeitig eingefallen sind. Ich rede mir ein, daß mein Schweigen nur deshalb so beharrlich ist, weil ich die blinde Ehefrau an seiner Seite schonen will, und erst als ich mich zu einer Flunder platt geschrumpft fühle, finde ich den Mut zu reagieren. Ich packe meine Handtasche, die am Boden steht, und knalle sie mit Wucht zwischen unsere beiden Sitze, auf seinen Arm, den er holterdipolter zurückzieht. Und damit ist Ruhe. Auch Gauvain hat nichts gemerkt, sein Blick weicht nicht von der Leinwand, wie überall ist er auch im Kino eifrig dabei.

Sobald die Lichter im Saal wieder angehen, steht der Mann, der mir den Woody-Allen-Film vermiest hat, hastig auf und schiebt seine Frau zum Ausgang. Ich mustere ihn heimlich: ein Nichts! Farb- und alterslos, nicht einmal ein schweinisches Aussehen. Gauvain flüstere ich zu: »Schau dir den Typ an vor uns, ich erzähl' dir was über den, sobald wir draußen sind!«

Ganz instinktiv nehme ich mich in acht vor seinen Reaktionen, aber ich habe sie noch unterschätzt. Als ich ihm den banalen Zwischenfall erzähle, wird er krebsrot vor Zorn. Zum Glück ist der »Dreckskerl« verschwunden, sonst »hätte der was erlebt« … »Das hätte er nicht noch mal gemacht … Dieser alte Wichser … Kol bouet …« Sämtliche Schimpfwörter, auch die bretonischen, finden ihre Anwendung.

Er kann es nicht fassen, daß ich ihn nicht auf der Stelle um seinen Schutz angefleht habe, und ebensowenig kann ich es fassen, daß er sich als der Besitzer meiner Ehre fühlt. Es gelingt mir nicht, ihm klarzumachen, daß man nicht ihn beleidigt, indem man mich betatscht, und daß eine an ihn gerichtete Klage bedeutet hätte, daß ich meinen Status als Objekt zwischen zwei rivalisierenden Typen anerkannt hätte. Er hört mir zwar zu, aber der Zorn umwölkt seine Augen und hindert ihn daran, einer logischen Argumentation zu folgen. Ich fühle mich wie eine Stute in einem Western, die ein Pferdedieb mit dem Lasso einzufangen versucht hat. Mein armer Cowboy hingegen ist überzeugt, mir einen Beweis seiner Liebe geliefert zu haben, und so betrachten wir uns von den beiden Seiten eines Abgrunds aus.

Schließlich baue ich ihm einen Steg, indem ich Rührung über seine Eifersucht heuchle. Aber ein so grundlegendes Unverständnis berührt uns beide sehr schmerzlich. Er geht gedemütigt, ich niedergeschlagen nach Hause.

Diese Zeit, die es braucht, diese Männer, die es braucht, bis man endlich weiß, was einem tiefinnerlich zusagt! Und dann entdeckt man, daß das, was einem behagt, nicht das ist, was erträglich ist im Leben.

Tatsächlich habe ich in Montreal die Gelegenheit, Lozerech zu entdecken, wie er leibt und lebt. Ein Mann, der den Laib Bauernbrot auf die Brust legt, um Scheiben abzuschneiden; der jeden Morgen, wenn ich ihm aus den Nachrichten zitiere, wiederholt: »Ich verstehe nicht, daß du dich auf die Zeitungen stürzt« und dann noch hinzufügt, weil er es für komisch hält: »In zwei Tagen sind sie alt, deine neuesten Nachrichten!« Jeden zweiten Tag verkündet er mir, damit ich es nicht vergesse: »Die Erde wird ohne uns auch nicht stehenbleiben.« Ein Mann, der für die Todesstrafe und gegen »Drei-Sterne-Gefängnisse« ist (»Die sollten sich mal besser um die Alten kümmern!«). Der glaubt, Musik sei das Sammelsurium an Volksliedern, die im Chor gegrölt werden in einem Weinkeller von Montreal, der mit einer Futterkrippe voller Heu an der Wand dekoriert ist. Ein Mann, der sich wundert, daß ich Chansons der dreißiger und der vierziger Jahre kenne, die wir aus der Kiste mit den alten Schellackplatten meiner Freundin herauskramen. Mein armer Freund! Daß ich Aristoteles gelesen habe, heißt nicht, daß ich nicht weiß, wer Rina Ketty ist. Ein Mann schließlich, dem ich Fragen über Südafrika, die Diamantminen oder die Apartheid stelle, und dem nichts Besonderes aufgefallen ist, der mir nichts zu antworten weiß – die Seeleute bringen diese unglaubliche Leistung zustande, ihr ganzes Leben lang zu reisen, ohne je die Länder zu kennen, wo sie von Bord gehen. Sie sehen nur Häfen, und die sind alle gleich von Singapur bis Bilbao.

Es gelingt mir nicht immer, meine Verärgerung über seine klaffenden Bildungslücken oder meine abweichende Meinung zu seinen politischen Theorien zu verbergen. Er weigert sich dann zu diskutieren, verschließt sich, und seine Augen werden fast schwarz. In solchen Augenblicken wundere ich mich, daß er mich überhaupt noch liebt. Nur ein guter oder ein böser Zauber hält ihn gefangen. Allerdings muß ich gestehen, daß ich zeitweise tückisch daran arbeite, daß dieser Zauber auch anhält.

Im Grunde wäre dein Ideal »Vögle und schweig«! erklärt die Anstandsdame zusammenfassend. Diesmal hat sie offenbar beschlossen, mir die Lust zu vermiesen. – *Halt die Klappe, ja? – Nur die Wahrheit trifft einen wirklich, mein Mädchen. Aber Hauptsache, du wirst anständig besprungen ...*

Dieser alten Hexe werde ich das Maul stopfen, verprügeln werde ich sie, sie zertrampeln ... Denn merkwürdigerweise dulde ich es nicht, »besprungen« zu werden. Alles mögliche kann man mit mir machen, mich besteigen, mir die Schatulle aufschließen, das Ofenrohr ausraspeln, den Lauf putzen, sogar aufs Kreuz kann man mich legen, aber nicht mich bespringen. Es gibt solche Ausdrücke, und es sind nicht unbedingt die schlimmsten und nicht die entwürdigendsten, bei denen man einfach nur rotsieht.

Du Schlampe, du dreckige. Am liebsten würde ich dich um die Ecke bringen! Sie lacht ungläubig. Sie weiß, daß es mir nie gelungen ist, sie loszuwerden. Aber heute abend schäme ich mich, diese bösartige Kreatur in mir zu beherbergen und mir ihre scheußlichen Reden so lange angehört zu haben, um so mehr, als Gauvains Blick immer leidenschaftlicher wird, je näher der

Augenblick der Trennung rückt. Es ist höchste Zeit, sie zu entmachten, die Anstandsdame. Nachher werde ich sie im Feuer unserer Liebe verbrennen, dir zu Ehren, mein Kormoran.

Vorerst sitzen wir eng umschlungen auf dem Sofa und schauen in die Flammen, die uns freundlich zuzüngeln. Leonhard Cohens karge Stimme harmoniert mit unserer Gemütsverfassung und scheuert unsere Seele wund. Karedig ... wenn wir verheiratet wären? ... Und wenn du jeden Abend nach Hause kämst, mein Kormoran? ... Und wenn wir jeden Morgen zusammen aufwachten? ... Ich bin so aufgewühlt, daß ich Dinge sage, die ich nicht denke oder nicht ganz oder nur einen winzigen Augenblick lang. Aber sie tun uns gut, und was bleibt uns anderes übrig, als zu träumen, um all das zu vermeiden, was einem Versprechen für die Zukunft ähnlich sein könnte? Die Zukunft tritt zum Glück nie sofort ein. Wir haben gelernt, ohne sie zu leben. Es genügt uns zu wissen, daß Gauvain im nächsten Herbst wieder nach Montreal kommen wird.

Heute abend haben wir keine Lust zu tanzen, auch nicht, uns zu lieben. Einfach nur zusammensein und nichts tun, als ob wir das ganze Leben vor uns hätten. Ich weiß nicht mehr, welches der Gedichte von Cohen uns in jener Nacht das Herz zerriß, *Let's be married one more time*, oder *I can not follow you, my love*, als das Wundersame begann. Ich erinnere mich nur, daß ich an Gauvain gelehnt vor dem Fenster stand und daß wir zusahen, wie die ersten Schneeflocken des Herbstes vor der Scheibe umherwirbelten. Unsere Gesichter berührten sich, aber wir küßten uns nicht. Und plötzlich waren wir anderswo. Wir hatten abgehoben. Unsere Haut war nicht mehr unsere Grenze, wir waren nicht mehr weiblichen und männlichen Geschlechts, wir fühlten uns außerhalb unserer Körper, etwas oberhalb vielmehr, und schwebten irgendwie, Seele an Seele, in einer undeutlichen Zeitdimension.

Ich habe Gauvain mit fremder Stimme flüstern hören: »Sag nichts ... ja nicht ...« Aber ich war nicht in der Lage, etwas zu sagen, und was auch? Jede Sekunde, die vorüberging, war Ewigkeit.

Die Musik kam als erstes wieder, ganz allmählich drang sie wieder an unsere Ohren. Dann tauchte das Zimmer um uns herum wieder auf, ich habe wieder die Arme eines Mannes um mich gespürt, seine Wärme, seinen Geruch, und ganz langsam sind wir wieder in unsere unterschiedlichen Körper hinabgestiegen, die wieder zu atmen begonnen haben. Aber wir fühlten uns noch ganz zerbrechlich, die Bewegungen, die Worte machten uns angst. Dann haben wir uns einfach hingelegt auf das Rentierfell und haben sehr tief und sehr eng umschlungen geschlafen. Wir wußten, daß es eine ganze Nacht der Stille und eine halbe Umdrehung der Erde brauchen würde, bis wir beide wieder zu uns zurückfinden würden.

Letzte Tage haben wir so viele erlebt, daß auch ich sie nicht mehr ertrage. Mir scheint, unsere Geschichte besteht nur aus ersten und letzten Tagen, und zwischendrin gibt es nichts. Gauvain sieht aus, als hätte ihn eine Kugel tödlich getroffen; sein Glied verweigert ihm seine Dienste in der letzten Nacht, was ihn rasend macht. Und je näher die Stunde der Abreise rückt, desto unruhiger wird er ... Zwölf Stunden vorher ist er schon nicht mehr da. Die Zeitschrift, die er in den Händen hält, liest er nicht, die Platte, die er auflegt, und die Sätze, die ich ihm sage, hört er nicht. Mehrfach verkündet er, daß er nur noch seinen Koffer zu schließen brauche, um reisefertig zu sein, dann erklärt er, er werde nun seinen Koffer verschließen, es sei nun Zeit. Und schließlich meldet er mir, daß sein Koffer verschlossen und er reisefertig sei. Also bleibt ihm nur noch eines, sich in die Nähe der Tür auf einen Stuhl zu setzen und den Augenblick abzuwarten, wo er wieder aufsteht, um nachzuprüfen, ob sein Koffer auch wirklich gut verschlossen ist, und einen zusätzlichen Gurt anzubringen, den er so eng schnürt, als befürchte er, wilde Tiere könnten sich daran zu schaffen machen.

Als ich ihn intensiv betrachte, um mir seinen geliebten Lockenkopf, seine wirren Augenbrauen, seine seidigen Wimpern und seinen amerikanischen Schauspielermund besser einzuprägen, entdecke ich plötzlich, daß er müde wirkt. Ich war zu sehr in seiner Nähe in den vergangenen vierzehn Tagen, um ihn mir genau anzusehen. Seine Augen hatten tiefere Ringe bekommen, während meine leuchtender wurden und ich in meinen Adern die Hormone der Lust fließen spürte – das Endorphin, würde die Anstandsdame sagen, wenn sie noch reden könnte. In Wahrheit ist es, entgegen allgemeiner Behauptung, der Mann, dem die Liebe zusetzt. Der Mann entleert und erschöpft sich, während die Frau aufblüht. Außerdem kehre ich erfüllt in ein angenehmes Leben zurück, zu einem Mann, der mich erwartet, und in einen Beruf, der selten an meinen Kräften zehrt, während sein einziger Horizont aus Einsamkeit auf einer Galeere und aus Langusten besteht.

Nur wenn unsere Körper sich lieben, vergesse ich, wie sehr wir zwei einander fremden Arten angehören. In meiner Jugend habe ich lange Zeit gedacht, sich lieben bedeute, eins zu werden. Und nicht nur in der flüchtigen, banalen Vereinigung der Körper, nicht nur in einem mystischen Orgasmus. Ich denke es nicht mehr. Heute glaube ich, daß sich lieben bedeutet, zwei zu bleiben, bis zur Zerrissenheit. Lozerech ist nicht meinesgleichen und wird es niemals sein. Aber vielleicht ist es das, was unsere Leidenschaft begründet.

11

Montreal sehen und sterben

MAN WIRD NICHT JEDEN TAG EIN BISSCHEN ÄLTER, man altert schubweise. Manchmal bleibt man längere Zeit auf der gleichen Stufe stehen, man glaubt schon, man sei in Vergessenheit geraten, da erwischt es einen ganz plötzlich, und man hat zehn Jahre auf einmal auf dem Buckel.

Aber auch das Alter fängt mit einer Art Jugend an; es nimmt sich Zeit, bevor es sich endgültig breitmacht. Es läßt einen in Ruhe und nimmt einen dann wieder in seine Fänge mit grausamer Unbekümmertheit. Es kann vorkommen, daß man sich am gleichen Tag noch sehr gut und schon ganz mies fühlt!

Wie in der Jugend passieren einem auch jetzt wieder Dinge zum erstenmal ... der erste Schwund des Zahnfleischs über diesem Eckzahn, der bislang noch vollkommen in Ordnung war. Man könnte nicht sagen, an welchem Tag es angefangen hat, und plötzlich ist es da, dieser gelbliche Zahnhals oben, dieses scheußliche Ziehen im Gelenk eines Morgens beim Aufstehen ... Offenbar habe ich mich gestern beim Aufräumen des Dachbodens ein wenig überanstrengt, denkt man. Aber nein, man hat auch nicht mehr als sonst getan. Nur daß man eben nicht wie sonst ist. Der Raum für Müdigkeit ist größer geworden und wird sich jeden Tag mehr ausdehnen. Man tritt sein Alter an.

Am Anfang wehrt man sich. Einige Schlachten gewinnt man, es gelingt, der Invasion Einhalt zu gebieten, indem man immer komplexere, immer kostspieligere Gegenmanöver inszeniert. Die Zeit ist noch nicht gekommen, wo man ebenso viele Stunden damit zubringt, die Einbruchstellen wieder abzuriegeln, wie das Leben zu leben.

Ich hatte das große Privileg, die ersten Anzeichen des bösen Leidens an meinem Körper ohne Angst zu beobachten, weil ihn jemand liebte. Ich tätschelte meinen etwas fülligeren, nicht mehr so muskelglatten Bauch ohne allzuviel Widerwillen, weil ihn jemand liebte. Ich beobachtete die zunehmende Erschlaffung meiner Arme schicksalsergeben, weil mich jemand liebte. Meine Furchen um den Mund, die Fältchen um die Augen, die immer tiefer wurden: Siehe da, ja, das ist eine dumme Sache, aber es gibt jemand, der mich liebt. Keine Verfallserscheinung konnte mich deprimieren, solange Gauvain mich begehrte.

Gewiß, auch François liebt mich, aber ohne mich beruhigen zu können über mein Äußeres, dessen Veränderung er anscheinend nicht bemerkt. Er gehört zu jenen Männern, die einen just an dem Morgen photographieren wollen, wo man mit dem falschen Fuß aufgestanden ist, wo das Haar nicht zu bändigen, der Teint besonders fahl und der Morgenmantel total aus der Form geraten ist – und dazu neigen diese verdammten Morgenmäntel, sobald die Inhaberinnen nicht mehr dreißig und sie selber älter als drei Monate sind. Und das freundliche »Ich finde dich aber hübsch wie sonst auch« entwertet alle vergangenen und alle zukünftigen Komplimente.

Gauvain hingegen ist nicht »nett« zu mir; er läßt sich umwerfen von meinen Reizen. Mit fünfundfünfzig Jahren ist er so feurig wie nie zuvor, zweimal im Jahr habe ich die Gelegenheit, mich dessen voll und ganz zu vergewissern.

Der Staat Quebec war in der Tat für ein paar Jahre unsere zweite Heimat geworden. Ich verbrachte dort nach wie vor den wundervollen Monat Oktober, auf den die Quebecois so stolz sind wegen der purpurnen Ahornbäume und des ganzen Überschwangs an flammenden Farben, die dem Weiß des Winters vorangehen. Gauvain kam jedesmal, so lange er konnte, und auch im Frühjahr hielten wir uns ein paar Tage in Frankreich frei. Im Grunde verbrachten wir die Tagundnachtgleichen zusammen, ein wenig wie die Sirenen aus den nordländischen Märchen, die für ein paar Tage im Jahr auf die Erde zurückkommen, um einen Menschen zu lieben. Und dies in der bangen Erwartung des Fallbeils der Pensionierung: Dann würde er endgültig nach Larmor zurückkehren, zu einer kranken Frau, ein Seewolf, der hinfort auf einer Wiese grasen soll …

François erzählte ich nur die Hälfte der Wahrheit. Er wußte, daß mich Lozerech manchmal in Montreal besuchte, aber er zog es vor, mich nicht zu fragen, wieviel Zeit wir zusammen verbrachten. Es war eine stillschweigende Vereinbarung, daß Gauvain so etwas wie ein Privileg des Zuerstgekommenen genoß, das so lange Gültigkeit haben würde, wie es Gauvain gab. Unsere März-Begegnung paßte zeitlich immer zu einem Reportageauftrag, und François tat so, als glaubte er mir. In unserer Verbindung war dadurch zeitweise etwas Wehmütiges, aber niemals wurde sie vergiftet. Die Großzügigkeit und die Vornehmheit des Herzens bei meinem Gefährten auf einem Gebiet, wo so wenige Ehepartner ihre Gefühle zu verbergen in der Lage sind, erfüllte mich mit Dankbarkeit und Achtung für ihn.

Unseren letzten kanadischen Aufenthalt haben wir um eine Woche verlängert: In Quebec wollten wir die James Bay sehen und dem großen Aufbruch der Schwäne und der Gänse beiwohnen, wenn die Vögel, ähnlich wie die Ratten, das Schiff verlassen, bevor es für sechs Monate unter dem weißen Mantel des Winters versinkt.

Auch Gauvain kam allmählich in den Winter. Er war jetzt siebenundfünfzig Jahre alt. An den Schläfen wurden seine Haare weiß, und auf den Händen verstrickten sich die Adern wie Taue auf einem Schiff. Sein Lachen war nicht mehr so dröhnend, aber seine kräftige Gestalt erinnerte noch immer an einen Granitfelsen. Den angespannten Muskeln ließ der Beruf wenig Gelegenheit zum Abschlaffen, und an guten Tagen wirkten seine Augen um so blauer und um so naiver.

»Reden wir nicht von der Zukunft«, hatte er mir diesmal

bei der Ankunft gesagt, »ich will alle unsere gemeinsamen Momente genießen.«

Und genossen haben wir sie! In diesem Jahr hatte er mir nach dem versprochenen und am Kap eigens bestellten Anker ein drittes Schmuckstück geschenkt, einen goldenen Anhänger, den man öffnen konnte und in dem unsere Initialen und nur eine Jahreszahl eingraviert waren: 1948, dann ein Strich und eine leere Stelle für die zweite Jahreszahl.

»Wenn die Zeit gekommen ist, läßt du dann die zweite eingravieren.«

Ich hätte ihm am liebsten erwidert: Sie ist gekommen, wenn du es nicht wagst, Marie-Josée etwas zu sagen. Wir werden Rentner der Liebe sein, jetzt wo dir deine Arbeit kein Alibi mehr liefert. Jeden Abend schlief ich in seinen Armen ein mit dem Gedanken, daß er demnächst das ganze Jahr über in der Bretagne sein würde. Ganz in meiner Nähe, aber unerreichbar, in Marie-Josées Bett würde er liegen, und zum erstenmal ertappte ich mich dabei, daß ich eifersüchtig wurde. Ich versuchte, ihn in mir zu speichern, und heimlich hegte ich die Hoffnung, daß er es sehr bald nicht aushalten würde, gleichzeitig seinen Beruf und seine Liebe verloren zu haben. Aber ich hatte geschworen, dieses Thema nicht vor dem letzten Tag anzusprechen.

Er kam viel zu schnell, der letzte Tag. Und der Koffer, und der zusätzliche Gurt, der vielleicht nie mehr Verwendung finden würde, und das nervöse Nachprüfen des Flugtickets, der Abflugzeit, der Ankunft in Roissy, der Busverbindung nach Orly, damit er den Anschlußflug nach Lorient nicht verpaßt – und mir war es so verdammt egal, um wieviel Uhr er für immer bei Marie-Josée ankommen würde; er sollte doch nicht aus meinem Leben treten mit Sätzen über Fahrpläne!

»Hast du irgendeinen Hauch von einer Idee, was du erfinden könntest, damit wir uns doch hin und wieder noch ein bißchen sehen, jetzt wo du ›Monsieur und Madame Lozerech‹ sein wirst?«

»Karedig, zu diesem Thema wollte ich dir sowieso noch was sagen.«

Plötzlich sah er aus wie ein sehr alter Kormoran, der in die Falle geraten war, und einen Augenblick stand mein Herz still …

»Vor vierzehn Tagen war ich beim Arzt. Die Neuigkeiten sind nicht so toll.«

»Wegen Marie-Josée?«

Eine feige Erleichterung machte sich in mir breit.

»Nein, ihr geht es ganz gut. Zumindest hat sich nichts verschlechtert. Nein, nein, wegen mir.«

Mein Mund wird plötzlich ganz trocken. Er hat sich weit weg von mir gesetzt und redet langsam, als bereue er es im voraus.

»Ich war bei der jährlichen Routineuntersuchung, und da hat man mir wie üblich ein Elektrokardiogramm gemacht. Aber offenbar war's diesmal nicht in Ordnung, weil der Doktor mich zum Facharzt geschickt hat. Du weißt schon, zu Dr. Morvan in Concarneau. Er hat eine Reihe von Untersuchungen gemacht … und angeblich soll auf der einen Seite eine Arterie verstopft sein, und die andere ist auch nicht viel besser. Du kennst mich ja, da hab' ich dem Doktor gleich gesagt: ›Doktor, ich will's wissen. Was bedeutet das für meine Zukunft?‹ Und da hat er gemeint: ›Die Sache ist ernst, da müssen wir schweres Geschütz auffahren. Sie kommen gleich heute stationär ins Krankenhaus, dann kann ich weitere Untersuchungen vornehmen und eine Korono … graphie oder so ähnlich machen, und dann sehen wir weiter, was für eine Behandlung wir ansetzen!«

»Aber wann war denn das Ganze? Hatte man dir denn nie etwas gesagt vorher?«

»Das war … hm … ungefähr eine Woche, bevor ich hierhergekommen bin. Du kannst dir ja vorstellen, ein Krankenhausaufenthalt kam überhaupt nicht in Frage. Mit dem Dr. Morvan habe ich ganz offen gesprochen: ›Das ist unmöglich, Herr Doktor‹, hab' ich gesagt, ›ich kann heute nicht ins Krankenhaus.‹ – ›Dann eben morgen?‹ hat er geantwortet. – ›Morgen auch nicht.‹ – ›Was soll das heißen, morgen auch nicht? Ich wiederhole Ihnen, Sie sind in Gefahr!‹ – ›Mag sein‹, hab' ich geantwortet, ›aber ich hab' einen lebenswichtigen Termin.‹ – ›In dem Fall‹, hat er geantwortet mit einem komischen Blick, ›in dem Fall warne ich Sie: Ich übernehme nicht die Verantwortung, Sie von hier weggehen zu lassen.‹ Da hab' ich aber rotgesehen. Das konnte ich mir nicht verkneifen, Arzt hin, Arzt her, ihm zu sagen, daß ich die Verantwortung für mich vorerst noch selber trage. Schließlich bin ich daran gewöhnt. ›Solange ich nicht eine Nummer in Ihrem verdammten Krankenhaus bin, gehört mein Leben immer noch mir.‹ Der war vielleicht platt. Das gefiel ihm nicht, daß ich da meine eigenen Vorstellungen hatte. ›Ich habe Sie jedenfalls gewarnt, Sie gehen Risiken ein!‹ – ›Na und? Ich bin mein ganzes Leben Risiken eingegangen, ändern wird sich da nix. Außerdem bin ich gut versichert: Meine Familie wird keine Not leiden.‹«

Gauvain schwer krank? Meine erste Reaktion ist: Es muß ein Irrtum sein. Diese Hypothese habe ich zu keinem Zeitpunkt in Erwägung gezogen. Ertrunken, ja, aber herzleidend? … Ich wehre mich gegen die unannehmbare Tatsache. Ein so starker Mann, wiederhole ich mir albern.

»Das ist doch einfach unglaublich! Du hast überhaupt nichts gespürt? Hattest du denn manchmal Beschwerden, irgend etwas?«

»Ich habe nie sehr aufmerksam in mich hineingehört, weißt du. Das ist bei uns nicht üblich. Aber wenn ich jetzt darüber nachdenke, doch, manchmal schon. Beim Bücken wurde mir hin und wieder schwindlig, ich bekam Ohrensausen, aber ich dachte, ich wär' müde. In meinem Alter und bei dem Beruf, dachte ich, wär' das ganz normal. Meine Freunde sind schließlich schon seit Jahren in Rente.«

»Aber warum hast du mir denn nichts gesagt bei der Ankunft? Wir hätten aufgepaßt, wir …«

»Das ist es ja! Ich bin doch nicht hierhergekommen, um aufzupassen … Dazu hab' ich demnächst mehr als genug Zeit. Ich wollte doch unseren Aufenthalt nicht stören mit diesem Quatsch. Wenigstens haben wir bis zuletzt so gelebt, wie es uns gefällt, und ich bin daran nicht gestorben, wie du siehst. Ich finde es übrigens schade. Manchmal denk' ich mir, wenn ich einfach so sterben könnte, bei dir … das wäre sicher nicht die schlechteste Art, diese Welt zu verlassen.«

»Wenn ich mir vorstelle, daß du das die ganze Zeit im Kopf hattest, diese Drohung – und du hast nichts gesagt!«

»Das hatte ich doch gar nicht im Kopf. Dich hatte ich im Kopf, wie üblich. Und weißt du, dem Tod hab' ich öfter schon ins Gesicht gesehen.«

Als die Nachricht allmählich in mich eindringt, kann ich die Tränen nicht zurückhalten.

»Oh, ich flehe dich an, George, weine nicht. Möglicherweise lohnt es sich gar nicht. Die Ärzte irren sich oft, weißt du. Und ich fühl' mich wie immer. Du hast doch keinen Unterschied bemerkt, oder?«

Ein munteres, etwas anzügliches Funkeln tritt in seine Augen, und schon bin ich bei ihm, dränge mich an seine beruhigende, starke Gestalt. Ihn berühren, ihn festhalten … Aber das ist es ja, was ich nicht mehr werde tun können. Ein kranker Lozerech wird noch viel weniger mir gehören als der Seemann Gauvain. Ich beginne an seiner geliebten Brust zu schluchzen.

»Ich werde es noch bereuen, Karedig, daß ich mit dir darüber gesprochen habe. Am Anfang wollte ich dir sowieso nichts sagen. Ich hätte dir nach der Untersuchung geschrieben, falls sie beschlossen hätten zu operieren. Die nennen das eine Bypass-Operation. Du wirst aufgemacht, sie wechseln dir einen Schlauch aus, und hinterher bist du wie neu!«

»Und du hättest es gewagt, mir nichts zu sagen! Stell dir das vor: Du im Krankenhaus, und ich hätte nichts gewußt! Das hätte ich dir nie verziehen …«

»Das ist es ja, ich hab' es doch richtiger gefunden, daß du es weißt. Schließlich bist du ja ein wenig meine Frau. Aber mach dir keine allzu großen Sorgen … Bei den früheren Untersuchungen hat mir der Arzt vom Seeamt nichts gesagt. Das wär' nicht das erstemal, daß die sich täuschen, diese Idioten. Und ich hab' ja auch noch nicht das letzte Wort gesprochen. Ich bin ein ganz schönes Kaliber …«

Das ist einer unserer rituellen Späße – das *war* einer unserer rituellen Späße, jedesmal wenn er sich am ersten Tag mühsam einen Weg in mir bahnte.

»Stell dir vor, die wollten mich nicht einmal ein Flugzeug besteigen lassen! ›Fahren Sie wenigstens mit dem Zug‹, sagte der Dr. Morvan immer wieder. ›Gern‹, hab' ich gesagt, ›aber das wird schwierig, weil ich nämlich nach Amerika fahre!‹«

»Und wenn du ihm erzählt hättest, was du dort vorhattest, dann hätte er dich für wahnsinnig erklärt und mich für kriminell.«

»Mein Leben ist für mich nicht so wichtig. Wichtig bist du in meinem Leben. Das weißt du. Ohne dich ist es mir scheißegal, was passieren kann.«

Er drückt mich sehr heftig an sich, als wollte er mich vor der Wahrheit schützen.

»›Auf, auf, mein freier Aufstehmann, du stolzer Concarnois …‹ Erinnerst du dich?«

Ich nicke. Ich kann nicht reden. Ich schluchze wie ein Säugling, das war schon immer so.

»Es geht mir schon nah, daß du wegen mir weinst. Du!« sagt er und wiegt mich in seinen Armen. »George Ohne-es! Mein kleines Mädchen!«

So nennt er mich zum erstenmal. Meine Tränen fließen heftiger. »Glaubst du denn … immer noch nicht, daß ich dich liebe?«

»Doch, natürlich … Aber gleichzeitig kommt es … ist es mir nie selbstverständlich vorgekommen. Ich habe immer Angst gehabt, daß du eines schönen Morgens feststellst, daß ich kein Typ für dich bin.«

»Du bist wirklich behämmert. Glaubst du, ich liebe dreißig Jahre lang einen ›Nicht-für-mich-Typen‹?«

Wir lachen, oder wir tun so als ob. Die Nachricht ätzt sich allmählich unter die Haut, das Unglück macht sich sehr schnell breit, und ich denke schon an all das, was es umkrempeln wird. Wie werde ich erfahren, ob es ihm gutgeht? Wie wird er mich wissen lassen, wenn er mich braucht? Alles Prekäre unserer Beziehung wird uns bewußt. Das *Nein*, das ich ihm eines Tages gesagt habe, trennt uns erst heute endgültig. Man redet sich ein, daß man das Wesentliche gerettet hat. Aber dann kommt der grausame Tag, an dem der, den man am meisten liebt, in Not gerät und einen nicht mehr rufen kann. Fortan bin ich weniger als der letzte seiner Freunde, und diese Machtlosigkeit drückt mich nieder. Das ist die letzte Rache der rechtmäßigen Gattinnen.

»Ich werde es irgendwie einrichten und dich auf dem laufenden halten, ich verspreche es dir«, sagt Gauvain. »Du mußt mir vertrauen. Ich kann dir sagen, ich habe keine Lust, ins Gras zu beißen. Überhaupt keine.«

12
Die Flügel des Kormorans

Am darauffolgenden 3. November wurde Lozerech ins Krankenhaus von Rennes gebracht, weil er sich einer Bypass-Operation zu unterziehen hatte.

Am 5. November meldete der Chirurg, daß die Operation geglückt sei und der Patient sich in einem durchaus zufriedenstellenden Zustand befinde.

Am 7. November nachts starb Gauvain auf der Intensivstation, ohne noch einmal zu sich gekommen zu sein.

»Mein Sohn ist verschieden«, sagte mir seine Mutter am Telephon, und ich brauchte ein paar Sekunden, um zu begreifen, daß »verscheiden« sterben heißt.

Das makabre Vokabular des Todes, das lediglich ein paar Tage zuvor und ein paar Tage danach benutzt wird, kam zum Vorschein. Ableben, Überführung des Leichnams, Trauerfeier, Begräbnis, der Verschiedene ... Worte ohne Wirklichkeit, Sprache der Bestattungsinstitute für die trauernden Hinterbliebenen und die Todesanzeigen. Für mich war Gauvain nicht verschieden, er war tot. Mein Kormoran würde seine Flügel nie wieder ausbreiten.

Die Beerdigung fand in Larmor statt. In der Kirche, in der die Familie und die Freunde mit Mühe Platz fanden, nahm Marie-Josée Abschied vom Vater ihrer Kinder, Madame Lozerech von ihrem jüngsten Sohn, und George Ohne-es weinte um den, den alle für ihren Freund aus der Kindheit hielten.

Nach dem Gottesdienst habe ich mich dem langen Trauerzug angeschlossen, der sich zum Friedhof bewegte, wo die Gräber so kurz nach Allerheiligen noch unter der wuchernden Last der Chrysanthemen verschwanden, und ich habe zugesehen, wie Gauvain ins Familiengrab hinuntergelassen wurde, das übliche Quietschen der Seile war das letzte, was er hörte vor der Stille der Erde. Ach, es wäre besser gewesen, er hätte sich »sein Loch im Wasser graben« dürfen, wie er es oft nannte.

»Von seiner Rente hat er nicht viel gehabt, der Arme«, sagte Yvonne immer wieder, zutiefst betrübt über diese Verschwendung. Wie auch ihr Mann hatte ihr Bruder sein Leben lang Beiträge bezahlt und war nun gestorben, ohne seinen Einsatz wieder herausgeholt zu haben. Zum Glück für ihn, dachte ich mir. Kormorane können nur draußen auf hoher See leben. Sie lassen sich nie lange auf festem Boden nieder.

Am ältesten Sohn erkannte ich – und dabei überkam mich der heftige Wunsch, noch einmal mit meinen Fingern hindurchzufahren – das rotbraun schimmernde Haar des Vaters, das so dicht gelockt war wie bei manchen griechischen Statuen, und die intensiv blauen Augen, die von den stark gebogenen Wimpern kaum beschattet wurden. Aber ansonsten handelte es sich um einen großen, schlanken Fremdling mit schmalen Schultern, der nichts von Gauvains kräftiger Statur hatte. Als wollte er den Unterschied noch betonen, trug er lässig ein amerikanisches Blouson.

Lozerechs komplette Mannschaft, seine noch lebenden Brüder und seine Freunde standen da, linkisch, wie es die Männer auf Friedhöfen sind, die Mütze in der Hand. Das einzige, was ich mir von ihm als Erinnerung gewünscht hätte, war seine Fischer-Seemanns-Mütze, jene Mütze, deren glänzender Schirm immer eingebeult war von seinem Daumen, den er stets auf die gleiche Stelle drückte, wenn er sie mit jener automatischen Geste, die mir so vertraut war, auf seinen ungebändigten Haaren wieder zurechtrückte. Dank solcher Details bleiben die Toten noch unter uns: ein bestimmter, schaukelnder Gang, ein strahlendes Lachen, ein Blick, der umkippt, wenn von Liebe die Rede ist.

Ich würde es schwer haben, ohne ihn zu leben, ich würde »dran kauen«, wie er so gern sagte. Niemand würde mich mehr Karedig nennen. Mir blieb aber die Gewißheit, alles von ihm bekommen zu haben, wovon Liebe erstrahlen kann. Und während auf seinen Sarg die empörenden Schaufeln Erde fielen, fragte ich mich plötzlich, ob nicht er, Lozerech, mein richtiger Mann gewesen war.

»Er war der beste meiner Söhne«, wiederholte Madame Lozerech trockenen Blickes, aber mit von Schluchzen geschütteltem Körper.

Ja doch, er war ein guter Kerl, sagte die Anstandsdame anerkennend, die plötzlich von jenseits auftauchte, da wir uns ja im Reich der Toten bewegten. *Bei dir weiß ich das nicht so recht … aber er, er war ein guter Kerl.*

Es regnete, und der Wind pfiff von Südwesten, so hatte er ihn oft gehört. Eine andere Musik hätte er nicht gewählt. Unter meinem Ölzeug griff ich nach der Kette, dem Anker und dem Anhänger, auf dem ich nichts würde eingravieren lassen. Nichts war zu Ende. Obwohl es nicht wirklich kalt war, erschauerte ich, als ob meine Haut um ihn trauerte. Um einen Mann trauerte, mit dem ich nie ein Weihnachten verbracht hatte.

Und trotzdem werde ich in einem Monat mein erstes Weihnachten ohne ihn verbringen.

Fußnoten

1 Nach dem gleichnamigen fünfteiligen Roman von Pierre Loti, erschienen 1886. (Anm. d. Übs.)

2 Französische Form von »Gawain«. (Anm. d. Übs.)

3 Vaillant-Couturier: Französischer Publizist und Politiker (1892–1937), Mitglied der KPF und Chefredakteur des kommunistischen Organs *Humanité*. Das Adjektiv »vaillant« bedeutet mutig, tapfer, kühn. (Anm. d. Übs.)

4 Eine alte, berühmte franz. Kinderbuchreihe, in der z.B. das Gesamtwerk der Comtesse de Ségur erschienen ist. (Anm. d. Übs.)

5 Bécassine: 1. Sumpfschnepfe. 2. Dummes Huhn. 3. Hauptfigur einer berühmten Kinderbuchreihe, dümmliches Bauernmädchen in bretonischer Tracht, das stets in alle Fettnäpfchen tritt. (Anm. d. Übs.)

6 Romanfiguren in *Les jeunes filles* von Henry de Montherlant (1896-1972). (Anm. d. Übs.)

7 Romanfiguren in *Les jeunes filles* von Henry de Montherlant (1896-1972). (Anm. d. Übs.)

8 Ethnographische Reihe, erscheint bei Plon. (Anm. d. Übs.)